I0727252

USA TODAY BESTSELLING AUTHOR
DALE MAYER

Drôles de Bruits dans le Millefeuille

Jolis Jardins Maudits 25

Drôles de bruits dans la millefeuille : Jolis Jardins Maudits, tome 25
Beverly Dale Mayer
Valley Publishing Ltd.

Copyright © 2024

Traduit de l'anglais par Marie-Camille Brault et Valentin Translation

Tous droits réservés. La reproduction ou l'utilisation de cet ouvrage, en tout ou en partie, par quelque moyen que ce soit, électronique, mécanique ou autre, existant ou à venir, y compris la photographie, la photocopie, et la conservation dans tout système de stockage ou de récupération de l'information, sont interdites sans l'autorisation écrite de l'éditeur à l'exception d'une citation dans le cadre d'une critique.

Il s'agit d'une œuvre de fiction. Les noms, les personnages, les lieux, les marques, les médias et les incidents mentionnés sont le produit de l'imagination de l'auteur ou utilisés de manière fictive. Toute ressemblance avec des événements, des lieux ou des personnes, existant ou ayant existé, est entièrement fortuite.

ISBN-13 : 978-1-773369-81-5
Format Print

Résumé du livre

Une nouvelle saga cosy mystery de l'auteure best-seller de *USA Today*, Dale Mayer. Suivez la jardinière et détective amatrice Doreen Montgomery et ses amusants (et vraiment adorables) chat, chien et perroquet, tandis qu'ils attrapent les meurtriers et résolvent des crimes dans la merveilleuse ville de Kelowna, en Colombie-Britannique.

De la richesse aux haillons… Le mariage est merveilleux… Le divorce peut être laid… Le chaos entoure les deux…

Doreen en a assez des frasques de son ex-mari, mais lorsqu'il est retrouvé mort dans le jardin de son restaurant chinois préféré, elle est horrifiée et angoissée. Et, bien sûr, aux yeux du reste du monde… coupable.

Cette fois, elle n'a pas de Doreen à appeler à l'aide… mais elle sait que Mack la soutient, bien qu'il soit lui aussi interrogé. Les forces de police se rallient à elle, tandis que leur histoire déchire son ancienne vie et découvre que tous ses soupçons au sujet de Mathew étaient fondés, et qu'il avait eu de gros ennuis.

Maintenant, elle doit s'assurer que ces problèmes ont disparu avec lui et qu'ils ne se propageront pas à Doreen. Et ce n'est pas gagné. Entre ses animaux, la police et tous les habitants bien intentionnés qui essaient de l'aider, Doreen sait qu'elle pourrait avoir plus d'ennuis que jamais…

Inscrivez-vous ici pour être informés de toutes les nouveautés de Dale !

https://geni.us/DaleNews

Chapitre 1

Fin octobre, vendredi matin...

APRÈS UNE BONNE nuit de sommeil et une matinée de farniente à l'intérieur, Doreen décida de s'offrir un repas chinois. Mack devait passer pour le déjeuner, et elle pensait qu'elle pourrait peut-être acheter de quoi les nourrir tous les deux. Elle avait un peu plus d'argent en ce moment et, en plus, après la dernière affaire classée, elle le méritait bien.

Elle était persuadée que la thérapie alimentaire n'était pas une bonne chose à laquelle il fallait s'habituer, mais il était terriblement tentant de se tourner vers la nourriture chaque fois qu'il se passait quelque chose de bien. Elle marcha en direction du restaurant chinois qu'elle aimait tant, les animaux dans son sillage, puis entra et regarda le menu, juste au moment où M. Woo sortit de l'arrière-boutique et demanda :

— Un plat ?

Elle lui sourit.

— Bonjour, je pensais en prendre deux.

— Vous n'en prenez toujours qu'un seul.

— J'aurai de la compagnie cette fois-ci, précisa-t-elle.

— Ah, deux plats.

Elle grimaça.

— Peut-être trois.

— Large dépense, devina le propriétaire, avant de lui adresser un large sourire.

— Pas vraiment.

S'étant finalement décidée pour trois plats qui les rassasieraient, Mack et elle, Doreen passa sa commande. Elle se demandait si elle s'habituerait un jour à dépenser l'argent qu'elle recevait.

— Attendez un quart d'heure.

Puis il la guida vers la porte.

Elle sortit et s'assit sur un banc. Toutes sortes de bruits se faisaient entendre. Une journée normale en ville. Elle huma l'air et sourit.

Elle savait que Mack avait beaucoup de travail chez Meredith, mais ils avaient déterré Dennis la veille, au grand soulagement de tout le monde. Alors, bien sûr, Kelowna était en ébullition avec toutes ces nouvelles. Doreen ne voulait pas trop s'en mêler, mais elle ne pouvait pas l'éviter non plus.

Elle avait parlé pendant des heures avec Nan au téléphone, mais avait résisté à l'idée de venir à Rosemoor, invoquant la fatigue. Même maintenant, alors qu'elle était assise avec les animaux autour d'elle, elle se sentait plutôt fatiguée. Mais c'était une bonne fatigue.

Goliath se dirigea vers un arbuste et disparut derrière. Elle se leva et s'approcha.

— Goliath, reviens, ordonna-t-elle.

Il passa la tête à travers le buisson, la regarda, puis disparut dans un énorme buisson de millefeuilles. Elle sourit devant les fleurs multicolores.

— Regardez la taille de ces fleurs. J'ai entendu dire qu'on

pouvait en faire du thé.

Elle se demanda s'il s'agissait d'une légende ou si elle pouvait s'y fier. Elle avait parcouru un long chemin, mais il lui en restait encore beaucoup pour savoir ce qu'elle pouvait faire ou ne pas faire avec les plantes. Google l'aidait, mais il l'embrouillait très souvent.

Lorsque Goliath se mit à siffler et à grogner, Doreen se précipita dans les arbustes, à sa recherche.

— Sors de là, l'enjoignit-elle.

Elle trouva d'autres fleurs, des pissenlits et un buisson d'azalées, mais cette touffe de millefeuilles semblait remonter encore et encore jusqu'à un autre coin. Elle continua à la suivre.

— Goliath ? Goliath, viens ici.

Thaddeus sortit la tête de derrière ses cheveux.

— Goliath, appela-t-il. Goliath. Goliath, viens ici.

Elle lui lança un regard noir.

— Tu aurais pu me dire plus tôt que tu étais capable de l'appeler, bougonna la jeune femme.

— *Hé-hé-hé-hé-hé*, ricana-t-il dans son oreille.

Doreen soupira. Qu'était-elle censée faire quand Thaddeus était si sage et pourtant si chenapan parfois ?

— Goliath !

Un nouveau hurlement se fit entendre, suivit d'un autre son animalier, et tout à coup l'air se remplit de cris de chats. Doreen se précipita dans cette direction. Alors sortit un chat à l'allure chétive, qui la foudroya du regard, avant de s'éloigner nonchalamment. Goliath sortit enfin et se dirigea vers elle, la queue relevée et toute gonflée, comme s'il avait vécu une bataille épique. Pourtant, il se pavanait, comme s'il avait gagné le butin de la guerre. Il avait quelque chose dans la gueule.

Doreen gémit.

— Qu'est-ce que tu as trouvé ? le gronda-t-elle. À qui as-tu volé ça ?

Bien sûr, l'autre chat avait disparu, et il n'y avait plus aucune trace de lui.

Goliath n'avait pas besoin de voler de la nourriture à qui que ce soit, car il en avait suffisamment à la maison. Mais, en s'approchant d'elle, il se dressa sur ses pattes arrière et posa ses pattes avant sur ses cuisses. Doreen vit quelque chose en plastique dans sa gueule, qu'elle retira. Il ne voulut pas le lâcher tout de suite, mais il finit par capituler.

Elle observa le morceau de plastique et hoqueta.

— Où as-tu trouvé ça ? s'écria-t-elle, horrifiée.

Elle courut jusqu'au bout du jardin et s'arrêta, puis sortit son téléphone et parla d'une voix tremblante.

— Qu'est-ce qu'il y a, Doreen ? la taquina Mack. Je t'ai dit que je serai là dans un petit moment.

— Non, non, se récria-t-elle. Tu dois venir tout de suite.

— Doreen, il y a un problème ? cingla-t-il. Est-ce que ça va ?

Elle prit une profonde inspiration.

— Ça va, du moins pour le moment, mais ça ne va pas aller très longtemps.

— Arrête de me donner des réponses sibyllines et dis-moi ce qu'il se passe.

— Il faut que tu viennes au restaurant chinois de M. Woo. Je nous ai acheté de quoi déjeuner, et j'attendais que ce soit prêt pour rentrer à la maison parce que tu étais censé venir.

— Oui, je suis en route. Qu'est-ce qui ne va pas ?

— Retrouve-moi ici tout de suite, s'il te plaît.

Elle raccrocha.

Cela sembla durer une heure, mais il ne s'était probablement pas écoulé plus de cinq minutes avant que Mack n'entre en trombe dans le parking.

Il la vit, sortit et courut vers elle.

— Qu'est-ce qu'il y a ? s'écria-t-il.

Elle eut un bref mouvement de recul et pointa quelque chose du doigt, avant de tendre un objet en plastique dans sa main.

— Goliath m'a rapporté ça, alors je suis allée jeter un coup d'œil.

Il regarda ce qu'elle tenait dans sa main, fronça les sourcils et avança à l'angle. Il revint, le visage sombre.

— C'est tout ce que Goliath t'a apporté ?

Elle hocha lentement la tête.

— Ça ne suffit pas ? demanda-t-elle. C'est le permis de conduire de Mathew ! Et c'est Mathew dans ce parterre de fleurs, pas vrai ?

Mack acquiesça très lentement, le regard intense et scrutateur.

— Je suis désolé, Doreen.

— Les excuses ne suffisent pas pour l'instant, déclara-t-elle en le regardant fixement. Quelqu'un a tué Mathew.

— Oui. Tu sais ce que ça veut dire ?

Elle opina du chef.

— Oh, je sais ce que ça veut dire. Je suis la suspecte numéro un.

Chapitre 2

L'ATMOSPHÈRE ÉTAIT TRANQUILLE, un peu comme le calme avant la tempête.

Pour la première fois de sa vie, Doreen savait exactement comment l'interpréter. Elle avait l'impression de s'accrocher à quelque chose de si fragile, de si cassant, que le moindre souffle le ferait voler en éclats. Bientôt, la nouvelle se répandrait, tout le monde le saurait, son téléphone sonnerait et les gens se demanderaient si c'était elle la coupable, si elle avait assassiné Mathew.

Doreen était assise chez elle, fixant son téléphone du regard pour la quinzième fois au moins. Elle essayait de se rassurer en se disant qu'il était en silencieux. Mack l'avait renvoyée chez elle dès qu'il avait pu, toutefois, tous les flics l'avaient quand même regardée de travers, alors qu'ils auraient dû ne faire aucune supposition. Mack lui avait conseillé d'attendre, près du téléphone, et informé qu'il l'appellerait.

Il n'avait pas appelé, et elle avait assurément passé des heures dans les sombres abysses de son esprit. Pourtant, peu importe ce qu'elle pensait, cela n'avait duré qu'une heure. Une heure pendant laquelle le temps s'était arrêté. Une heure pendant laquelle son cœur ne savait que faire. Tour à tour, elle avait pleuré, s'était réjouie, puis s'était sentie horriblement coupable, avant que le cercle vicieux ne recommence.

Son téléphone en silencieux, elle n'entendrait aucun appel. Cependant, elle espérait toujours voir l'appel manqué. Elle aurait alors rappelé Mack, mais elle ne voulait pas s'occuper du reste du monde. Elle ne *pouvait pas* s'occuper du reste du monde.

Cette impression de fragilité, ce sentiment que son monde s'écroulait, tout cela était si puissant et lui sautait au visage. Elle ne voyait aucun moyen d'échapper au retour de bâton qui s'annonçait, à la frénésie des médias, à son téléphone qui sonnait à toute volée et aux gens qui frappaient à sa porte. Tout était en train d'exploser et elle n'avait aucun moyen de l'arrêter. Elle ne savait même pas si elle devait essayer d'y mettre un terme. Certains diraient-ils que c'était la prochaine étape de sa vie ?

Ça l'était, néanmoins, pas celle à laquelle elle s'attendait. De toute évidence, ce n'était pas celle qu'elle souhaitait.

Elle n'avait aucune rancune à l'égard de Mathew ; or, elle savait aussi que le monde qui l'entourait ne l'entendrait pas de cette oreille et ne la croirait pas. Ils ne l'écouteraient pas. Les gens pensaient ce qu'ils voulaient penser. Lorsqu'elle avait été confrontée pour la première fois à la mort de Mathew à l'arrière du restaurant de M. Woo, elle était certaine que personne ne la croirait capable d'une telle chose.

N'empêche que, plus elle restait assise ici, plus elle se demandait si une grande partie du monde ne penserait pas au pire et si ces personnes se donneraient la peine d'obtenir des réponses ou de chercher la vérité. Selon elle, ils se contenteraient de la juger et de rire parce que cela n'avait rien à voir avec eux. *Cela,* elle pouvait le comprendre, mais le reste ? Pas vraiment.

De retour dans le silence interminable, en train de penser à son mariage, son échec, le divorce en cours, Robin et tout ce qui avait conduit à ce jour, Doreen se demanda si tout cela aurait pu être évité.

Elle ne voulait rien de Mathew. Elle ne voulait pas d'argent au point de lui causer des difficultés. Elle passa en revue toutes ses conversations avec Nick, encore et encore dans son esprit, se demandant si elle ne lui avait pas donné, à tort, l'impression qu'il devait insister, alors que ce n'était pas ce qu'elle voulait.

Selon elle, ce partage forcé des biens matrimoniaux n'était pas du tout nécessaire. Nick affirmerait sûrement qu'elle avait droit à une partie de l'argent de Mathew après quatorze ans de mariage, que ce n'était pas sa faute et que cela n'avait rien à voir avec elle. Pourtant, au fond, Doreen savait qu'elle y était pour quelque chose.

— Comment pourrait-il en être autrement ?

Cette pensée la tuait.

Mathew et elle étaient au milieu d'un divorce que les médias auraient qualifié de terrible, même si elle ne savait pas ce que cela signifiait. C'était le seul divorce qu'elle avait jamais connu. Leur mariage avait été mauvais, mais il n'y avait aucune raison pour que quelqu'un soit blessé, ou pire, tué à cause de cela.

— Est-ce qu'il existe des divorces agréables ? songea Doreen à voix haute. Un divorce à l'amiable, ça existe ? Vraiment ?... Les gens sont-ils capables de s'écouter, s'asseoir autour d'une table et signer les papiers ensemble, après s'être entendus sur un règlement considéré comme équitable pour les deux parties ? Est-il possible de se séparer tout en restant bons l'un envers l'autre ? Si oui, comment ?

Ses questions partaient dans tous les sens et ses pensées n'étaient pas cohérentes. Mathew était venu à Kelowna – apparemment pour signer les papiers du divorce – et elle ne comprenait pas ce qu'il s'était passé entre son arrivée ici et la découverte de son corps.

Avait-elle peur de lui ?

Elle voulait réfuter, dire qu'elle n'avait plus peur de lui, toutefois, une petite partie d'elle-même devait répondre honnêtement, et cette réponse était : oui, elle avait encore peur. Cette partie d'elle était soulagée de savoir que tout scénario de femme battue ne se reproduirait plus jamais. Elle était coupable de se sentir soulagée, néanmoins, ce n'était pas la même chose que de tuer quelqu'un ou même de préméditer sa mort.

Doreen avait entendu trop d'histoires, avait vu trop de choses, au cours de ces sept derniers mois d'enquête sur des affaires non résolues, pour ne pas savoir comment le monde réagirait. Lorsque la nouvelle éclaterait enfin et que les médias s'en empareraient, elle serait crucifiée. Elle était la suspecte la plus évidente. Et les médias allaient insister sur ce *fait* jusqu'à ce que le contraire soit prouvé. Peut-être pas. Les gens se souviendraient très probablement de cette période où ils avaient pensé que Doreen était capable de commettre un meurtre. Ils diraient qu'elle avait tellement appris en résolvant des affaires classées qu'elle avait compris comment tuer son mari et comment s'en tirer.

Elle laissa échapper un rire amer, car, si tel était le cas, elle n'aurait sûrement pas déposé son cadavre dans un jardin à côté du restaurant chinois, pour ensuite être celle qui trouve son corps. Cela aurait été un peu trop évident, même pour elle.

Au fur et à mesure que le temps passait, sans aucune

nouvelle de Mack – ni de personne d'autre d'ailleurs –, Doreen s'inquiétait de plus en plus, soupçonnant qu'il se passait quelque chose d'autre et qu'elle n'était pas au courant. Elle s'attendait à ce que la police débarque devant sa porte et l'arrête d'un moment à l'autre. Elle ne savait même pas comment ils pouvaient en arriver à cette conclusion, mais tout dans son monde convergeait vers ce point.

Quand son téléphone s'alluma, elle le prit, puis consulta qui l'appelait. *Nick.* Elle soupira, mais décrocha.

— Bonjour, répondit-elle, lentement, à voix basse.

— Doreen, la salua Nick, avant de durcir le ton. Est-ce que ça va ?

— Est-ce que je vais bien, après avoir trouvé le corps de mon futur ex-mari, alors que j'allais commander au restaurant chinois pour offrir un repas à ton frère ? s'enquit-elle, presque sur un ton monocorde.

Alors, elle se mit à rire d'une façon un peu hystérique, qu'elle ne pouvait pas contenir.

— Je vais bien, *tout va bien.*

— Je veux que tu te ressaisisses maintenant. J'essaie de partir pour Kelowna, mais je suis à l'aéroport. J'ai beau essayer, j'en ai encore pour une heure ou deux.

— C'est bon, marmonna-t-elle. Rien ne presse.

Un étrange silence se fit.

— Tu n'as pas l'air d'aller bien.

— Non, je ne vais sûrement pas bien, avoua-t-elle entre deux petits rires hystériques. Je ne sais même plus quoi penser. Je suis restée assise ici, dans l'ignorance, à attendre que le temps passe, à attendre que Mack m'appelle et me dise ce qu'il se passe. Mais, pour être honnête, je sais qu'il ne me dira rien. Il ne peut pas. C'est son affaire. C'est une affaire en cours.

Sa voix ressemblait presque à un murmure.

— En effet, surtout pas dans ce cas, il ne te parlera pas du tout.

Elle hocha la tête, mais, évidemment, Nick ne pouvait pas le voir.

— Écoute. Reste où tu es, ne sors pas, ne fais rien. Tu as l'habitude de répondre aux appels sans vérifier qui c'est, mais c'est le moment de m'écouter. Ne réponds au téléphone que *seulement* si c'est Mack. Je serai là dès que possible. C'est compris ?

— Oui, souffla-t-elle, avant de poursuivre d'une voix forte et hystérique. Nick, tu es avocat spécialisé dans les divorces. Es-tu également avocat pénaliste ?

— Non, déclara-t-il, avant d'hésiter. Tu as besoin d'un avocat pénaliste ?

La jeune femme fixa le téléphone du regard.

— Tu me demandes si je l'ai tué ? s'écria-t-elle. Parce que c'est une tout autre histoire que d'avoir besoin d'un avocat.

— Tu as raison, convint-il calmement, et c'est pourquoi je n'ai pas posé cette question parce que tu n'es pas coupable.

Le ton de Nick était fort de conviction.

Doreen ferma les yeux, sentant les larmes chaudes derrière ses paupières.

— Non, je ne l'ai pas tué. Pourtant, pour une grande partie du monde, c'est une vérité dont personne ne se soucie.

Et elle se mit à pleurer.

— Tiens bon, Doreen. Tiens bon, répéta-t-il, sa voix se faisant de plus en plus inquiète. Et si on demandait à ta grand-mère de venir ? Peut-elle venir te rendre visite ? Peut-elle rester avec toi jusqu'à ce que Mack puisse venir ou au moins jusqu'à ce que j'arrive ?

— Non, bougonna-t-elle, je ne lui ai même pas encore dit.

— Il est impossible qu'elle ne soit pas déjà au courant. Tu comprends, n'est-ce pas ?

— J'espère que la nouvelle sera retardée un tant soit peu. Au moins jusqu'à ce que je me contrôle mieux.

— C'est un bon point.

Il y eut une annonce en arrière-plan, et il relaya :

— Ils appellent mon avion, donc je devrais être à Kelowna dans une heure. J'espère être chez toi vingt minutes plus tard. Entendu ?

— Oui.

— Ne bouge pas. Je serai bientôt là.

— La cavalerie à la rescousse ?

Devant l'étrange note de sarcasme dans le ton de la jeune femme, Nick rit.

— Mais cette fois, c'est *toi* qui as besoin d'être secourue.

Sur ce, il raccrocha.

Chapitre 3

DOREEN ÉTAIT ASSISE là depuis ce qui lui semblait être des heures interminables. Il s'était probablement écoulé près d'une heure depuis qu'elle avait parlé à Nick. Sans savoir à quoi s'attendre, elle consulta l'heure et se rendit compte que Nick ne tarderait pas à arriver. Entendant un véhicule à l'extérieur, elle se leva d'un bond et courut jusqu'à la porte d'entrée. Au moment où elle allait l'ouvrir, quelqu'un frappa de l'autre côté.

L'inconnu hurla alors :

— Ouvre la porte, idiote ! Laisse-moi entrer !

Elle se figea. Mugs aboyait comme un fou contre l'homme à l'extérieur, et Doreen n'osa pas essayer de le faire taire ; elle ne voulait pas que quelqu'un sache qu'elle était à l'intérieur. L'homme en colère ne cessa de frapper à sa porte, jusqu'à ce qu'elle entende son voisin, Richard, lui crier dessus.

— Arrêtez ! Elle n'est même pas chez elle.

— Rentre chez toi, le vieux, menaça son visiteur en colère, ou je viendrai te rendre visite la prochaine fois.

Richard serait alors retourné à l'intérieur, mais elle ignorait s'il avait appelé la police. Richard avait-il également entendu la nouvelle ? Peut-être qu'il aurait seulement pensé qu'il s'agissait d'une rétribution. Elle secoua la tête, tremblante, tandis que Mugs aboyait toujours, sautant maintenant contre la porte.

L'homme impatient frappa de nouveau et cria :

— Tu as quelque chose qui m'appartient, espèce d'idiote ! Je veux le récupérer, et tout de suite. Je reviendrai le chercher, t'inquiète pas. Tu as intérêt à ce que ce soit prêt pour moi.

À ce moment-là, elle entendit un autre véhicule et l'homme en colère jura à demi-voix. Depuis le coin de la fenêtre, elle avisa l'homme dévaler les escaliers et se rendre en trombe jusqu'à un petit véhicule garé au bout de sa pelouse. Il sauta dedans juste au moment où une voiture de location s'arrêtait dans l'allée. L'étranger en colère observa Nick sortir, puis il partit.

Elle attendit que Nick arrive sur le perron et qu'il la voie par la fenêtre. Il passa son regard de Doreen à l'autre véhicule, puis demanda :

— Doreen, ouvre-moi.

Elle s'empressa de déverrouiller la porte et lui ouvrit, avant de se jeter dans ses bras.

Il la serra contre lui et murmura :

— Ça va ?

Elle secoua la tête.

— Pas aussi bien que je l'aimerais, marmonna-t-elle.

— Cet homme te dérangeait-il ?

La jeune femme pouffa.

— Est-ce que c'est le bon terme ? J'ai eu la prévoyance d'en enregistrer une partie, précisa-t-elle en passant le petit bout de vidéo qu'elle avait obtenu par une fente dans ses rideaux.

Nick scruta son téléphone, visionnant la vidéo, puis secoua la tête.

— La bonne nouvelle, ajouta-t-il en passant son regard entre Doreen et l'écran du téléphone, c'est que ça pourrait grandement contribuer à te laver de tout soupçon. D'un autre côté, as-tu une idée de son identité ?

Elle secoua la tête.

— Sais-tu ce qu'il cherchait ?

Elle secoua de nouveau la tête.

— Sais-tu s'il pense que tu as quelque chose qui pourrait être à lui ?

Elle secoua une dernière fois la tête.

— *Génial*, bougonna-t-il en se passant les mains dans les cheveux. Laisse-moi au moins entrer.

— Désolée.

Elle recula précipitamment, trébuchant sur les animaux enroulés autour de ses chevilles. Mugs avait déjà salué Nick avec joie, et Goliath semblait vouloir le fixer de son regard de chat sans sourciller.

Lorsque Nick entra et ferma la porte d'entrée, Doreen s'assit sur le fauteuil le plus proche du salon et leva les yeux vers lui.

— Je ne sais pas ce qui vient d'arriver à ma vie, mais elle a complètement basculé.

Il acquiesça.

— Je le vois bien. La question est de savoir s'il s'agit d'un bon ou d'un mauvais retournement.

— Je ne sais pas, reconnut-elle, mais pour l'instant, je me sens mal.

— Évidemment, concéda-t-il doucement.

Il s'assit à côté d'elle, prit sa main et la serra doucement dans la sienne.

— As-tu parlé à Mack ?

Elle secoua la tête.

— Non, et j'attends toujours qu'il m'appelle.

— Je soupçonne qu'il se bat en ton nom.

— Comment ça ?

Nick prit une grande inspiration.

— Je l'ai contacté dès que j'ai atterri à l'aéroport, il sait donc que je suis ici. Il se bat pour rester sur l'affaire, mais apparemment, ça s'annonce compliqué.

Doreen se redressa.

— Mais si Mack n'est pas là pour s'occuper de moi, personne d'autre ne le fera.

— Ne pense pas ça. Tu as beaucoup aidé le capitaine et tous les autres membres de ce service.

Elle opina lentement du chef.

— Bien sûr, mais pourquoi ne laissent-ils pas Mack prendre les rênes ?

Alors qu'elle prononçait cette phrase à voix haute, la partie de son cerveau consacrée à la pensée rationnelle – apparemment éteinte par le choc des événements – s'alluma soudain.

— Oh, marmonna-t-elle, c'est vrai… Notre relation.

Puis les épaules de la jeune femme s'affaissèrent.

— Oui, et tu seras évidemment le suspect numéro un, souligna Nick, mais tu dois aussi comprendre que Mack lui-même serait le numéro deux sur cette liste de suspects.

Elle le dévisagea avec stupeur.

— Comment ?

— C'est lui qui veut te libérer, déclara Nick. Il n'a jamais caché ce qu'il pensait de Mathew. Mack a arrêté cet homme combien de fois, pour l'amour de Dieu ?

— Bien sûr, mais Mathew a été très difficile à gérer. Ça

ne veut certainement pas dire que… De plus, la cause du décès, ce n'est pas *du tout* la manière dont Mack s'y prendrait pour tuer Mathew.

Nick la fixa intensément.

— Qu'est-ce que tu entends par là ?

— Mack pourrait lui donner un coup de poing et, si Mathew avait une mâchoire fragile ou quelque chose comme ça, ça pourrait se terminer ainsi, mais Mack ne tuerait pas délibérément Mathew. Et si c'était lui le coupable, ce serait certainement parce qu'ils en seraient venus aux mains.

— Je suis d'accord…

— Et Mack n'aurait certainement pas laissé Mathew dans un buisson de fleurs pour que je le trouve, ajouta Doreen avec dégoût. Il savait que j'allais chercher de la nourriture chinoise, alors il n'y a absolument aucune chance que Mack ait jeté le corps là.

— Ah. C'est vrai, c'est logique, convint Nick, avec un hochement de tête et un petit rire. Je suis content que tu comprennes si bien Mack.

Elle lui adressa un sourire en coin.

— Il est assez facile de comprendre Mack. Ses besoins sont simples, ses désirs assez universels. Il veut que je sois libre et que Mathew me laisse tranquille. C'est une méthode, mais ce ne serait pas celle de Mack. Il se soucierait trop du résultat final et ne se compromettrait jamais.

Nick esquissa un sourire, presque radieux, comme s'il s'agissait de son élève vedette.

— C'est tout à fait vrai, et c'est à ça que tu dois t'accrocher pour traverser cette épreuve.

Il se retourna vers la porte d'entrée.

— Je me demande quand ton visiteur reviendra.

— Je ne sais pas ce qu'il cherche ni ce qu'il pense que j'ai en ma possession. Je suppose que j'aurais dû lui parler, mais je n'étais pas prête à ça.

— Ce n'est pas grave. C'est sûrement mieux ainsi, nota Nick.

— Pourquoi ?

— Je pense qu'il vaut mieux que tu restes là et que tu attendes.

— Il faudra bien que je parle à quelqu'un à un moment ou à un autre. Sinon, je ne saurai rien, se plaignit-elle en le regardant, les yeux écarquillés.

Doreen balaya le salon du regard, comme si elle le voyait pour la première fois depuis longtemps.

— Je suis restée là, à attendre que mon monde s'écroule.

— Devine quoi ? Tu es toujours là, et il ne s'est pas écroulé du tout.

Elle afficha un semblant de sourire.

— Tu as raison, mais l'effondrement est toujours imminent.

— Peut-être, mais ça ne veut pas dire que ça arrivera un jour, argumenta Nick. Je peux comprendre que tu te sentes ainsi, et je peux comprendre qu'il soit difficile et douloureux pour toi de rester assise ici et d'attendre que tout le monde revienne vers toi avec des réponses sur ce qu'il se passe. Pourtant, en fin de compte, tu dois être patiente.

Elle éclata d'un rire maniaque en entendant ce conseil.

Nick grimaça.

— La patience n'est pas ton point fort.

Incapable de s'en empêcher, elle éclata à nouveau de rire, mais cette fois-ci c'était plus proche d'un vrai rire.

— Non, en effet. Je ne suis vraiment pas douée pour attendre, murmura-t-elle, se rendant à l'évidence. Pourtant, je ne suis pas coupable, et je veux aller découvrir qui l'est.

— Peux-tu me dire pourquoi ?

Surprise par cette question, Doreen fronça les sourcils.

— Comment ça ?

— Je pense que j'essaie d'évaluer ce que tu ressens pour Mathew à ce stade, répondit Nick.

— Triste, bouleversée et en deuil. Mais pas tant pour lui que pour ce qu'il aurait pu être. Pour ce qu'on aurait pu avoir, s'il avait été quelqu'un d'autre, déclara-t-elle, perdue dans ses pensées. Est-ce que je le pleure ?

Elle réfléchit à cette question.

— Je ne sais pas, mais il a joué un rôle important dans ma vie pendant de nombreuses années. Pour le meilleur et pour le pire. Je ne pense pas que je puisse me débarrasser de mes émotions seulement parce qu'il est mort.

— C'est vrai.

— Je pense que ce sera tout un processus pour y parvenir, ajouta-t-elle. Peut-être que je me réveillerai demain et que je me sentirai soulagée. Je voulais juste en finir avec le divorce depuis si longtemps, et maintenant je me sens horriblement coupable à cause de ça.

— Coupable ? s'enquit Nick d'un ton interrogateur.

— Oui, coupable parce que je voulais en finir. Le divorce, toutes ces bêtises. Je ne voulais pas qu'il meure, mais je voulais que tout ce drame s'arrête.

— Bien sûr.

Elle le regarda fixement.

— Tu ne penses pas que je suis coupable, si ?

Nick rit.

— Non, absolument pas. Tu n'as rien fait. Mais je suis un peu inquiet de la façon dont tu gères tout ça. C'est beaucoup à digérer.

— Je n'arrive pas à croire que, juste après la mort de Robin, il meure à son tour, dit-elle en fixant Nick, l'air ahuri. Je sais que des choses terribles arrivent aux gens tout le temps, mais je n'ai jamais vu ça depuis que j'ai emménagé ici.

— Pourtant, ces choses se produisaient ici tout le temps, non seulement au cours des derniers mois depuis que tu as emménagé ici, mais aussi avant, fit-il remarquer. Il est probable qu'une grande partie de l'attention portée à ces terribles événements soit due aux affaires non résolues que tu as déterrées.

— C'est tout à fait vrai.

Doreen se massa la nuque. Puis, elle ferma les yeux et s'étira en faisant pivoter son cou.

— Merci de ne pas m'avoir demandé si je l'avais tué.

— Certes, mais tu as demandé si tu avais besoin d'un avocat spécialisé en droit pénal.

— Oui, parce que je risque d'être inculpée et, si c'est le cas, je n'ai aucune idée de comment je pourrais me défendre. J'ai besoin d'une stratégie avant que quelque chose d'autre n'arrive.

— C'est à ça que sert l'avocat, convint-il en hochant la tête.

Doreen lui adressa un sourire en coin et conclut :

— D'où la question.

— Ne nous lançons pas là-dedans tout de suite, suggéra Nick. Les autorités doivent avoir des preuves que tu as quelque chose à voir avec ça avant de pouvoir t'inculper. Et, s'ils t'inculpent, ce pourrait être plus ou moins pour te garder chez toi et en sécurité, pendant qu'ils poursuivent l'enquête.

— Ce serait une décision terrible, car je suis la personne la mieux placée pour résoudre ce problème, marmonna-t-elle.

— Ce n'est pas tout à fait vrai, répliqua Nick. Tu ne t'es pas occupée des affaires en cours, ou du moins pas autant que Mack.

— Je comprends et, bien sûr, il est préférable que Mack reste sur l'affaire, mais je peux comprendre que le capitaine veuille le retirer.

— De plus, il ne s'agit pas tant du capitaine que de cette affaire de meurtre qui implique un groupe de travail conjoint avec Kelowna et Vancouver parce que Mathew y vivait.

— Peut-être, mais ça ne veut pas dire que le tueur n'était pas là-bas.

— La compétence en matière de scène de crime est ici, certes, mais les deux services travailleront ensemble, ajouta Nick.

— Bien entendu, bougonna Doreen, puis elle le dévisagea. Je ne l'ai vraiment pas tué.

— Je sais, et tous ceux qui te connaissent le savent aussi.

— Mais les autres, ceux qui ne veulent pas savoir qui je suis ou qui n'en ont pas eu l'occasion, le croiront, sans parler de tous ceux qui me détestent.

— Ce n'est pas notre problème pour l'instant. On ne peut que montrer aux gens qui on est et partir de là. Pour info, ils ne te détestent pas. Enfin, pas tous.

Elle acquiesça lentement. Avec un soupir, elle regarda autour d'elle.

— J'ai l'impression d'être figée dans ce fauteuil, dans ce salon, depuis des heures.

— C'est sûrement le cas, confirma-t-il avec un sourire radieux.

— J'ai besoin d'un café.

— Bien sûr, répondit-il d'un ton sec, en souriant.

Doreen le regarda avec méfiance, mais il effaça son sourire.

— Qu'est-ce qui ne va pas avec le café ? demanda-t-elle,

les sourcils froncés.

— Rien, c'est toujours la boisson que tu choisis…

Stupéfaite, elle s'enquit :

— Pas toi ? Personne ne choisit le café ?

— Non, et crois-le ou non, beaucoup de gens ne boivent pas de café du tout.

Elle lui lança un regard suspicieux.

— Je ne sais pas si je pourrais faire confiance à quelqu'un qui ne boit pas de café.

Sur ce, Nick ne put se contenir et éclata de rire.

La jeune femme sentit un sourire se dessiner sur ses lèvres.

— Je sais… c'est un peu bête, n'est-ce pas ?

— C'est assurément bête, mais, pour l'instant, tu as le droit d'en réchapper.

Elle haussa les épaules, se leva d'un bond et attrapa Goliath, qui se trouvait sur son chemin.

— Ces animaux savent manifestement que quelque chose se trame. Ils me tournent autour depuis que je suis rentrée à la maison.

— Bien sûr qu'ils le savent, confirma Nick. Garde ce petit gars dans tes bras et dis-moi comment préparer ton café.

Elle donna rapidement des instructions à Nick, qui se dirigea vers la cafetière, où il lança ce qu'elle espérait être une dose décente. Elle l'observa tout en câlinant Goliath. Pendant ce temps, Thaddeus était blotti contre son cou, marmonnant contre sa peau.

— Cet oiseau te parle ? demanda Nick en observant la jeune femme.

Elle opina du chef.

— J'aimerais pouvoir comprendre ce qu'il essayait de

dire.

— J'imagine qu'il te dit que tout ira bien, devina Nick.

— Peut-être. Il pourrait aussi me dire de m'assurer que quelqu'un s'occupera de lui pendant que je serai en prison.

Nick éclata alors de rire.

— Oh là là, je n'y avais pas pensé. Tu pourrais très bien avoir raison.

Doreen sourit.

— Je ne sais pas ce qu'il dit, mais il se frotte à mon cou, alors je suis persuadée qu'il essaie de me réconforter.

— Je suis d'accord. Tu as besoin de réconfort.

— Ce que je veux, c'est parler à Mack.

— Dès qu'il le pourra, il sera là.

— Je le sais – du moins je veux le croire – mais je sais aussi que les choses peuvent devenir très compliquées au commissariat.

— Il est sûrement chez M. Woo, pendant qu'ils passent en revue la scène de crime, souligna Nick. Même si Mack ne peut pas participer, ça ne veut pas dire qu'il ne restera pas impliqué, autant qu'il le pourra. Il voudra voir autant de preuves que possible.

— Bien sûr, marmonna-t-elle.

— Une idée de la façon dont Mathew est mort ?

Doreen dévisagea Nick.

— Non, je n'en ai pas la moindre idée. Et toi ?

Il haussa les épaules.

— Non. C'est à toi que je demandais.

— Tu te demandes si je l'ai observé ?

— Tu l'as observé, affirma-t-il. La question est donc de savoir si tu as vu quelque chose.

Elle acquiesça.

— Je comprends ce que tu dis, mais la réponse est non.

Je n'ai pas eu l'occasion de voir quoi que ce soit.

— Dommage.

— Je suppose que Mack nous donnera autant d'informations que possible.

Nick secoua la tête.

— C'est peu probable, Doreen. Vous êtes tous les deux les principaux suspects. Il ne sera pas autorisé à en savoir plus sur l'affaire. Il serait donc bon que quelqu'un d'autre s'en occupe. Tu ne connaîtrais pas un détective privé en ville, par hasard ?

Elle le regarda avec surprise, puis approuva lentement du chef.

— En fait, si. Il pourrait nous aider, même s'il y aura un prix à payer.

— Bien sûr qu'il y aura un prix à payer. Il y en a toujours un.

— Je sais. Je suis encore en train de m'y faire, râla Doreen en levant les yeux au ciel.

Nick sourit.

— Mais n'oublie pas que tu as de l'argent qui vient de la vente aux enchères d'antiquités.

— Oui, j'ai cet argent qui arrive, en effet. Tout le monde dit ça. C'est comme si on entendait les gens dire *le chèque a été envoyé*, tout en signifiant qu'il n'arrivera jamais.

— Oh, l'argent de la vente aux enchères d'antiquités arrive bien, confirma Nick. Je ne suis pas sûr de ce qu'il adviendra du divorce maintenant, en ce qui concerne ce que tu recevras de Mathew, mais tu as aussi l'argent de Robin. Tu as reçu l'argent de la récompense de Bernard, donc, avec un peu de chance, tu seras tranquille pendant un certain temps, le temps que tout ça se tasse.

— Pas si on doit payer un détective privé ! s'écria Doreen. C'est cher !

Nick lui jeta un regard noir et elle se cala dans son fauteuil.

— C'est vrai, mais rester en prison coûte cher aussi, ajouta-t-elle.

Puis elle se tut, avisa Nick et hoqueta.

— Est-ce que je dois payer pour aller en prison ?

Les lèvres de l'avocat tressaillirent.

— Non. Et si tu travailles en prison, tu es payée.

— Oh, bien.

Doreen se remit à rire.

— Écoute ça. Quand je décrocherai enfin mon premier vrai travail, je serai en prison, dit-elle en secouant la tête. Quel gâchis.

— Va t'asseoir dehors, je vais apporter le café, proposa-t-il.

Elle acquiesça et sortit, s'approchant de la clôture pour étudier les roses. Lorsqu'un homme sauta par-dessus la clôture et heurta Doreen accidentellement, cette dernière poussa un cri. Il ne fut pas perturbé et commença à prendre des photos avec son appareil. Elle brandit Goliath devant son visage et s'époumona :

— Sortez de là ! Allez-vous-en !

L'homme riait.

— Hé, regardez ça. Notre célèbre limier local tue son ex-mari. Ça va faire un bon article.

Au même moment, Nick sortit, prit une photo de lui et rétorqua :

— Imprimez ça, jeune homme, et nous prendrons tout ce que vous possédez.

L'homme le regarda avec stupeur.

— Comment ça ? demanda-t-il d'un ton agressif.

— Vous êtes sur une propriété privée, et vous êtes en train de commettre un nouveau délit, expliqua Nick, alors je vous suggère de poser cet appareil tout de suite, et nous n'aurons pas besoin d'aller plus loin.

L'intrus ricana.

— Pas question, mon vieux. Pas question de faire ça. Allez-y, faites ce que vous voulez. Vous ne pouvez pas m'empêcher d'imprimer ça.

— Peut-être pas, reconnut Nick, mais je peux vous garantir que ce sera la dernière chose que vous ferez lorsqu'il s'agira d'imprimer des photos que vous avez obtenues illégalement. Vous pouvez vous retrouver en prison pour ça.

— Pas question, mon père s'en occupera.

À cette remarque, Doreen l'examina, et elle reconnut ses traits.

— Bernard serait-il votre père, par hasard ?

Il la dévisagea.

— Vous le connaissez aussi, c'est ça ? Vous êtes l'une de ces filles qui passent la nuit chez lui ?

— Non, je vous assure que ce n'est pas le cas.

Doreen sortit son téléphone et prit une photo du jeune homme, puis l'envoya à Bernard, accompagnée d'un message demandant : **C'est votre fils ?**

Bernard répondit par l'affirmative, puis appela Doreen.

— Bonjour, que se passe-t-il avec mon fils ? Il devait rentrer pour le dîner.

— Il s'est introduit dans mon jardin, il a essayé de prendre des photos de moi pour les publier sur des blogs, et il affirme que j'ai assassiné mon ex-mari, répondit-elle de but en blanc.

Après un moment de silence, Bernard commença à rugir dans le téléphone.

Elle brandit l'appareil, avisa le fils et lui annonça :

— Votre papa veut vous parler.

Il la dévisagea, le visage pâle.

— C'est injuste. Je devrais avoir le droit de vivre sans lui.

— Absolument, déclara Nick d'un ton dur, mais vous devez aussi payer les conséquences de vos actes. Je vous l'ai déjà dit. Alors, si vous avez l'intention de publier ce genre de choses, vous pouvez être sûr qu'il y aura toutes sortes d'amendes et de peines de prison à encourir.

Bernard dit à l'oreille de Doreen :

— Gardez-le ici. Je serai chez vous dans une seconde.

Elle se tourna vers le gamin.

— Comment vous vous appelez, d'ailleurs ?

— Qu'est-ce que ça peut vous faire ? Vous savez ce que c'est que de grandir sous les ordres de cet homme ?

— Non, reconnut Doreen, mais je sais que vous avez eu la chance de grandir, donc ça ne peut pas être si mal.

Il pouffa en entendant cela.

— Il a de l'argent. Il a tout fait. Il est allé partout. Tout le monde le respecte, *bla, bla, bla*, maugréa-t-il. On ne peut même pas être soi-même dans cette ville, sans que tout le monde sache qui on est.

— Oh, je comprends. Je suis désolée. Cependant, combien de personnes comprendront votre vie, qui semble être une pauvre petite complainte de gosse de riche ?

Doreen n'était pas prête à se laisser faire sur ce coup-là.

Le gamin se contenta de lui rire au nez.

— Ce n'est pas drôle, bougonna-t-il.

— Peut-être pas, mais vous pourriez faire quelque chose d'utile pour changer.

Il lui lança un regard noir.

— Vous ne savez rien de moi. Vous n'êtes qu'une femme

stupide qui a des problèmes en ce moment et qui cherche quelqu'un pour l'aider. Je vais me faire un peu d'argent sur votre dos. Comptez sur moi.

— Oui, vous pouvez, et votre père aura encore plus honte de vous.

— Pourquoi ? Qu'est-ce que vous racontez ? Il sera fier de moi. J'ai eu une bonne idée sur ce coup-là, déclara-t-il. Vous ne pouvez pas prendre mon appareil photo et vous ne pouvez pas m'empêcher d'utiliser les clichés. Même si je ne les vends pas à un journal, je peux les poster sur des blogs.

— Pas sans ma permission, affirma Doreen. Vous pensez que vous pouvez poster ce que vous voulez et que tout le monde s'en fiche ? La diffamation, vous connaissez ?

Il haussa les épaules.

— Vous n'êtes personne. Vous n'êtes pas une personnalité publique. Je peux publier ce que je veux.

— Et vous pensez que votre père sera fier de ça ? s'enquit-elle en fronçant les sourcils. C'est donc ça le fond du problème ? Vous voulez lui prouver que vous êtes quelqu'un ? Que vous êtes capable de faire quelque chose ?

— Je suis *capable* de faire quelque chose, s'emporta le jeune homme. Et vous ne savez rien du tout.

— En effet, confirma-t-elle. Après tout, c'est vous qui supposez que j'ai assassiné mon ex-mari, alors qu'est-ce que ça peut vous faire ?

— C'est vrai. J'ai entendu la nouvelle et j'ai accouru.

— Vous êtes donc en train d'enfreindre la loi, releva-t-elle. Vous êtes entré illégalement dans mon jardin pour m'accoster.

— C'est faux ! Je ne vous ai pas touchée.

—À vrai dire, si. Vous vous souvenez quand vous avez sauté ? C'est moi que vous avez percutée.

Il lui lança un regard noir.

— C'était un accident.

— Je me fiche de savoir si c'était un accident ou non, riposta Doreen. Vous ne savez rien de cette affaire, et tout ce qui vous intéresse, c'est de prouver à votre père que vous êtes quelqu'un. Vous ne vous souciez pas du fait que vos photos vont potentiellement monter des gens contre moi – des gens qui pourraient faire partie d'un jury un jour. Vous pourriez affecter l'issue de mon affaire, sans parler du fait que vous pourriez blesser des innocents en cours de route.

— Qu'est-ce que ça peut me faire ? Vous n'êtes qu'une meurtrière ! hurla-t-il.

C'est alors que Bernard arrivant en trombe, s'égosillant comme elle ne l'avait jamais vu.

— Dis-moi que tu ne viens pas de dire ça à propos de Doreen !

Bernard fronça les sourcils, horrifié, et se précipita aux côtés de la jeune femme. Il la prit dans ses bras.

— Je viens d'apprendre la nouvelle, ajouta-t-il.

— Bonjour, souffla-t-elle.

Elle lui rendit son étreinte et lui sourit, soulagée de savoir qu'il croyait en elle.

— Quoi ? Tu la connais aussi ? interrogea le jeune homme avec dégoût.

— Tu te souviens de ma bague et de la femme qui a ré-solu l'affaire ? C'était Doreen.

Le gamin avisa Doreen d'un air hésitant.

Elle acquiesça.

— Oui, réfléchissez. La résolution de cette affaire a été une bonne chose pour vous aussi. Sinon, vous auriez pu avoir une belle-mère du même âge que vous.

Bernard grimaça.

— D'accord, ce n'était pas nécessaire.

Doreen rit.

— Je vous jure qu'elle aurait été un peu plus jeune que lui. J'en suis certaine.

— Très bien. D'accord, rigolez. Croyez-moi quand je dis que j'ai changé d'avis sur toutes ces femmes de toute façon.

— Oui, papa, bien sûr, marmonna le gamin.

Elle se tourna vers Bernard.

— Il a sauté dans mon jardin, m'a frappé le bras en descendant, puis il a commencé à prendre des photos qu'il a l'intention de publier sur des blogs, en faisant savoir à la ville que j'ai assassiné mon mari.

Bernard se redressa de toute sa hauteur et fusilla son fils du regard.

— Sérieusement ?

Le gamin se recroquevilla d'un air penaud.

Bernard poursuivit.

— Pour commencer, une violation de domicile, ce qui est un délit. Tu as pris des photos sans consentement et tu comptes maintenant les publier, la proclamant coupable d'un crime terrible, sans même savoir si l'histoire est vraie ?

La voix de Bernard s'était élevée sous le choc.

— Il considère la vérité comme malléable, déclara Doreen. Après tout, qui se soucie de la vérité, s'il peut en tirer de l'argent ? Il pense qu'il peut prouver à son père qu'il est quelqu'un pour avoir tiré le gros lot sur ce coup-là.

Bernard éructa de rage.

Elle lui tapota doucement le bras et ajouta :

— Alors, ne lui prouvons pas qu'il a tort pour l'instant. Je veux cet appareil, et il a été prévenu qu'il y aurait un procès s'il publiait quoi que ce soit. J'ai mon avocat ici présent. Vous feriez mieux de dire tout ça à votre fils aussi, parce que c'est encore quelque chose qu'il considère comme absolument sans importance.

Bernard ricana.

— Je vais probablement lui faire payer moi-même pour ça.

— Qu'est-ce que tu racontes ? questionna le jeune homme. Pourquoi est-ce que tu ferais ça ? Il n'y a rien que je puisse faire pour que tu me fasses confiance ?

— Je ne sais pas, répondit Bernard, avant de demander : as-tu *déjà* fait quelque chose pour que je puisse te faire confiance ?

Bernard secoua la tête et conclut :

— Doreen ne mérite pas ce traitement.

— Et alors ? Qu'est-ce que ça peut me faire qu'elle le mérite ou non ? Depuis quand tu te préoccupes de ce que les gens méritent ou pas ? rétorqua le gamin avec dégoût. Tu as été dans les affaires toute ta vie, et c'est toi qui me dis sans cesse que tu dois être impitoyable.

— Oui, c'est vrai. D'un point de vue *professionnel,* c'est vrai. Mais il y a des limites à ne pas franchir et des normes de comportement à respecter.

— Qu'est-ce que tu veux dire ? Laisse tomber, marmonna son fils en regardant vers la rivière. Je vais publier ces photos, et vous ne pourrez absolument rien y faire !

Sur ce, il courut vers la rivière et disparut si vite qu'aucun ne put l'arrêter.

Doreen se tourna vers Bernard.

— Je vais arranger ça, la rassura-t-il. Je le promets.

Puis il disparut à son tour.

La jeune femme leva les yeux vers Nick.

— S'il te plaît, dis-moi que le café est prêt.

Il sourit.

— Et si ce n'est pas le cas ?

— Si ce n'est pas le cas, j'attendrai. Mais si c'est le cas, s'il te plaît, injecte-le dans mon bras, pour que je puisse passer cette journée et m'effondrer ce soir.

— Dans ce cas-là, tu ne veux pas de caféine, répondit-il avec un sourire. Sinon, tu risques de te coucher encore plus tard.

— Je n'arrive pas à croire ce qui se passe, murmura-t-elle. Entre le gamin, le type qui frappe à ma porte, la mort de Mathew, ma place sur la liste des suspects, même Mack, et tout ce qui va suivre, c'est trop.

C'est alors qu'elle entendit frapper fort ; la porte d'entrée s'ouvrit derrière eux, suivie par l'énorme carrure de Mack qui remplissait l'entrée ouverte de la cuisine. Doreen se précipita vers lui et il écarta les bras. Elle s'y jeta et s'affaissa contre lui avec soulagement, tandis que Mack refermait ses bras autour d'elle et la serrait avec force.

Chapitre 4

— HÉ, MURMURA Mack, berçant Doreen avec douceur au creux de ses bras. Merci d'être venu si vite, Nick.

Celui-ci secoua la tête.

— Pas assez vite, pourtant, répliqua son frère. Tu ignores ce qu'il s'est passé, le peu de temps que j'ai passé ici.

Et, sur ce, il raconta les quelques heures qui venaient de s'écouler. Mack se figea autour de Doreen. Il recula et observa le visage de la jeune femme.

— Quelqu'un a frappé à ta porte et t'a menacée ?

Elle acquiesça.

— Apparemment, il pense que j'ai quelque chose.

— Oh, pas encore ça, maugréa Mack en fermant les yeux.

— Si, mais je ne sais pas si ça concerne cette affaire ou une autre.

— Ça aggrave le problème, bien entendu, observa Mack. Si quelqu'un d'autre se trouvait dans une telle situation, on supposerait que ça concerne cette affaire. Mais dans ton cas, on ne peut pas l'affirmer.

Elle haussa les épaules.

— Ce n'est pas ma faute.

— Non, en effet, mais quand même un peu.

Doreen sourit.

— C'est un plaisir de te voir. J'ai attendu toute la journée.

— Je sais, et je suis désolé de ne pas avoir pu venir plus tôt. Nick ne t'a pas dit qu'on avait parlé ?

— Si, et il a dit que tu te battais pour rester sur l'affaire.

— Oui, et j'ai perdu ce combat.

— Comment ? hoqueta-t-elle, horrifiée, avant de lever les yeux vers le policier. Pourquoi ?

Elle était hors d'elle.

— Pourquoi le capitaine a-t-il ça ? demanda Doreen.

— Notamment parce qu'il essaie de préserver l'intégrité de l'affaire. Il ne faut pas se voiler la face. Je suis trop impliqué. Je ne serai pas autorisé à travailler sur l'enquête, mais je n'ai pas été suspendu ou limité de quelque manière que ce soit. Je pourrai voir les informations entrer et sortir.

Elle le dévisagea.

— Alors, c'est une bonne ou une mauvaise nouvelle ?

— C'est le mieux qu'on puisse espérer pour le moment, répondit le caporal avec un sourire.

— Je vais juger ça comme une mauvaise nouvelle alors.

Mack éclata de rire.

— Le capitaine sait que tu n'as tué personne, tout comme les gars avec lesquels on a travaillé pendant tout ce temps, souligna Mack. Crois-moi, tout le monde veut résoudre cette affaire aussi vite que possible. Ils savent comment était Mathew, donc ils savent pertinemment que n'importe qui avait un motif pour le tuer.

— Oh, tu ne plaisantes pas, bougonna Doreen. Une multitude de mobiles.

Il acquiesça.

— C'est une préoccupation, essayer de comprendre ce qu'il s'est passé et comment. On devra prendre ta déposition, mais je ne peux pas le faire.

Doreen grimaça.

— *Génial.* Alors, qui ce sera ?

— Un de nos nouveaux enquêteurs.

— Donc, quelqu'un qui ne me connaît pas ?

— C'est ça, confirma Mack, avec un ton désapprobateur.

— Tu n'aimes pas non plus ce nouvel enquêteur, devina Doreen.

Le policier arqua un sourcil.

— Ce n'est pas ce que j'ai dit, protesta-t-il.

— Ce n'était pas nécessaire, déclara la jeune femme.

À ce moment-là, quelqu'un se racla la gorge derrière Mack.

Doreen regarda sous le bras du caporal et vit une femme qui se tenait là, les sourcils froncés.

— Oh, tu as amené quelqu'un ?

— Oui, répondit-il d'un ton sec. Doreen, je te présente la nouvelle enquêtrice.

Doreen grimaça et Mack s'écarta pour la présenter.

— Voici l'inspectrice Insley Mogamon. Elle a récemment rejoint notre division.

— Bonjour, la salua Doreen.

Lorsque l'autre femme fronça les sourcils de plus belle, Doreen lui rendit la pareille.

— Vous voyez ? Je sais faire la même chose.

Les sourcils de l'autre femme se soulevèrent alors.

— Pardon ?

Doreen soupira.

— Oubliez. Ce n'est pas grave. Entrez et participez à la

fête.

— Je ne pense pas qu'une fête soit appropriée, surtout en ce moment, répliqua l'enquêtrice avec raideur.

Doreen la dévisagea.

— Donc, vous n'avez pas d'humour et ne comprenez pas les sarcasmes. J'en prends bonne note. J'en déduis que vous êtes ici pour m'interroger.

— J'aimerais prendre votre déposition, oui, affirma l'inspectrice en l'étudiant attentivement, à moins que vous ne vouliez descendre au commissariat.

— Pas particulièrement, répondit Doreen. Ça dépend si le capitaine souhaite que je m'y présente.

— Non, je ne pense pas que le capitaine s'en inquiète dans les deux cas.

Mogamon passa son regard entre Mack et Doreen.

Mack fit un pas de côté.

— Je vais chercher du café.

— Bonne idée, murmura Doreen. Tu peux remplir ma tasse pendant que tu y es.

Il sourit.

— Ça dépend du nombre de tasses que tu as déjà bues.

— Pas assez, déclara-t-elle en lui lançant un regard noir.

Doreen se tourna vers la femme et lui demanda :

— Voulez-vous vous asseoir dehors ?

— Avec plaisir.

L'enquêtrice sortit et observa la propriété.

— C'est au bord de la rivière ?

— En effet. C'est la maison de ma grand-mère.

— Ah, vous n'êtes donc pas propriétaire.

Et elle commença à prendre des notes.

Doreen fronça à nouveau les sourcils.

— En fait, si.

Mais la jeune femme se tut, se tourna vers Nick et l'interrogea :

— Si le changement de nom s'est fait correctement.

Il afficha une mine perplexe.

— As-tu reçu les documents ?

— Je ne sais pas, répondit Doreen. Nan m'a dit qu'elle la mettait à mon nom, mais je ne sais pas ce qu'il en est advenu.

— Rappelle-moi de reprendre le suivi de cette question. Je peux vérifier.

Tout au long de cet échange, l'inspectrice sembla prendre des notes. Lorsque Doreen se pencha en avant, Insley recula légèrement son carnet. Doreen fronça les sourcils et l'autre femme fit de même. La jeune femme haussa les épaules.

— Alors, que voulez-vous savoir ?

— Dites-moi exactement ce qu'il s'est passé.

— D'accord. Je suis allée chercher à manger au restaurant chinois pour Mack et moi, et…

— Mack ? l'interrompit Insley en la fixant du regard.

— Oui, *Mack*. Il venait déjeuner.

— Vous commandez chinois quand vous recevez quelqu'un à déjeuner ? s'enquit Insley d'un ton faussement calme, mais empli de critiques.

Doreen se hérissa et elle plissa les yeux.

— Quel est le rapport avec le meurtre de Mathew ?

— Continuez, répondit Insley.

Doreen hocha la tête.

— Je pensais que nous allions nous régaler, mais apparemment vous n'êtes pas en accord avec moi. Ce n'est pas grave, chacun son truc, reprit la jeune femme avec un revers de la main.

Dans l'embrasure de la cuisine, elle surprit la désapprobation dans les yeux de Mack et le fustigea du regard.

— Voilà ce qui arrive quand j'essaie de faire quelque chose de gentil pour toi, se défendit-elle. Je suppose que ça veut dire que je ne suis pas censée être gentille.

Il soupira et répliqua :

— Revenons à nos moutons, Doreen.

Elle s'empressa de raconter la suite, avant de conclure :

— Ensuite, j'ai appelé Mack.

La nouvelle inspectrice demanda :

— Entre le moment où Mack s'est mis en route et celui où vous êtes restée sur place, que s'est-il passé ?

— Rien, affirma Doreen. Je suis restée là, à attendre, à essayer de savoir si ce que je venais de voir était réel.

— Pourquoi ne serait-ce pas réel ?

Doreen la dévisagea à nouveau.

— Il n'y a aucune raison pour que ce ne soit *pas* réel. Pourtant, je n'arrivais pas à concevoir que c'était arrivé.

— Pourquoi pas ? s'enquit Insley. Après tout, vous êtes empêtrés dans un vilain divorce.

— Non, nous ne sommes pas empêtrés dans un vilain divorce.

— Plus maintenant, j'imagine, parce qu'il est mort, riposta Insley.

Doreen déglutit, regarda fixement Insley et précisa :

— Nous n'avons *jamais* été empêtrés dans un vilain divorce. Nick est mon avocat, vous pouvez lui en parler.

Insley se tourna alors vers lui et lui demanda :

— Quel est votre nom de famille ?

Il lui donna son nom, et elle fronça les sourcils.

— Moreau ? Nick Moreau ?

Il acquiesça.

— Oui, Mack est mon frère.

L'inspectrice soupira.

— Alors, est-ce que tout le monde ici se connaît et a un lien de parenté avec tout le monde ?

— À peu près, confirma Doreen. Nous n'avons pas non plus de secrets l'un pour l'autre.

— D'accord. Alors, avez-vous tué votre ex ?

Doreen l'observa avec stupeur.

— Non. Je n'ai pas tué mon ex, et je ne devrais pas avoir à vous rappeler que je suis considérée comme innocente jusqu'à preuve du contraire. Alors je n'apprécie vraiment pas que vous supposiez que je suis coupable. Vous ne savez rien de moi, et vous feriez mieux de vous renseigner avant de tirer des conclusions hâtives.

— Je n'ai pas envie de me renseigner sur vous, cracha Insley. Je suis ici pour résoudre une enquête.

— Tant mieux pour vous, rétorqua Doreen. Vous me direz si vous y parvenez.

Insley se contenta de la regarder fixement.

— Doreen, tiens-toi bien, l'avertit Mack.

Elle lui lança un regard noir.

— Ne commence pas, Mack.

Presque au pied levé, il tendit une tasse de café et soupira.

— Bon, donc cette humeur signifie que tu n'as sûrement pas eu ta dose pour aujourd'hui, je me trompe ?

— Je n'ai pas eu ma dose pour la semaine apparemment.

— Les gens que vous amenez avec vous sont intéressants.

Doreen pivota vers l'enquêtrice.

— Dans quel service étiez-vous avant ?

— Ça ne vous regarde pas.

— Pourtant, ça me concerne, cingla Doreen. En vertu de

la Constitution, j'ai le droit de mettre en doute la véracité de la personne qui m'interroge.

Insley fronça les sourcils.

— C'est moi qui mène l'entretien, c'est donc moi qui pose les questions.

Doreen sortit son bloc-notes, prit un stylo et commença à rédiger ses propres notes.

— Qu'est-ce que vous faites ? s'emporta Insley.

— Il est évident que je prends mes propres notes, répondit Doreen avec un regard noir.

Insley se raidit.

— Si vous ne coopérez pas avec la police, les choses seront beaucoup plus difficiles.

— Refus de répondre à des préoccupations légitimes et maintenant menaces de représailles ? Que penserait le capitaine ? songea Doreen. La journée a déjà été sacrément compliquée, autant en finir.

Elle leva les yeux vers Mack et le trouva en train de la dévisager, l'air inquiet.

— Je ne fais rien que je n'ai pas le droit de faire, Mack, le rassura Doreen.

— Je sais, mais ça ne veut pas dire que ça va t'aider.

— Je n'ai pas tué Mathew, répéta Doreen, alors si la *nouvelle* inspectrice sait ce qu'elle fait et qu'elle ne vient pas du service des excès de vitesse et des infractions au stationnement, on devrait arriver à la vérité sans problème.

À ce moment-là, Nick toussa et cracha du café sur ses genoux. Il se leva d'un bond en s'excusant.

Elle agita une main.

— Puisque tu vas rester ici, monte ton sac dans la chambre d'amis et change-toi, si tu veux.

Doreen soupira, sentant la fatigue la frapper à nouveau.

— Pour ce qui est du dîner, on va commander quelque chose, mais certainement pas du chinois.

Nick se figea, perplexe.

— Oh là là, je viens de me souvenir. Tu ne cuisines pas, c'est ça ? devina-t-il avec une pointe d'humour.

Elle le regarda avec circonspection et demanda :

— Et toi ?

Il acquiesça lentement.

— Oh, tant mieux pour moi, s'enthousiasma-t-elle en se frottant les mains. Qu'est-ce que tu prépares pour le dîner ?

Nick sourit, secoua la tête et marmonna :

— Je ne suis *vraiment* pas prêt pour ça.

Puis il s'excusa et rentra dans la maison.

Doreen reporta son attention sur la nouvelle inspectrice, qui l'observait.

— Autre chose, *inspectrice ?* Sinon, je vous demanderai de partir, afin que je puisse recevoir mon invité.

Insley hésita, mais n'obtenant aucun soutien de Mack, elle opina.

— J'en ai terminé… pour le moment.

— Bien. Faites-moi savoir quand vous aurez trouvé le type qui a tué mon ex.

— Vous ne semblez pas penser que j'en suis capable, nota Insley.

— Même si vous *pouviez,* répondait Doreen, je ne sais pas si vous le *trouveriez.*

Sur ce, Insley se leva et s'empressa de quitter les lieux, sans oublier de jeter un regard sévère à Mack.

— Ça va être un désastre, maugréa-t-il.

Chapitre 5

— IL FAUT vraiment que tu t'entendes avec les gens, commença Mack. Elle n'a rien fait pour te contrarier délibérément.

— Tu n'as pas entendu ses questions ? Elle était arrogante. Étant donné qu'elle est la nouvelle venue, elle n'essaie pas de s'entendre avec les autres. Elle essaie de les martyriser dans sa première grande affaire – ou sa toute première affaire – toute fière de son nouveau pouvoir. Avant d'occuper ce poste, elle était quoi, employée de fourrière ou pervenche, c'est ça ? Elle vient de Vancouver, peut-être ?

Mach soupira, sachant qu'il ne fallait pas contredire Doreen pour l'instant.

— *Insley* m'a délibérément provoquée par son arrogance et ses suppositions. Elle pense que j'ai assassiné mon mari. Elle ne cherche pas ailleurs. Elle n'a pas communiqué son passé professionnel et n'a en aucun cas fait preuve d'ouverture d'esprit. Qu'est-il advenu de l'*innocence jusqu'à preuve du contraire* ? Elle est vraiment *nouvelle* cette enquêtrice ? Elle est née de la dernière pluie ? Déjà, elle n'a pas apprécié que tu me prennes dans tes bras, quand vous êtes arrivés.

— Je comprends que ça ait pu être un problème pour elle, concéda Mack. Garde à l'esprit qu'elle ne te connaît pas non plus et qu'elle ne connaît pas notre histoire.

— Exactement, et c'était *son* problème.

Les épaules de Doreen s'affaissèrent lentement et elle se pinça la nuque.

— Ça va ?

— Disons que ça a été une sacrée journée. Je ne lui ai même pas dit qu'on m'avait menacée devant ma porte ou qu'on m'avait accostée dans mon jardin.

— Non, et je l'ai remarqué. Une raison particulière ?

— Oui, j'ai oublié, dit Doreen. La journée a été choquante. De plus, après l'avoir rencontrée, je ne pense pas qu'elle se soit particulièrement intéressée à ce que j'avais à dire de toute façon.

— J'ai déjà contacté le capitaine et lui ai parlé de son approche de l'entretien, précisa Mack.

Doreen pouffa.

— Enfin, tu me défends. Pourtant, tu me critiquais devant elle, et pas qu'une fois d'ailleurs. Pourquoi ne pouvais-tu pas la critiquer devant moi ?

Mack soupira.

— La journée a été rude. Néanmoins, tu peux t'attendre à ce qu'elle revienne à un moment donné, avec d'autres questions au fur et à mesure que l'enquête progresse.

— *Génial*, murmura-t-elle. D'où vient-elle ?

— Elle a été transférée depuis la côte.

Doreen hocha la tête.

— A-t-elle quelque chose à voir avec mon ex ? Est-ce qu'elle connaissait Mathew ?

— Je ne pense pas. Pourquoi ?

Elle haussa les épaules.

— Elle vient de sa région, et c'est une belle femme. Mathew était connu pour attirer les femmes, jusqu'à ce qu'il les entube. C'est juste un de ces détails qui me fait me poser des questions.

— Qu'est-ce que tu sous-entends ? Tu penses que c'est elle qui l'a tué et qu'elle s'est fait attribuer l'affaire pour qu'on croie que c'est toi la coupable ?

Doreen le dévisagea.

— Est-ce qu'elle peut faire ça ? Alors, oui.

Chapitre 6

LORSQUE DOREEN SE réveilla le lendemain matin, elle sourit en observant sa chambre, entourée de ses animaux. Puis les souvenirs lui revinrent en pleine figure, et son sourire s'envola, laissant place aux larmes. Elle ne savait même pas pourquoi elle pleurait. Elle ne pleurait pas tant Mathew, mais plutôt la promesse de ce qu'il aurait pu faire et être, s'il avait fait des choix différents dans sa vie et s'il n'avait pas été assassiné.

Bien entendu, elle supposait qu'il avait été assassiné. Même ça, elle ne le savait pas. Elle n'avait pas demandé à Mack, et elle aurait dû. Elle l'avait surpris avec Nick en train de discuter en privé dans sa cuisine la veille au soir, et aucun des deux n'avait voulu répondre quand elle leur avait demandé de quoi ils parlaient. Elle s'était finalement éclipsée, frustrée et en larmes, néanmoins, elle avait compris qu'ils ne la mettraient pas au courant de tout. Il était clair qu'elle allait devoir mener sa propre enquête.

Son téléphone sonna au même moment, et Doreen avisa l'écran. Nan lui demandait si elle allait bien. Elle s'empressa d'appeler sa grand-mère.

— Bonjour, Nan. Je suis encore au lit.

— Je ne suis pas surprise, répondit Nan, le ton inquiet. J'ai parlé à Mack hier soir, et il m'a suggéré de te laisser un peu de temps pour gérer les retombées.

— À mon avis, même le temps ne m'aidera pas à gérer ces retombées, reconnut Doreen, avant d'ajouter avec amertume : hier, le fils de Bernard est venu prendre des photos de moi pour les publier et les vendre. Il voulait s'assurer que les gens sachent tout sur le limier local, qui en a appris assez pour assassiner son propre mari.

— Oh mon Dieu ! s'exclama Nan, horrifiée. Bernard va-t-il l'en empêcher ?

— C'est ce qu'il m'a dit, mais je ne sais pas. J'ai peur de regarder les informations ou quoi que ce soit d'autre.

— Je n'ai encore rien entendu à ce propos, déclara Nan. On a évidemment entendu parler de quelqu'un qui avait été retrouvé mort, puis Richie a appris son identité.

— Oui, Darren l'a sûrement prévenu. Et savais-tu que Mack a été retiré de l'affaire, et qu'elle est dirigée par une nouvelle enquêtrice ? s'enquit Doreen avec dégoût. Qui ne m'aime pas, au passage.

Nan répondit alors d'un ton doux :

— Allons, tu ne l'aimes sans doute pas non plus.

— Elle est clairement différente des enquêteurs habituels, maugréa Doreen. Elle pense que j'ai tué Mathew et que j'avais de nombreuses raisons de le faire. Elle prenait plein de notes.

— Eh bien, ma chérie, tu dois faire confiance au capitaine et à Mack. Je suis sûre qu'ils ne laisseront pas cette enquête se transformer en farce ni qu'ils te laisseront partir derrière les barreaux, affirma Nan.

— Peut-être pas, marmonna Doreen, mais ce ne sera pas

facile pour moi d'attendre qu'ils trouvent une solution.

— Non, bien sûr que non, acquiesça Nan. Même si tu ne voulais plus être mariée à Mathew, ça ne veut pas dire que tu voulais sa mort. Pourtant, beaucoup de gens dans ta situation auraient voulu qu'il meure, mais encore une fois, ça ne veut pas dire que tu es passée à l'acte.

— Certainement pas. Mais personne ne veut le croire.

— Évidemment, se lamenta Nan, qui interrogea ensuite joyeusement : et ton petit déjeuner ? Je suis sûre qu'on peut trouver quelque chose pour le petit déjeuner.

— Je n'ose pas sortir de chez moi, de peur que les gens prennent des photos et crient que j'ai tué mon mari, bougonna Doreen. Je me sens… je dirais *à vif*.

— Et si je venais un peu plus tard, avec un petit panier de friandises ?

Doreen rit.

— Je mange, Nan, et Nick loge chez moi.

— Nick, pas Mack ? s'étonna la vieille dame.

— Oui, Nick, confirma Doreen.

La jeune femme hésita, puis ajouta :

— Il y a aussi un homme qui s'est présenté à ma porte, pour me menacer et me dire de lui donner ce qu'il voulait, qu'il savait que j'avais quelque chose qui lui appartenait.

— Oh là là, souffla Nan, ta journée était bien remplie.

— C'était une journée affreuse, rectifia Doreen.

Mugs se retourna et renifla à côté d'elle.

— Les animaux ont fait de leur mieux pour me garder saine d'esprit, dit-elle.

— Bien sûr. C'est à ça que servent les animaux. Il suffit de maintenir le cap et de faire confiance, conseilla Nan. N'oublie pas que, même si Mack n'est pas sur l'affaire, il ne les laissera pas t'entraîner dans quelque chose de terrible.

— Peut-être pas, convint Doreen, mais la nouvelle enquêtrice est incontrôlable, alors tout ça semble assez terrible en ce moment.

— Lève-toi, prends une douche et un café, lui intima Nan avec fermeté, et je serai là dans un petit moment.

Sur ce, sa grand-mère raccrocha.

Doreen prit dans ses bras Goliath, qui protestait, et lui fit un gros câlin, puis elle fit de même avec son chien. Ensuite, elle se leva, entra dans la salle de bains et prit une douche chaude. Le temps qu'elle s'habille, Thaddeus était réveillé et la fixait du regard sans ciller.

Elle murmura :

— Je t'aime, Thaddeus.

Et il laissa tomber sa tête contre sa joue.

— Thaddeus aime Doreen. Thaddeus aime Doreen.

Les larmes aux yeux, elle le souleva avec précaution, le posa sur son épaule et répondit :

— Et Doreen aime Thaddeus.

La jeune femme descendit discrètement, car elle ne voulait pas réveiller Nick, s'il dormait à poings fermés, mais elle trouva la porte de la cuisine grande ouverte et Nick assis dehors, ses papiers éparpillés et son ordinateur portable sorti. Il leva les yeux quand elle apparut.

— Te voilà, lança-t-il avec un sourire. Je ne savais pas quand tu te lèverais, mais j'avais une grosse envie de café. J'ai essayé de l'éviter, mais…

— Tu n'en as pas préparé ? demanda-t-elle.

— Non, je me suis dit que je ne devais pas te voler ton café.

— Ce n'est pas du vol. Tu es mon invité. D'ailleurs, j'espérais secrètement que tu l'aurais préparé, avoua-t-elle en lui adressant un large sourire.

— Va donc en préparer, ce sera prêt en un rien de temps, suggéra-t-il.

Il avisa les animaux et secoua la tête.

— Je ne m'imagine pas vivre avec un oiseau, ajouta-t-il.

— C'est une expérience très spéciale, murmura Doreen.

Elle posa Thaddeus sur la table du patio et annonça :

— Je reviens tout de suite.

Goliath et Mugs étaient dans le jardin, occupés à renifler les odeurs matinales. Elle mit le café à couler et sortit à nouveau.

— Tu travailles toujours aussi tôt le matin ?

— Oui, surtout quand je ne suis pas à la maison, expliqua Nick. Je vais rester un peu ici ce matin, puis j'irai rendre visite à ma mère.

— Oh, bien, elle en sera ravie.

Il acquiesça.

— Elle n'arrête pas de me demander quand je vais déménager ici, mais c'est d'autant plus difficile de déménager ici alors que j'ai tant d'autres choses à faire.

— En fin de compte, au lieu de prendre l'avion jusqu'ici, tu le prendras pour aller là-bas, jusqu'à ce que ça devienne de moins en moins souvent.

— C'est ce que je me disais, approuva Nick. Tu es assurément en train de remuer les choses par ici.

— Bien sûr que oui, et apparemment c'est ce que je fais.

Elle s'installa sur la chaise à côté de lui, observa les papiers et soupira.

— Je n'aime pas la paperasse.

— Vraiment ? ironisa-t-il. Je me demande pourquoi. Tu en génères sans doute assez pour que d'autres personnes s'en occupent.

Doreen éclata de rire.

— Toi, tu as parlé à Mack.

Nick lui adressa un sourire radieux et opina du chef.

— J'ai aussi parlé à l'avocat de Mathew ce matin, précisa-t-il.

La jeune femme se raidit et hocha la tête.

— C'est le même avocat qui s'occupait du divorce ?

— Oui. Il s'occupait des deux, et il m'a dit qu'il te connaissait.

Elle tourna son regard vers Nick.

— C'était Roger ?

— Oui. Que sais-tu de Roger ?

— Pas grand-chose. Pendant notre mariage, il était souvent présent à la maison, dit-elle en y repensant. J'étais le fantôme dans le couloir.

Nick sourit et acquiesça.

— Roger m'a dit que tu étais la plus gentille des amies de Mathew et qu'il attendait des nouvelles de la police. Ils veulent aussi connaître le contenu du testament.

— *Je vois*. Est-ce qu'il t'a indiqué ce qu'il contenait ?

— Seulement qu'il me rappellera cet après-midi, dès qu'il en aura l'occasion.

— Qu'est-ce que la mort de Mathew change à notre divorce ? demanda-t-elle.

— Mathew n'a pas signé les papiers. J'en ai parlé à Roger, qui m'a dit que Mathew avait vraiment du mal à accepter le caractère définitif de la situation et qu'il lui avait dit récemment qu'il avait fait une erreur avec toi et qu'il n'aurait jamais dû te laisser partir.

Doreen s'affaissa lentement dans sa chaise.

— *Sérieusement ?*

Nick opina.

— Pourtant, je ne pense pas que ça t'affecte pour le

moment.

— Ça ne m'affecte pas, reconnut-elle, mais ça ajoute à la confusion des émotions.

— Je suis d'accord. La bonne nouvelle, c'est que tu auras un peu de temps pour tout assimiler.

— Peut-être, peut-être pas.

— Bien sûr, ce qui brouille les pistes, c'est la question de savoir si tu as quelque chose à voir avec son meurtre.

— Et tu sais déjà que ce n'est pas le cas.

— Tout à fait, mais l'avocat de Mathew ne le sait pas.

Elle soupira.

— J'imagine que si j'avais quelque chose à voir avec ça, je n'aurais pas le droit d'hériter, n'est-ce pas ?

— Exactement, confirma Nick, avec un bref sourire. Mais ça n'empêche pas les gens de s'entretuer.

— Non, mais je me demande quand même pourquoi.

— S'ils ne se font pas attraper et ne sont pas inculpés, ils hériteront de toute façon. Les gens n'ont des ennuis que s'ils sont reconnus coupables.

— *Super*, donc même si je suis inculpée, rien ne sera résolu tant que je n'aurai pas comparu devant le tribunal.

— Ce qui n'arrivera pas, affirma Nick.

— Je ne l'ai pas tué, donc…

— Je t'entends et, dans ce cas, c'est une bonne chose, et c'est peut-être une bonne chose qu'il ait changé d'avis à ton sujet au final.

— Pourquoi ? s'enquit Doreen.

— Ça dépend de la forme du testament, répondit Nick, mais je ne pense pas qu'il t'en ait exclue.

Elle haussa les épaules.

— Il ne m'a jamais inscrite dedans, pour autant que je sache.

— Il t'a inscrite, mais ça ne veut pas dire grand-chose pour l'instant.

— D'accord. Tu as des nouvelles de Mack ?

Nick secoua la tête.

— Non, il est parti travailler ce matin, et c'est tout ce dont je suis au courant.

— C'est déjà ça, marmonna-t-elle. Je me demandais si je n'allais pas m'y mettre moi-même.

— Doreen, ce n'est pas une bonne idée.

— Non, sûrement pas, convint-elle, mais je ne me sens pas très à l'aise à l'idée de laisser *cette femme* s'en charger.

— *Cette femme* est une enquêtrice et devrait faire du bon travail. De plus, elle ne travaillera pas seule. Le reste de l'équipe est là pour travailler avec elle.

— Oui, mais pas Mack, souligna Doreen, et Mack aurait mes meilleurs intérêts à cœur.

— Certes, c'est vrai, et c'est aussi pour ça qu'il n'est pas sur l'affaire, répliqua Nick, avec une pointe d'humour.

Elle soupira, les épaules affaissées.

— OK, alors qu'est-ce qu'on sait au juste ?

— Je peux te dire une chose. Mathew a été abattu par balle.

Doreen posa sur lui un regard stupéfait.

— Quoi ? s'étonna-t-elle.

— Mack me l'a dit hier soir.

— Seigneur, murmura-t-elle, puis elle se tut. Avec sa propre arme ?

Nick leva les yeux vers elle.

— Il avait une arme ?

— Oui, bien sûr, confirma-t-elle, au moins une, si ce n'est deux. Elles étaient généralement dans le coffre-fort de son bureau.

— D'accord. Peux-tu me dire autre chose à ce sujet ?

— C'était un bon tireur et il m'a dit qu'il les gardait à la maison pour se protéger.

— En a-t-il déjà eu besoin ?

— Oh, oui, assura-t-elle. Il avait toutes sortes de contrats en cours à un moment donné. Selon la façon dont ça se passait, il devait parfois de l'argent, qu'il n'avait pas, à des gens qui n'acceptaient aucun refus.

— Je vois, et c'est une autre raison pour laquelle le tueur pourrait être n'importe qui en ayant après lui.

— C'est justement le problème. Il est assez difficile de savoir qui, parmi tant d'autres, aurait voulu le tuer. Comme tu l'as dit, il y a sûrement un grand nombre de suspects en lice.

— Tant que ce n'est pas toi, dit Nick.

— On doit encore trouver une théorie que les autorités pourront suivre. Sinon, ils continueront à penser que c'est moi – ou Mack –, à poser des questions stupides, à perdre du temps.

Nick la regardait fixement.

— J'espère bien que non, car cela signifierait qu'ils ne font pas leur travail.

— Ils feront ce qui est facile, répliqua Doreen. Et dans le cas de *cette femme*, je ne sais pas quoi penser, mais elle doit faire ses preuves auprès du service.

— Peut-être, concéda Nick, mais ce n'est pas parce qu'elle est nouvelle dans le service qu'elle est nouvelle dans ce travail.

— En effet, mais elle n'a pas apprécié mes questions et a été sur la défensive lorsque je lui en ai posé sur son expérience passée.

— Évidemment, parce qu'elle essayait de garder le contrôle dans une situation inconfortable, où elle était confrontée à la petite amie d'un de ses collègues et à l'avocat de la petite amie, qui se trouve être le frère de son collègue.

— C'est *elle* qui était mal à l'aise ? railla Doreen en secouant la tête.

— Est-ce qu'on peut au moins se mettre d'accord sur le fait que son malaise la rendait un peu plus caustique, et que ça t'a mise hors de toi ?

Elle le fixa du regard et fronça les sourcils.

— Alors, ça veut dire que j'ai tort ? Je n'aimerais vraiment pas avoir à m'excuser auprès d'elle.

Nick éclata de rire.

— Je ne dirai pas que tu avais tort. Je dis seulement que tu pourrais peut-être essayer de comprendre son point de vue et qu'elle n'était pas dans une situation facile.

— Ou *peut-être* devrait-elle examiner la situation dans laquelle je me trouve et ne pas être si impolie. Ce n'est pas non plus une situation facile pour moi. Je suis là, avec une possible accusation de meurtre qui plane au-dessus de ma tête, qu'elle est déterminée à me mettre sur le dos.

— Ce qui n'arrivera pas, affirma Nick.

La jeune femme lui sourit.

— Je suis vraiment contente d'avoir ta confiance à ce sujet.

— Absolument. Alors, souviens-toi de ça et reste forte, tout s'arrangera.

Le téléphone de Doreen sonna et elle avisa l'écran.

— Bonjour, Bernard. Vous l'avez arrêté ?

— Oui, confirma-t-il, mais je ne sais pas où il va chercher tout ça. Il semble penser que ses actions sont légitimes parce que vous avez assassiné cet homme.

— Comment peut-il être sûr de l'identité du coupable ?

demanda-t-elle.

— C'est là que je doute. Il dit qu'il vous a vue.

Doreen mit son portable sur haut-parleur, puis tourna son regard vers Nick.

— Il m'aurait vue quand ?

— Au restaurant chinois, là où se trouvait le corps.

— Oui, c'est parce que j'ai trouvé le corps, précisa-t-elle.

— Oh, vraiment ?

— Oui. Je me suis rendue au restaurant chinois et j'attendais ma commande, que j'allais manger chez moi avec Mack. Goliath a couru dans les buissons, les jaunes, après un matou, mais je ne savais pas qu'il y avait un autre chat à ce moment-là. Il y a eu beaucoup de hurlements et de cris, alors je suis allée chercher Goliath pour m'assurer qu'il allait bien. Il est sorti des buissons avec une carte en plastique dans la bouche, et l'autre félin s'est enfui. J'ai contourné les buissons pour voir ce qu'il y avait, au cas où le portefeuille de quelqu'un ou quelque chose d'autre s'y trouverait, et j'ai trouvé Mathew.

— Ceci explique cela, conclut Bernard avec soulagement. Il vous a vue sortir des buissons jaunes et s'est dit que c'était à ce moment-là que vous l'aviez frappé.

— Il n'a pas été *frappé*. On lui a tiré dessus. Je ne sais même pas quand il est mort, rétorqua-t-elle avec exaspération, mais c'est moi qui l'ai trouvé et c'est moi qui ai appelé la police.

— Je suis désolé, murmura Bernard. On dirait que vous êtes toujours au mauvais endroit au mauvais moment.

— Malheureusement, maugréa-t-elle. Vous devriez peut-être expliquer cela à votre fils, avant qu'il ne me crucifie complètement sur la toile et ne réussisse à convaincre tout le monde que je suis coupable.

— Je lui ai retiré l'appareil photo.

— Mais si son téléphone et son appareil photo étaient connectés, ce qui est sûrement le cas, il aura déjà téléchargé ces photos et les aura peut-être même publiées.

Elle lança un regard à Nick et reprit :

— Dans ce cas, si elles apparaissent sur Internet ou ailleurs, je serai obligée de lui en faire baver.

— J'y travaille, s'empressa Bernard de la rassurer. Je vous rappelle.

Puis il raccrocha.

Doreen fixa du regard le téléphone dans sa main et secoua la tête.

— Je ne pensais pas être rancunière, mais l'idée que ce petit morveux publie des photos et des informations sur Internet, disant que j'ai tué mon ex, me met vraiment en colère.

— C'est parce que c'est une injustice, dit doucement Nick. Maintenant, j'attends de savoir quand Mathew… est mort. Et j'espère que ça aidera à détourner la curiosité des gens.

Doreen acquiesça.

— As-tu touché le corps ? l'interrogea Nick.

— Non, il était évident qu'il était mort.

— Quand tu dis *évident*, qu'est-ce que tu entends ?

— Son visage était tourné vers le ciel, ses yeux ne bougeaient pas, et il y avait des détritus sur son visage – que les chats ont peut-être laissé, je ne sais pas – ainsi qu'une teinte rosée autour de ses lèvres.

Elle dévisagea Nick.

— Oh mon Dieu, je me demande si ce n'est pas du cyanure, ajouta-t-elle.

— Ou il a peut-être bu un soda à la fraise, plaisanta

Nick.

La jeune femme se figea et déclara :

— Mais tu as dit que Mathew avait été abattu par balle.

Nick opina du chef.

— Mathew a reçu une balle dans la poitrine, qui est ressortie par le dos, précisa-t-il.

— Le sol aurait dû absorber le sang, mais je n'ai même pas vu d'impact de balle ou de sang sur ses vêtements, songea-t-elle à voix basse, les sourcils froncés, en repensant à la scène. Mais encore une fois, peut-être que les chats ont fait quelque chose pour que la veste se retourne dans un sens ou dans l'autre.

— Une autre chose, suggéra Nick, c'est qu'en raison de sa position sur le sol, tu ne pouvais peut-être pas voir le sang de toute façon. Une balle qui a traversé tout le corps ? Ça aurait pu être un petit impact.

— C'est vrai, marmonna-t-elle. On pense toujours à ces énormes impacts qui font beaucoup de dégâts, pas vrai ?

— Et pourtant, ce n'est pas toujours le cas, ou le point de sortie est plus important.

Doreen se contenta d'acquiescer, incapable de renchérir.

— Il serait utile de savoir quand il est mort, n'est-ce pas ? finit-elle par demander.

— Ils attendent l'autopsie à présent.

— D'accord, et qu'est-ce qu'on fait à propos de cet homme charmant qui s'est présenté à ma porte ?

— J'ai contacté Corey, le détective privé recommandé. Il était déjà au courant et s'est porté volontaire pour t'aider.

— Quoi ? Il ne veut pas être payé ?

Doreen plissa les yeux, puis fixa Nick d'un regard méfiant.

— Pourquoi ferait-il cela ? ajouta-t-elle.

— Parce qu'il dit que tu as fait beaucoup pour cette ville, et qu'il est temps que quelqu'un t'aide pour une fois.

— Beaucoup de gens m'ont aidée de bien des façons, y compris toi, dit-elle, avant de désigner la terrasse. Ceci n'est qu'un exemple parmi d'autres.

Nick hocha la tête.

— Je me souviens de tout le travail accompli sur cette terrasse, observa-t-il en souriant. Et c'est un bon exemple à suivre. Sois confiante, les gens ne t'abandonneront pas et ils tireront ça au clair.

La jeune femme sourit.

— Je suis vraiment contente de l'entendre, parce que certaines de ces choses sont un peu trop difficiles à croire.

— C'est le cas, en effet.

— Alors, Corey et toi avez parlé ? Et alors ?

— Il veut te parler.

— Je vois, marmonna-t-elle, avant de gémir. En d'autres termes, il vient aujourd'hui, c'est ça ?

— Oui, il sera bientôt là.

— Ce serait bien qu'il parte avant que ma grand-mère n'arrive. Sinon, il va avoir une sacrée discussion.

— Je lui dirai de faire vite, s'esclaffa Nick.

Sur ce, il sortit son téléphone et envoya une série de SMS.

— Si ta grand-mère vient, je veux être parti avant aussi.

Doreen approuva du chef.

— C'est bien ce que je pensais, murmura-t-elle avec un faible sourire. Elle ne sera pas ravie de constater que je suis encore suffisamment surveillée pour que mon avocat soit présent.

— Je comprends, mais c'est ça la famille.

— Peut-être, mais il y a une différence entre la famille, et la situation où on ne peut compter que l'une sur l'autre. C'est différent comme famille.

— Ce qui veut dire que ta grand-mère terrorisera tout le monde jusqu'à ce que le problème soit résolu ?

— Oh, j'imagine que oui.

Doreen sourit et ajouta :

— Une partie d'elle s'en réjouira, tandis que l'autre sera terrifiée à l'idée de faire quelque chose de mal et de me faire condamner.

Nick éclata de rire.

— Ce n'est pas si facile de se faire condamner pour ce genre de crimes.

— Je n'en sais rien. Il semble que ce soit assez facile dans certains cas.

— Je comprends que tu puisses penser ça, avec ton passé d'affaire classée. Mais on doit rester forts et prendre les choses au jour le jour.

— Oh, j'ai déjà entendu cette remarque… à profusion, maugréa-t-elle.

Après cela, ils restèrent assis tranquillement et burent du café. Lorsque la sonnette retentit une vingtaine de minutes plus tard, Doreen se tourna vers Nick et lui demanda :

— Tu penses que c'est Corey, ou notre déplorable visiteur d'hier ?

Nick se leva et annonça :

— Allons voir ça.

Ensemble, ils marchèrent jusqu'à la porte d'entrée et, bien entendu, c'était Corey. Ce dernier entra, avisa Doreen et lui décocha un grand sourire. Goliath se prit d'affection pour lui, alors Corey prit l'énorme chat dans ses bras et lui offrit un peu de tendresse.

Doreen fut heureuse de voir cet échange et se demanda

pourquoi Goliath était attiré par Corey. C'était un inconnu pour lui, et le chat n'était en général pas très à l'aise avec les gens.

Corey la salua.

— Cette fois, c'est vous qui êtes sur la sellette.

— C'est vrai. Qui l'aurait cru ?

— Hé, ça arrive, commenta-t-il en haussant les épaules. On va trouver la solution.

— Le plus tôt, le mieux, j'espère, marmonna-t-elle. Je ne peux pas dire que je sois très à l'aise de ce côté-là.

Corey éclata de rire.

— Je ne connais personne qui se soit jamais senti à l'aise de ce côté-là, répliqua-t-il. Cependant, c'est une très bonne expérience et un bon entraînement à la compassion pour vous, si vous continuez à travailler sur ces affaires.

— J'essayais de m'en tenir aux affaires non résolues, bougonna-t-elle, mais, de temps en temps, je me laisse entraîner dans les affaires en cours.

— De temps en temps ? répéta-t-il en levant les yeux au ciel. Je suis persuadé que vous piétinez les platebandes des enquêteurs du coin tout le temps.

— Mais pas volontairement, se défendit-elle.

Mugs vint s'installer aux pieds de sa maîtresse, comme pour la calmer. Elle le caressa, reconnaissante de la présence de ses animaux.

Corey lui sourit.

— Peut-être pas volontairement, mais ça ne les ravit pas pour autant.

Doreen soupira.

— Entrez donc. J'étais sur le point de lancer une nouvelle cafetière.

— Bien, mais je n'ai pas beaucoup de temps. Alors, notons autant d'informations que possible, et on démarrera à partir de là.

Avec du café frais, ils s'assirent à l'extérieur et Doreen se prépara à répéter toute l'histoire.

— Cette fois, je l'enregistre, dit-elle, comme ça, je n'aurai peut-être pas à le répéter à tout le monde.

— Bonne idée, approuva Corey. Alors, c'est quoi cette histoire avec ce gamin à l'appareil photo ?

Elle lui parla ainsi de Bernard et de son fils. Corey secoua la tête.

— Nom d'un chien, on n'a pas besoin que des types comme ça se mettent en travers de notre chemin. Vous croyez que Bernard va réussir à étouffer ses dires ?

— Oh, je l'espère, répondit Doreen, mais le gamin est plutôt insaisissable. Il est jeune et essaie de faire ses preuves, et cette motivation a tendance à compliquer les choses.

— Je peux envisager une ordonnance restrictive, suggéra Nick, mais on doit avoir la preuve qu'il manigance quelque chose.

— Ce qui est certain, c'est qu'il est entré par effraction, murmura la jeune femme. Ça doit bien valoir quelque chose.

— En effet, en particulier la façon dont ses menaces ont circulé, et le fait que nous ne savons pas vraiment de qui et d'où elles viennent, nota Corey, en regardant Nick. Étant donné que sa visite était très proche du moment où le gars en colère s'est présenté à votre porte, il est possible que la présence du gamin fût faite pour vous secouer, afin que l'autre gars puisse revenir et voler tout ce qu'il voulait.

— C'est une théorie que je n'avais pas envisagée, souffla-t-elle, les sourcils froncés.

— Donc, s'ils sont de mèche, vous aurez plus de facilité à mettre le gamin et son appareil photo dans le pétrin.

— Je veux seulement qu'il ait des ennuis pour avoir été un idiot, déclara Doreen. Je n'ai pas besoin d'aggraver la situation, et j'espère sincèrement que Bernard pourra l'en empêcher. Mais s'il n'y parvient pas, nous nous occuperons des retombées, je suppose. Je suis bien plus préoccupée par l'inconnu qui se trouvait devant ma porte.

Corey acquiesça, puis demanda :

— Le jour où vous avez trouvé le corps de Mathew, est-ce que vous l'aviez rencontré ? Ou est-ce qu'il vous a dit quelque chose ? Envoyé des SMS ? Téléphoné ?

— Non, répondit Doreen. Il ne venait pas souvent par ici…

Elle se tut et se corrigea.

— Plus exactement, il n'est pas venu ici récemment. Il est venu quelques fois, pour me demander de revoir à la baisse ce que je demandais dans le divorce.

— Vous avez parlé ?

— Quelques fois. J'ai essayé de faire exactement ce que mon avocat m'a dit à chaque fois, c'est-à-dire de ne pas parler à Mathew, que ce soit au téléphone ou en personne, expliqua-t-elle en levant les yeux au ciel. J'ai parfois échoué.

— Pourquoi ça ? questionna Corey.

— Je ne l'ai pas fait exprès. J'ouvrais tout le temps la porte d'entrée sans vérifier qui était derrière, reconnut la jeune femme. Parfois, j'ignorais qui était à l'autre bout du fil. Peut-être que Mathew avait un nouveau numéro de téléphone ou qu'il appelait d'un autre numéro. Je ne dirais pas que ces appels étaient sympathiques, mais ils n'étaient pas déchaînés non plus. En général, je disais : *tu dois parler à mon avocat. Je n'ai plus le droit de te parler.* Ce genre de conversation. Même chose s'il se présentait soudainement à ma porte. Demandez à Mack de vous parler de ces moments-là.

— Je vois, nota Corey. Est-ce que ça contrariait Mathew ? Est-ce qu'il devenait violent ?

Elle fronça les sourcils.

— Vous savez que Mathew était un homme violent et colérique, n'est-ce pas ?

Corey haussa les épaules.

— Je n'en sais rien. Ce que je sais, c'est parce que vous me l'avez dit.

— Il est de notoriété publique qu'il me frappait et, je tiens à préciser, au cas où vous vous poseriez la question, non, je ne l'ai pas tué.

— Je ne me pose pas cette question, la rassura Corey. Je sais que vous ne l'avez pas tué.

— Merci, marmonna Doreen. J'aimerais que tout le monde le sache.

— Ne vous inquiétez pas, dit-il avec un revers de la main. Tout le monde aura son opinion et se demandera ce qu'il se passe. C'est pourquoi nous devons résoudre ce problème le plus rapidement possible.

— Ça me semble être une bonne chose. Mais je ne sais pas comment Mathew est arrivé en ville, car aucun véhicule n'était garé au restaurant chinois, et personne ne l'a vu au volant, expliqua-t-elle. Mathew louait toujours ces grosses Jaguar vertes, et Mack avait mis en place un système pour être alerté lorsque Mathew venait en ville.

— Pourquoi ?

— Parce que Mathew s'est montré pénible un jour ; il m'a attrapée, a exigé de rentrer chez moi. Heureusement Mack est arrivé à ce moment-là et a été lui-même témoin de cet événement. On a donc dû demander une ordonnance du tribunal pour l'éloigner de moi.

— OK, donc ça veut dire que Mathew est devenu très

difficile.

— Oui, par moments, puis à un moment donné, il s'est calmé, la procédure de divorce avançait et il semblait s'en contenter. Manifestement, la période qui a suivi le meurtre de sa petite amie Robin a été très difficile pour lui, et les gens s'intéressaient à Mathew pour cette raison également.

Corey la dévisagea.

— Vous pensez que Mathew a quelque chose à voir avec la mort de Robin ?

— Oh non, précisa Doreen. On a résolu ce problème et Mathew a été innocenté. Il était assez bouleversé par toute cette histoire, mais il en avait fini avec Robin à ce moment-là.

— Très bien, dit Corey. Parce qu'*en finir avec* les gens, c'était normal avec votre ex, non ?

Doreen le fixa du regard, sans comprendre.

— Je suis sûre que ça a du sens pour vous, mais je ne comprends pas vraiment.

— D'accord, je vais reformuler. C'est le genre de personne qui s'intéresse aux autres, jusqu'à ce qu'il n'ait plus rien à leur soutirer. Alors, quand il en a fini, il en a vraiment fini, et les gens n'ont plus d'importance.

— Oh, oui, c'est tout à fait ça, acquiesça-t-elle. C'est une très bonne analyse.

— Alors, c'était le genre de type que Mathew était, marmonna Corey, tournant son regard vers Nick. Avez-vous eu des relations personnelles avec lui ?

Nick secoua la tête.

— Non, pas vraiment. La procédure de divorce était en cours, mais je suis l'avocat de Doreen, donc j'ai traité avec l'avocat de Mathew, plutôt qu'avec Mathew directement.

— D'accord, et c'est une bonne façon de tout séparer,

pas vrai ?

— C'est ainsi que les affaires restent en règle, nota Nick. En l'occurrence, son avocat et moi avions une communication ouverte. Je lui ai parlé aujourd'hui parce qu'il s'occupait du divorce, mais les choses sont en suspens à présent.

— Jusqu'où sont-ils allés ? demanda Corey.

— Mathew était censé avoir signé les derniers documents il y a quelques jours. Il a dit à Doreen qu'il avait signé, mais lorsque j'ai contacté son avocat, il s'est rendu compte que Mathew avait oublié quelques signatures. Les papiers n'étaient donc pas complets. Tu l'as vu à ce moment-là, non ?

Doreen opina.

— Oui, Mathew m'a aussi dit qu'il les avait signés et qu'il essayait de reprendre sa vie en main.

— Bien, mais, en fait, il avait manqué quelques points, c'est ça ? interrogea Corey.

Elle acquiesça.

— C'est ce que Nick a dit, mais je ne peux pas en être sûre. Je n'ai vu aucun document qu'il aurait signé. Je ne sais même pas quel est le montant de l'accord.

À ce moment-là, Corey arqua les sourcils et dévisagea Doreen.

— Quoi ? Comment ça, vous ne savez pas à combien s'élève le montant de votre divorce ?

— Je ne sais pas combien je vais toucher, répéta-t-elle. Je m'en moque.

Corey se retourna vers Nick, qui acquiesça.

— Oui, c'est tout à fait vrai. Elle n'a jamais eu de chiffres sur ce qu'elle recevrait des suites du divorce.

Corey retomba contre le dossier de sa chaise, perplexe.

— C'est très rare, à tel point que c'est difficile à croire.

— Je n'y peux rien, mais je peux peut-être l'expliquer. On avait des divergences, des différends fondamentaux, sur la définition de la *richesse*, de l'*argent*, ou de l'*argent propre*. Je ne voulais pas briser Mathew ni lui causer des difficultés. Nick voulait que je reçoive ce à quoi j'avais droit, après quatorze ans de mariage. Lorsque j'ai pris conscience qu'on n'avançait pas vraiment et qu'on était obnubilés par le montant final, j'ai dit à Nick de passer à autre chose, de faire ce qui était juste et de ne pas se stresser pour de petits détails. Ma priorité était d'avoir suffisamment d'argent pour être à l'aise ici et pour que toute la procédure de divorce soit terminée. Je voulais seulement être débarrassée de Mathew.

Nick était d'accord avec la jeune femme.

Corey demanda à Nick :

— À aucun moment elle n'a su le montant de l'accord ?

— C'est exact.

— Le montant est-il important ?

— En effet, confirma Nick, et pourtant, ce n'est pas la moitié des biens matrimoniaux, mais je pense que c'est suffisant pour que Doreen s'en sorte, et selon moi, c'était suffisamment en dessous de la moitié pour que Mathew soit plus enclin à signer et à en finir avec ça.

— D'accord, convint Corey, alors, savez-vous ce qu'il va se passer maintenant qu'il n'a pas signé ?

— Tout dépend des personnes qui figurent sur le testament de Mathew, expliqua Nick, et de la rédaction du document.

— Certes, déclara Corey, avant de se tourner vers Doreen. Figurez-vous dans le testament ?

— Je ne vois pas pourquoi j'y figurerais. Il m'a ordonné de quitter la maison, et il est passé à autre chose avec Robin.

— D'un autre côté… intervint Nick.

Il relata alors la conversation qu'il avait eue avec l'avocat de Mathew le matin même, comme quoi ce dernier était triste et contrarié par le chemin qu'il avait choisi, et qu'il avait fait une erreur avec Doreen.

— *Super*, marmonna Corey, c'est peut-être pour ça qu'il n'a pas signé. Peut-être que ces signatures manquantes étaient intentionnelles. Il laissait les choses traîner et se demandait s'il n'y avait pas une autre solution.

— C'est ce que je pense, approuva Nick en hochant la tête.

— Ça ne nous dit toujours pas qui l'a tué, leur rappela Doreen.

— En effet, convint Nick. On doit découvrir qui d'autre pourrait hériter et qui aurait pu hériter davantage si Doreen ne faisait plus partie du tableau.

— Le plus important, Doreen, déclara gravement le détective privé, c'est de s'assurer que l'inconnu en colère qui vous poursuit – ou ce qu'il recherche – n'ait pas l'occasion de vous faire du mal.

Puis il se tourna vers Nick et conclut :

— Vous devez assurer sa sécurité.

— Mack est chargé de la protéger physiquement, affirma Nick en regardant Doreen. As-tu rédigé un testament ?

Elle fronça les sourcils et secoua lentement la tête.

— Non.

Nick souffla avec force.

— Devine ce que nous allons faire aujourd'hui ? demanda-t-il, le ton tendu. Ce doit être résolu rapidement.

La jeune femme secoua de nouveau la tête.

— Pourquoi ? Quelle est l'urgence ?

Nick lui sourit.

— Selon le testament de Mathew, il se peut que tu hérites de toute sa fortune. Cela fait de toi une cible pour les gens avides. Même sans l'argent de Mathew, expliqua Nick, une note étrange dans la voix, tu vas devenir une femme riche rien qu'avec les antiquités, sans oublier, peut-être, la succession de Robin et tout ce qui se passera dans ta vie au cours des prochains mois. Tu dois donc rédiger un testament en bonne et due forme.

— Je n'ai que Nan et Mack dans ma vie.

Nick acquiesça.

— Et je suis certain que tu préférerais que l'un de ces deux-là hérite de ton argent plutôt que d'autres, comme le gouvernement, par exemple.

Doreen grimaça.

— Je ne pense pas que qui que ce soit aime voir le gouvernement prendre son argent, convint la jeune femme, avec un petit sourire. D'un autre côté, il faut bien que quelqu'un paie pour les écoles et les routes.

— C'est vrai, s'esclaffa Nick. Mais que se passera-t-il si deux personnes héritent des biens de Mathew ? Tu ne voudrais pas que l'autre personne t'élimine pour avoir toutes les parts du gâteau, n'est-ce pas ? Surtout pas sans testament. Au moins, avec un testament, si tu meurs, ta part de l'héritage de Mathew ira à Nan.

— Oh là là, s'exclama Doreen. Puisque je suis toujours mariée à Mathew, c'est ma propre vie qui est le problème, c'est ça ?

Nick opina du chef.

— Tant que tu restes mariée à Mathew, en tant qu'épouse légale, tu as tout à gagner, oui.

— Je ne pense pas que Mathew m'aurait tuée, mais je peux me tromper. C'est peut-être pour ça qu'il a été éliminé. Peut-être qu'il était ici pour essayer de me tuer, et que quelqu'un d'autre l'a su et l'a arrêté.

Elle fronça les sourcils, avec un sourire triste.

— On ne le saura jamais maintenant.

— Sauf si la police trouve quelque chose ou si l'avocat de Mathew a un dossier à te remettre en cas de décès de Mathew.

Doreen écarquilla les yeux.

— Oh, mon Dieu, murmura-t-elle. C'est possible. Le père de Mathew a fait la même chose.

— Comment ça ? s'enquit Nick.

Corey fronçait les sourcils à présent.

— Lorsque le père de Mathew est mort, il lui a laissé un mot. Je me souviens qu'il était très ému.

— Ces choses peuvent être très émouvantes. Quand on y pense… c'est la dernière communication avec quelqu'un qui tient à nous, commenta Nick. Mais je suis sérieux. Juste après ça, aujourd'hui même, nous rédigerons un testament pour toi. Mais nous devons d'abord régler certains points, comme le fait de savoir si ton domicile conjugal était à ton nom ou pas.

Elle acquiesça lentement.

— Le testament ne sera pas difficile à rédiger. C'est simple, tout revient à Nan.

— Bien, mais compte tenu de son âge, il faut aussi prévoir d'autres options, contra Nick. Au moins, si on parvient à le rédiger, alors, peu importe ce qui arrivera, tes biens lui reviendront. Tu pourras toujours changer cette condition plus tard.

— D'accord, ce sera certainement pour plus tard.

— Tout à fait, convint Nick avec un léger sourire. Veillons à ce que tu sois en sécurité, physiquement et financièrement.

Doreen dévisagea Nick.

— Seul Mathew aurait profité de ma mort, puisque nous sommes toujours légalement mariés, alors maintenant je suis en sécurité parce qu'il est décédé en premier.

Corey secoua la tête.

— Une question doit être posée : Mathew vous a-t-il laissé quelque chose, ou bien a-t-il divisé ses biens entre plusieurs personnes ? L'homme qui frappait à votre porte cherchait quelque chose.

— Mais je n'ai rien pour lui, ni pour Mathew ni qui que ce soit d'autre, se défendit la jeune femme en regardant les deux hommes d'un air impuissant. Je ne sais pas où il a pu aller chercher l'idée que j'avais quelque chose.

— Si Mathew a été torturé en premier, il a peut-être pensé qu'il pourrait se sauver en disant quelque chose de ce genre.

Doreen dévisageait Corey à présent.

— Mais ça veut dire qu'il m'a sciemment envoyé cette personne.

— C'est vrai, mais quand les gens sont dans une situation difficile, quand ils essaient de sauver leur propre peau, dans ces moments-là, la plupart disent et font n'importe quoi pour s'en sortir.

— Vous avez raison, murmura-t-elle, et je ne peux pas vraiment leur jeter la pierre. Apparemment, Mathew a été abattu par balle. Je ne sais pas s'il y a des preuves de torture. On devrait en parler à Mack.

Les deux hommes prirent leur téléphone et commencèrent à envoyer des SMS.

Quelques minutes plus tard, Doreen entendit une voix féminine l'appeler depuis la rivière. Elle pivota, et constata que Nan s'avançait vers elle.

— Ma grand-mère est là, annonça la jeune femme.

Nick et Corey se levèrent en vitesse, et ce dernier indiqua :

— Je vous recontacterai bientôt. Tenez-moi au courant de ce que les flics font et trouvent et de tout ce que vous voudrez que je surveille.

Puis il partit par la porte d'entrée. Nick était déjà en train de franchir le portillon de la clôture. Il salua Nan d'un signe de la main et lança à Doreen :

— À plus tard.

Nan haussa simplement une main et Nick s'éclipsa.

— Avant, les hommes restaient dans les parages pour me voir, déclara la vieille dame, une fois arrivée à la hauteur de sa petite-fille. Maintenant, on dirait qu'ils n'ont qu'une idée en tête : être partis avant que j'arrive.

— Pas du tout, rétorqua Doreen en souriant.

Elle s'approcha de sa grand-mère et la serra dans ses bras.

— Je sais, ma chérie. Tu tiens le coup ? demanda Nan en examinant Doreen avec attention.

— Je vais bien, souffla celle-ci.

— Tu ne vas pas bien, tu fais semblant, mais je te comprends.

Doreen s'esclaffa.

— J'ai du café, si tu en veux une tasse.

— Non, pas de café pour moi, mais j'ai apporté quelques douceurs, alors peut-être une tasse de thé ?

Elle contempla sa petite-fille avec espoir.

Doreen rit de nouveau.

— Je prépare ça tout de suite.

La jeune femme rentra pour allumer la bouilloire. Lorsqu'elle revint, Nan était assise à la table et consultait ses notes.

— C'est pour quoi faire ? interrogea Nan.

— Oh, c'est seulement la conversation que j'ai eue avec la nouvelle enquêtrice qui s'occupe de cette affaire, marmonna Doreen. Je ne l'ai pas vraiment appréciée, et c'était plutôt réciproque.

Nan fronça les sourcils.

— Tu ne veux pas te mettre la justice à dos, dit-elle prudemment. Certainement pas maintenant.

— Non, je ne veux pas énerver cette femme, convint Doreen, mais elle n'était pas… j'imagine qu'elle ne m'a pas traitée comme tous les autres membres du service. Elle m'a tenue pour responsable du meurtre de Mathew avant même de commencer à me poser des questions.

— Oh là là, murmura Nan, et, bien entendu, ça t'a aussitôt contrariée.

Doreen lui lança un regard désabusé.

— Cela ne me l'a certainement pas rendue sympathique, disons-le comme ça.

— Non, bien sûr que non. J'ai décidé que je ne l'aimais pas non plus.

— Pourquoi ne l'aimes-tu pas ? s'enquit Doreen.

— Si elle te traite de cette façon, je ne l'aimerai pas, c'est certain.

— Ce n'est pas toujours aussi simple.

— Ce n'est pas toujours si compliqué non plus, répliqua Nan.

Alors qu'elles étaient toutes les deux assises dehors, Nan tapota la main de Doreen et lui demanda :

— Alors, par où commençons-nous ?

Doreen la regarda avec surprise, alors elle arqua un sourcil.

— Tu ne vas tout de même pas rester plantée là et laisser

les autres s'en occuper ? s'étonna Nan.

La jeune femme sourit.

— C'est exactement ce dont j'avais besoin, affirma Doreen.

Elle se pencha et déposa un baiser sur la joue de sa grand-mère.

— J'avais besoin de quelqu'un qui me mette sur la bonne voie, ajouta-t-elle.

— Naturellement, surtout si tu n'aimes pas cette nouvelle enquêtrice ou sa façon de faire. Personne ne pourra jamais prendre soin de toi aussi bien que toi-même.

— Sauf Mack, réfuta Doreen en souriant.

— Je suis contente que tu reconnaisses sa valeur, dit Nan avec un sourire radieux, mais il semble qu'il aura fort à faire pour garder cette nouvelle femme sous contrôle. Alors, pendant qu'il s'en occupe, tu dois t'atteler à la résolution de ce meurtre.

Nan la regarda d'un œil avisé et continua :

— Au moins, tu sauras que tu as fait ce qu'il fallait pour Mathew.

— Je suis surprise de t'entendre dire ça, s'étonna Doreen en scrutant sa grand-mère.

— Je comprends parfaitement le mélange de sentiments que tu dois éprouver en ce moment. Mathew n'était pas fait pour toi et, à bien des égards, il était la pire chose qu'une femme ait pu rencontrer. Mais tu n'es pas méchante et je vois que tu as du mal à accepter sa mort.

— Je n'ai pas de mal à accepter sa mort, rectifia Doreen avec prudence. Je pense plutôt que je suis triste qu'il n'ait pas eu la chance de vivre et de devenir l'homme qu'il aurait pu être.

Nan manqua de ricaner en entendant cette remarque.

Doreen lui lança un regard noir.

— Je sais. Je sais, mais tout le monde peut changer, ajouta-t-elle en levant une main.

— Ce n'est pas parce que je n'aime pas cet homme et qu'il t'a fait du mal que je suis consciente du mélange des sentiments. En fait, je suis moi-même confrontée à certains d'entre eux, murmura Nan. Mais en fin de compte, c'est la vie, et c'est ce qui nous attend. On doit donc trouver le moyen d'en tirer le meilleur parti et de veiller à ce que le problème soit résolu correctement, avant tout.

— Je suis d'accord.

— On ne veut pas que la mauvaise personne aille en prison, mais on veut aussi s'assurer qu'aucun soupçon ne pèse sur toi.

— Et Mack, ajouta Doreen machinalement.

Nan sourit et acquiesça lentement.

— Ou sur Mack, bien vu, parce qu'il sera évidemment examiné sous toutes les coutures aussi.

— Je pense qu'il a un alibi, mais encore une fois, on ne sait même pas quand Mathew est mort.

— Sait-on comment il est mort ? demanda Nan avec une certaine délicatesse.

Doreen lui raconta ce qu'elle savait, c'est-à-dire pas grand-chose. Nan opina.

— On doit donc retracer les étapes, découvrir qui il a rencontré, où il se trouvait et ce qui lui est arrivé. S'il a pris l'avion, on doit découvrir comment et quand. S'il a conduit, on doit trouver son véhicule.

— Corey nous aide beaucoup. Nick, lui et moi étions justement en train d'en discuter. Je ne sais pas où se trouve la voiture de location de Mathew et, même s'il a pris l'avion, il ne voyageait jamais sans sa Jaguar verte. Je n'en ai assurément pas vu une au restaurant.

— Non, évidemment, et ce n'est pas exactement quelque chose qu'on loue à l'aéroport.

— Il a dû la louer dans le cadre d'un accord privé avec quelqu'un ou avec l'une des sociétés de voitures de luxe, songea Doreen en hochant la tête. Peut-être devrions-nous nous renseigner auprès d'eux aussi… Je ne veux pas non plus me brouiller avec cette inspectrice. Si elle pense que je me mêle de son enquête, ça ne fera qu'empirer les choses.

— Pourquoi pas ? s'exclama Nan. Si tu ne lui fais pas confiance, tu dois faire tout ce qu'il faut pour t'assurer que tu es en sécurité et que tu n'as rien à te reprocher.

Tout ce que Nan avait dit était correct, toutefois, Doreen savait que ce serait différent de traiter avec cette *Insley* que de traiter avec Mack.

— J'essaie aussi d'éviter les ennuis au capitaine, précisa la jeune femme.

Nan la jaugea du regard.

— Malgré tout, tu veux quand même veiller sur tout le monde, et cela montre que tu as du cœur… mais c'est l'un de ces moments où tu dois veiller sur toi-même, affirma Nan. Sans ça, tu risques d'être accusée de meurtre.

Doreen déglutit difficilement et acquiesça.

— Pourquoi est-ce si difficile pour moi de me défendre plutôt que de prendre la défense de quelqu'un d'autre ?

— Ironiquement, à cause de Mathew, répondit Nan. Il a sapé la confiance et l'estime que tu avais pour toi-même, et au fond de toi, tu penses que tu n'en vaux pas la peine. Tu feras tout pour les autres, mais tu ne feras rien pour toi. C'est vraiment le moment de renverser la vapeur et de me montrer, ainsi qu'au reste du monde, que Mathew a été remis à sa place une bonne fois pour toutes.

Jetant un regard sévère à sa petite-fille, Nan poursuivit.

— Tu n'as plus besoin de le laisser contrôler quoi que ce soit, et il ne devrait certainement pas être autorisé à contrôler ce scénario depuis la tombe.

Doreen fixa sa grand-mère du regard pendant un moment.

— Tu sais que j'ai raison, conclut Nan.

Avec un haussement d'épaules, Doreen approuva du chef.

En effet, elle avait raison. Sa grand-mère avait parfaitement décrit le scénario, comme elle seule savait le faire.

Chapitre 7

R IEN DE TEL que de se retrouver face à la vérité et que celle-ci vous libère de toutes les ficelles dans lesquelles vous vous étiez en quelque sorte empêtrés, sans parler des nœuds. Doreen avait l'impression qu'on l'avait débarrassée d'un fardeau, et Nan avait raison. La jeune femme avait procuré beaucoup trop de son pouvoir à son mari, et maintenant qu'il était mort, la meilleure chose qu'elle pouvait faire pour lui dire adieu était de résoudre ce mystère, de prouver son innocence et celle de Mack. Ainsi, tout le monde pourrait aller de l'avant, sans que l'ombre de Mathew ne plane comme un nuage sombre au-dessus d'eux.

La mort de Mathew était regrettable, mais pas pour Doreen, et rien que l'admettre ouvertement était apaisant.

Après le départ de sa grand-mère, Doreen prit son carnet de notes, se dirigea vers la rivière et s'assit avec les animaux, essayant de trouver un plan d'attaque. Elle devait se rendre à nouveau sur la scène de crime, en supposant qu'elle eut été suffisamment nettoyée pour qu'elle soit autorisée à s'en approcher. Elle devinait qu'à ce stade, c'était le cas. Corey pourrait retracer les allées et venues de Mathew depuis son arrivée à Kelowna jusqu'au moment de l'assassinat. Ce ne serait pas si facile. Doreen allait donc adopter une autre approche. Mathew avait un *homme d'affaires,* comme il l'appelait, un secrétaire, un administrateur, ou quelque chose de ce genre. Durant leurs années de mariage, c'était un certain Reggie.

Elle sortit son téléphone et vérifia si elle avait encore son numéro. Quand elle le trouva, elle l'appela sur un coup de tête. Reggie décrocha et Doreen se présenta, craignant qu'il ne raccroche aussitôt, mais au lieu de cela, il s'empressa de démarrer la conversation.

— Doreen, je suis ravi d'avoir de vos nouvelles, se ravit-il.

Elle soupira de soulagement.

— Et moi qui pensais que vous ne voudriez même pas me parler.

— Vous n'êtes pas coupable, déclara-t-il, le ton triste. C'était un homme difficile à vivre. Je le sais, mais je sais aussi que vous avez bon cœur. Je suis heureux que vous ayez tourné la page.

— Non seulement j'ai tourné la page, mais j'ai aussi trouvé un drôle de passe-temps.

Reggie s'esclaffa.

— Je crois bien que j'en ai entendu parler, puisque Mathew lui-même m'a parlé de votre penchant pour la résolution des mystères.

Puis il se tut.

— Travaillez-vous sur le meurtre de Mathew ? demanda-t-il avec curiosité.

— Je dois assurément m'y atteler, m'assurer que je ne me retrouve pas prise au piège.

— Bien sûr. Malheureusement, la police se tourne toujours vers le conjoint – ou, dans ce cas, l'ex-conjoint – et vous êtes la suspecte idéale, puisque vous êtes également en plein divorce. Pourtant, il a signé les papiers, souligna Reggie.

— Apparemment, il a omis quelques signatures, de sorte que ce ne soit pas scellé, observa-t-elle avec frustration. Ainsi, ce qui aurait dû être une affaire conclue ne l'est plus.

— Oh là là.

Reggie hésita, puis affirma :

— Il m'a dit qu'il songeait à ses options.

— Ah, je ne sais pas avec qui il y a songé, mais je suppose que cette personne n'a pas aimé les nouveaux choix qu'il faisait.

— Non, et il avait certainement des amis… disons, peu recommandables.

— Oui, je sais. Même si je pense que beaucoup de choses se sont produites quand je n'étais pas là.

— Il ne vous a jamais parlé de l'aspect professionnel de sa vie, n'est-ce pas ?

— Non, absolument pas. Comme vous le savez, dès que j'entrais dans la pièce, vous vous taisiez. On ne me donnait que des papiers à signer, si et quand il en avait besoin, et au-delà de ça ? Je n'avais rien à voir avec sa vie professionnelle.

— C'est peut-être mieux ainsi, murmura Reggie. À bien y réfléchir, vous vous retrouvez dans une bien meilleure position maintenant.

— Seulement si la police me croit quand je leur dis que je n'ai pas tué Mathew. Et honnêtement, ils ne sont pas très coopératifs en ce moment.

— Je vois, étant donné les circonstances, je n'imagine pas qu'ils seront très coopératifs avec qui que ce soit.

— Ils vous ont déjà contacté ? questionna Doreen.

— Pas encore, mais je les attends.

— Oui, vous avez raison. Il est évident que toute personne ayant un lien avec ce bazar fera partie intégrante de l'enquête.

— Bien entendu, et je coopérerai pleinement.

— C'est gentil. Avez-vous une idée de ce qu'il faisait ici ? demanda-t-elle avec curiosité. Il ne m'a pas contactée, ce qui est étrange.

— Vraiment ? s'étonna Reggie.

— Non, je suis tombée sur lui quand j'ai retrouvé son cadavre, malheureusement.

— Oh là là, c'est vous qui l'avez trouvé ?

— Oui, au restaurant chinois, précisa-t-elle. C'est ce que je ne comprends pas vraiment. Que faisait-il là ?

Après un moment d'hésitation, Reggie avoua :

— Il m'a demandé une liste de vos adresses préférées.

Doreen se figea et fixa le téléphone du regard.

— Oh, mon Dieu, marmonna-t-elle. Vous lui avez parlé de ce restaurant ?

— Je me souviens que vous vous plaigniez de ne pas pouvoir manger chinois quand vous le désiriez, ce qui était très étrange compte tenu de l'argent dont vous disposiez.

— Vous voulez dire l'argent dont disposait *mon ex*, rectifia-t-elle.

— Désolé, j'avais oublié ce point. Il pensait que la cuisine chinoise était mauvaise pour vous, si je me souviens bien.

— Mauvaise pour moi, mauvaise pour mon tour de taille, mauvaise pour quoi que ce soit, répondit-elle d'un ton sec. Alors vous lui avez dit que je serais dans un restaurant chinois ?

— Non, non, pas du tout. Je ne savais pas où vous étiez ni où vous aviez pu aller, mais je lui ai rappelé que vous aviez un penchant pour la cuisine chinoise.

— *Hmm.* La coïncidence est trop belle pour qu'il se soit retrouvé là et moi aussi.

— Je sais qu'il a peut-être… Je ne sais même pas si je devrais le dire.

— Vous devriez parce que si on se tait, aucun d'entre nous n'obtiendra de réponse. Sans parler du fait que c'est moi qui risque de payer pour ça.

— D'accord. Il a peut-être engagé quelqu'un pour vous suivre.

Doreen en eut le souffle coupé.

— Wouah.

Elle avait du mal à formuler les mots dans son cerveau.

— Ça lui ressemble, pas vrai ?

— Malheureusement, oui, s'excusa Reggie. Quand il voulait savoir quelque chose, il ne perdait pas de temps ni d'énergie. Il allait directement à la source.

Doreen soupira.

— Savez-vous qui il a engagé ?

— Quelqu'un avec qui il travaillait par intermittence, et qui est du coin.

— OK, c'est bon à savoir. Est-ce qu'il vous a dit pourquoi il voulait me voir ?

— Je pense que c'était un ultime effort désespéré pour vous inciter à revenir dans sa vie.

— Mais il savait que ce n'était pas possible. J'ai été très claire à ce sujet la dernière fois.

— Il m'a dit qu'il vous avait invitée à dîner avec lui et qu'il pensait que vous pourriez peut-être vous débarrasser de votre péquenaud de petit ami et vous remettre avec lui.

— À mon avis, il ne pensait pas du tout à ça. Je ne sais pas où il avait la tête, donc j'ignore quel était son but.

Un autre long moment de silence s'installa à l'autre bout du fil, et elle attendit. Reggie était un sacré joueur de poker. En général, il tenait le plus longtemps, et c'était toujours elle qui craquait. Mais pas cette fois-ci.

— Il tenait toujours à vous, commenta Reggie avec difficulté.

Puis il lui donna le nom de la personne que Mathew avait engagée pour la suivre.

Doreen le nota, avant de le scruter.

— Je ne connais pas cette personne, remarqua-t-elle.

Elle chercherait sur Internet, afin d'avoir un visage à mettre sur ce nom. De plus, il faudrait qu'elle n'oublie pas d'en parler à Corey.

— Non, c'est un nouveau, précisa Reggie. Mathew a fait beaucoup de changements ces derniers temps.

— Il était inquiet ? sonda Doreen.

Reggie hésita puis, avec un soupir, répondit :

— Je suppose que ça n'a plus d'importance maintenant et, si ça peut aider à résoudre le problème, je vous le dirai. Mais je pense que je devrais parler à la police.

Avec une pointe d'humour, elle le rassura :

— Ils vous contacteront bientôt, ne vous inquiétez pas. Mais tout ce que vous pourrez me dire me donnera une longueur d'avance sur eux.

— Vous devriez les devancer ? s'enquit Reggie.

— Peut-être, peut-être pas, reconnut-elle, mais je finirai de toute façon par tout partager avec eux. Si mon ami s'occupait de l'affaire, ce ne serait pas un problème, mais comme il a été jugé trop proche de la situation, tout est devenu beaucoup plus difficile.

— Bien sûr. Il faut toujours garder ses amis proches et ses ennemis encore plus proches. Le problème, c'est que dans cette affaire, je ne suis pas sûr de savoir qui est qui.

— Je comprends et je suis désolée, Reggie. Je sais que vous étiez très proches tous les deux.

— En effet, mais souvent je n'aimais pas sa personnalité ni ses actions, avoua-t-il avec un lourd soupir. J'ai menacé de démissionner à deux reprises et j'étais prêt à aller jusqu'au bout.

— Oh mon Dieu, je l'ignorais.

— Après qu'il vous a frappé la première fois… et encore après qu'il vous a frappé la deuxième fois.

Doreen s'affala dans sa chaise et soupira.

— Vous voulez dire, les fois où *vous* étiez au courant.

Le silence se fit à l'autre bout du fil.

— Oui, c'est ça. Il m'a juré qu'il ne recommencerait pas. Les violences envers les femmes, la seule chose que je ne pouvais pas tolérer.

— Pourtant, Mathew m'a dit que la seule chose qu'il ne pouvait pas tolérer, c'était que je sois désobéissante, dit Doreen, le regard perdu dans le vide. Je ne savais même pas que vous lui en aviez parlé.

— C'était aussi l'une des choses qui le caractérisaient : le silence complet et absolu était la règle, vous vous souvenez ?

— Oui, la *loyauté*, c'était tout pour lui, soupira-t-elle. C'est dommage qu'il se soit retrouvé dans un tel pétrin à la fin.

— C'est dommage qu'il ne se soit pas contenté de ce qui était bon et honnête. Je dirai toutefois qu'après la mort de Robin, il a réfléchi à sa vie et vous faisiez partie de cette réflexion.

Doreen entendit le sourire de Reggie dans sa voix.

— Je n'ai jamais aspiré à être considérée comme une *réflexion*, nota-t-elle d'un ton sec, néanmoins, je suis contente que quelque chose de bon ait émané de la mort de Robin, après tout.

— C'était assez rude ici aussi.

— Je n'en doute pas.

— On dirait que vous avez traversé beaucoup d'épreuves ces derniers mois, constata Reggie.

— Trop, confirma Doreen, mais au moins je n'ai pas eu à manger de la nourriture pour chiens.

Un hoquet de surprise retentit dans le téléphone.

— Non. Il vous a sûrement donné de l'argent pour vivre, n'est-ce pas ?

Doreen s'esclaffa.

— Vous devriez le savoir. Vous vous occupiez de ses comptes.

— Non, corrigea-t-il, seulement des comptes de la maison. Il avait un comptable pour le reste de ses comptes.

Il attendit une minute et questionna :

— Il ne vous a rien donné ?

— Non, il m'a laissé mon ancienne voiture, celle que j'avais achetée avant notre mariage, et j'ai pris Mugs. C'est tout. Tout ce que j'ai pu mettre dans ma voiture, tout ce qu'il ne m'a pas refusé, expliqua-t-elle. Il était censé payer l'hôtel, le temps que je trouve un travail et une meilleure situation, mais, bien sûr, il n'a pas tenu cette promesse non plus.

— Oh, bon Dieu, murmura Reggie, choqué.

— Apparemment, vous ne le connaissiez pas très bien non plus, *hein ?*

— Pas à ce sujet, non. Et, bien entendu, il ne me l'aurait jamais dit parce qu'il savait combien je désapprouvais déjà son comportement vis-à-vis de vous.

— Je suis vraiment heureuse de l'entendre. Surtout parce

que je ne savais pas que quelqu'un se préoccupait de ce qu'il s'était passé. C'est agréable de savoir que vous vous en êtes soucié un peu, murmura-t-elle. Même si, d'une certaine manière, je me sens très mal d'avoir cette conversation après son décès.

— Je comprends.

— Avez-vous contacté Roger, son avocat ?

— Non. Il me contacte habituellement lorsque c'est nécessaire. Roger sait que je suis là, et je dois continuer à entretenir la maison, jusqu'à ce que quelqu'un puisse déterminer ce que nous sommes censés faire, répondit Reggie.

— Avez-vous suffisamment d'économies pour vous constituer une pension ? Avez-vous un endroit où aller ?

— Tout dépend si je suis inscrit dans le testament… J'aimerais le penser, mais je n'en suis pas sûr.

— Malheureusement, aucun d'entre nous ne le sait. Je ne sais pas non plus ce qu'il va se passer pour moi, puisqu'il n'avait pas signé complètement l'acte de divorce. Je pensais que tout était réglé, mais apparemment ce n'est pas le cas.

— L'intention était donc là, et pourtant je n'en suis pas si sûr, souligna Reggie. Vous vous souvenez de sa réflexion sur sa vie ?

— Oui, mais il devait quand même avoir mon accord pour que cette remise en question se fasse, pour ainsi dire, argumenta Doreen. Et j'avais déjà clairement fait comprendre à Mathew que j'en avais assez de lui et de ses pitreries. Que je ne me mettrais plus à portée de son poing.

— Je suis vraiment désolé. Je n'avais aucune idée de la fréquence à laquelle cela se produisait.

— J'ignorais également que vous vous en préoccupiez, mais assez parlé de ça. Je suis libre comme l'air, et je suis bien plus heureuse maintenant.

Lorsqu'elle eut fini de parler avec Reggie, Doreen avait une petite liste de noms, dont celui du détective privé que Mathew avait engagé, ainsi qu'une idée de ses allées et venues et pourquoi il s'y était rendu, mais cela n'expliquait toujours pas tout. Juste avant de raccrocher, elle posa une dernière question à Reggie :

— Aviez-vous une idée de ce qu'il se passait dans son monde ? Quelque chose qui aurait pu aboutir à ça ?

— Avec certitude ? Non, affirma Reggie. L'avocat est peut-être au courant. Ils étaient amis. Son comptable aussi. Ils étaient également amis. Mais je pense que l'essentiel est qu'il s'est mis dans le pétrin et qu'il n'avait aucun moyen de s'en sortir.

— Alors, ne pas divorcer aurait réglé son problème ? Parce que vouloir me récupérer ne pouvait être qu'une question d'argent.

Reggie hésita, puis répondit :

— Malheureusement, je pense que vous avez raison.

— Donc, c'était une question *d'argent* ?

La jeune femme était choquée.

— Connaissant Mathew, j'imagine que oui, mais je n'en suis pas sûr, marmonna-t-il. Si vous découvrez quoi que ce soit, tenez-moi au courant.

— Idem. Nous allons tirer ça au clair.

Chapitre 8

APRÈS SON APPEL à Reggie, l'*homme d'affaires de* Mathew, Doreen envoya un SMS à Corey pour faire le point. Il y avait tellement de choses à assimiler. Assise au bord de la rivière, son carnet de notes à la main, elle rédigeait les grandes lignes de cette conversation. Elle ramassa plusieurs bâtons et les lança à Mugs, qui les récupéra sans enthousiasme, avant de se faire distancer par un écureuil qui s'élança dans l'eau. Au moins, cela le rendait heureux. Elle sourit aux pitreries de son chien, qui sautait dans l'eau et éclaboussait tout le monde autour de lui.

Lorsqu'il courut vers elle, elle se protégea. Il s'arrêta juste à côté d'elle et se secoua. Elle protesta, serrant le carnet contre sa poitrine, mais Mugs l'ignora et ne cessa de se secouer.

Elle grommela, puis, baissant les yeux sur son T-shirt trempé, elle sourit et le serra dans ses bras.

— Qu'est-ce qui t'a fait penser que j'avais besoin de ça ?

Il s'en moquait, évidemment. Quel chien s'en préoccuperait ? Elle était beaucoup de choses, mais certainement pas une personne qui se souciait d'être mouillée, ou qui devait s'habiller d'une certaine façon, ou qui devait toujours être parfaite.

En fait, elle était très à l'aise avec la personne qu'elle était à présent, et c'était un sentiment plus qu'étrange. Mais c'était aussi une très bonne chose et une nette amélioration. Elle adorait le sentiment de découverte qu'elle éprouvait en dévoilant qui était cette nouvelle Doreen. La liberté personnelle qu'elle avait lentement retrouvée depuis que Mathew ne faisait plus partie de sa vie l'avait progressivement changée. La mort de ce dernier, bien que malheureuse, avait en quelque sorte achevé ce processus, et elle se sentait bouleversée. Elle ressentit une pointe de joie au début de ce qui semblerait être une expérience tout à fait joyeuse.

Comme l'avait souligné Nan, Doreen n'avait qu'une chose à accomplir : mettre fin à cette histoire. Son téléphone sorti, elle chercha rapidement le nom du nouveau détective privé de Mathew. En voyant les coordonnées et la photo de l'homme, elle ajouta son nom et son numéro à son carnet. Elle était tentée de l'appeler, mais se dit que Corey s'en chargerait. Puis elle appela Mack.

Il répondit avec douceur.

— Tout va bien, Doreen ?

— Oui, confirma-t-elle sèchement. Écoute. J'ai parlé à Reggie. C'est l'*homme d'affaires de* Mathew, et apparemment Mathew a envoyé un détective privé ici, qui a repéré mes allées et venues. Je t'enverrai son nom et son numéro par SMS. Je ne sais pas s'il me suivait ou s'il m'a vue par hasard, mais la présence de Mathew au restaurant chinois semble être une énorme coïncidence. Il était peut-être là pour moi.

— Quoi ?

— J'ai également parlé à Reggie de ce qui se passait dans le monde de Mathew, et Reggie m'a dit que Mathew s'était mis dans le pétrin et qu'il était en train de réfléchir aux options qu'il avait avec moi. Reggie ne pense pas que ce soit une coïncidence que Mathew était ici ce jour-là. Le fait qu'il n'ait pas signé entièrement les papiers du divorce était très probablement intentionnel parce qu'il savait que, s'il n'avait pas à s'acquitter de ses biens pour moi, il pourrait sûrement se sortir du pétrin dans lequel il se trouvait.

Doreen reprit son souffle et se détendit après avoir tout déballé d'un coup.

Après quelques instants de silence, elle poursuivit.

— Tu devrais aussi parler au comptable qui s'occupait des comptes de Mathew, reprit-elle, avant de donner les coordonnées de la personne à contacter. Son *homme d'affaires* s'appelle Reggie, l'homme à qui je viens de parler…

Puis elle lui dicta le numéro de téléphone et le nom du détective privé qu'il avait envoyé à Kelowna.

— Wouah, lança Mack. Tu t'es secouée, apparemment.

— Je me suis secouée et j'ai pris conscience que, que Mathew l'ait voulu ou non, il m'a fait un énorme cadeau.

— Et qu'est-ce que c'est ? demanda Mack.

— Il n'est plus un problème pour moi, répondit-elle avec hilarité. Je sais que ce n'est sûrement pas la chose la plus gentille que je puisse dire, mais la meilleure façon pour moi de tourner la page est d'oublier tout ça une bonne fois pour toutes.

— J'en serais très heureux.

— C'est vrai ?

— Oui.

— Je ne suis pas ravi d'entendre qu'il aurait pu résoudre ce problème en ne divorçant pas.

— Mais de toute façon, s'il avait affaire à ce genre de personnes, il est sûrement allé beaucoup trop loin, et rien n'aurait pu s'arranger. Une fois que ces types ont mis le grappin sur quelqu'un, ils s'y accrochent.

Doreen ajouta ensuite :

— C'était aussi très instructif d'entendre Reggie dire qu'il s'était battu en mon nom après… – elle eut du mal à le dire – après que Mathew m'avait frappée. Reggie n'était pas au courant de tout. Il savait que c'était arrivé quelques fois, et apparemment il m'a défendue, mais c'est agréable de savoir que j'avais une âme bienveillante qui se souciait de moi, ou qui essayait en tout cas.

— Bien sûr, acquiesça Mack. Ce sont de très bonnes informations, Doreen. On va contacter le détective privé de Reggie et de Mathew, ainsi que l'avocat de Mathew, pour obtenir leurs déclarations.

— Pas de souci, confirma-t-elle avec un sourire. Il n'y avait pas qu'eux dans le monde de Mathew.

— On en connaît quelques-uns grâce à l'affaire Robin.

— Exactement. Je dois aussi contacter l'avocat, Roger. J'espère que Reggie est inclus dans le testament de Mathew. Sinon, je ne suis pas sûre qu'il ait de quoi vivre. Il arrive à un âge où trouver un emploi sera presque impossible.

— Laisse-nous nous en occuper, s'il te plaît, exigea Mack, sans vraiment lui demander la permission.

Elle pouffa.

— *Bien entendu.*

— *Doreen*, grinça-t-il, avec une note d'avertissement.

— Tu penses que je ne sais pas que la nouvelle enquêtrice n'en a rien à faire de moi ? argumenta-t-elle. Je ne suis qu'une affaire, qu'un nom, un numéro, et si elle peut la boucler et se faire bien voir, elle ne se préoccupera pas particulièrement de savoir si elle trouve le vrai tueur. Elle cherche à me mettre tout sur le dos et à passer à autre chose.

— Tu es injuste, protesta-t-il.

— Peut-être, mais j'ai bien senti sa défiance. J'ai pris l'habitude de travailler avec ton service et je n'avais pas conscience de mes aises. Je vois que c'est un problème.

— Un problème dans quel sens ? demanda Mack avec inquiétude.

— J'avais confiance dans le système. J'étais persuadée que tout irait bien et que les gens me soutiendraient. Je pense que c'est l'une des premières lois du monde des affaires, ou de la vie en fait, que personne n'assure tes arrières à part toi-même.

— Non, c'est faux, contra Mack. On est censé être entouré de gens en qui on a confiance.

— Certes, jusqu'à ce que quelque chose change et qu'on te retire l'affaire pour la confier à une inconnue.

— C'est différent. Tu ne peux pas rejeter la faute sur le capitaine, et tu le sais. Je n'ai pas aimé qu'on me retire l'affaire, mais je le comprends. Ça ne sert à rien d'arrêter quelqu'un pour meurtre si un avocat magouilleur le libère parce que j'ai participé à l'enquête.

— Tu es vraiment un suspect ? s'enquit Doreen.

— J'ai un alibi pour l'heure de la mort, environ deux heures avant que tu ne le trouves.

— Intéressant, souffla-t-elle.

— Tu n'as pas d'alibi, pas vrai ?

— Bien sûr que non, s'emporta la jeune femme. J'ai parlé à Nan ce matin-là, mais j'aurais pu appeler de n'importe où. J'étais à la maison avec les animaux, comme toujours. Mugs est très doué pour essayer de parler, mais il n'est pas un très bon interlocuteur.

— Non, en effet, mais Thaddeus est assurément capable de parler.

— Je sais, mais on n'était pas chez M. Woo au moment

de la mort de Mathew. On était à la maison.

— Et je suppose que tu n'as pas discuté avec Richard, que personne n'est venu chez toi ?

— Non, je n'étais pas chez Nan, et elle n'était pas chez moi non plus, ajouta Doreen. C'était une belle journée, calme et relaxante, jusqu'à cette histoire. Tu étais censé venir pour le déjeuner et je suis partie commander chinois pour te faire plaisir.

— Ce qui est très gentil, nota Mack avec un profond soupir.

— Apparemment, je ne suis pas censée faire ce genre de choses. Regarde dans quel genre d'ennuis ça nous a mis. Deux heures, *hein ?* Au moins, tu as un alibi.

— Heureusement. J'étais au travail avec tout le monde, donc je suis plus ou moins tiré d'affaire à ce stade.

— Plus ou moins ?

— On soupçonne toujours que j'ai pu engager quelqu'un, cingla-t-il.

— Oh, mon Dieu. C'est absolument impossible. Comme je l'ai dit à ton frère, si tu avais tué Mathew, vous vous seriez affrontés à mains nues, car cela aurait un rapport avec ce que Mathew m'a infligé. Tu n'aurais jamais engagé quelqu'un d'autre pour faire ton sale boulot.

Un étrange silence suivit à l'autre bout du fil, avant que le caporal ne réponde enfin.

— Merci, je crois… ?

Doreen éclata de rire.

— Non, tu peux me remercier, affirma-t-elle. Il ne nous reste plus qu'à m'innocenter, et le seul moyen d'y parvenir est de découvrir qui a décidé d'éliminer mon ex bien-aimé, sauf que la réponse à cette question ne sera pas si évidente. Il a bien plus d'ennemis que quiconque ne mérite d'en avoir.

— Il les a mérités, pour être honnête.

— Oui, il a souvent été un homme d'affaires très dur et, rien que pour ça, on ne manquera pas de trouver des gens qui n'appréciaient pas ses méthodes, ou qui enviaient l'argent qu'il possédait, contrairement à eux.

— Il ne se souciait pas non plus de savoir qui avait de l'argent et qui n'en avait pas, tant qu'il voulait quelque chose. Comme te reconquérir.

— Exactement, et qu'il réfléchisse à ses options à cet égard ne signifie pas qu'il aurait réussi. Ne l'oublie pas, murmura-t-elle.

— Hé, ce n'est pas ce que j'ai dit.

— Tant mieux, mais je ne veux pas que tu le penses non plus.

— Entendu, s'esclaffa-t-il. Tu as raison. On va tirer ça au clair. Vas-y doucement dans ton travail de détective, d'accord ?

— *D'accord*, convint-elle. Si elle ne s'approche pas de moi, tout ira très bien.

— Tu es la principale suspecte dans cette affaire de meurtre. Tu as oublié ? demanda-t-il d'une voix grave.

Doreen pouffa.

— Ce qui veut dire qu'elle ne fait pas son travail. Je ne daignerai même pas écouter ces sornettes. J'ai des choses à faire qui sont bien plus productives.

— Attends, attends, attends ! s'écria Mack.

Cependant, elle raccrocha au même moment, avec un grand sourire. Elle commençait à se sentir mieux, à se sentir elle-même. Se levant d'un bond, elle s'approcha de la maison et appela les animaux :

— Venez, les gars. Il est temps de commencer à secouer un peu cette ville. Quelqu'un essaie de faire croire qu'on a fait quelque chose de mal, et ça ne passera jamais. Surtout quand il est question de mon ex.

Chapitre 9

DÉSORMAIS DÉTERMINÉE, DOREEN entra dans la cuisine, attrapa les laisses et attacha Mugs et Goliath, même si ce dernier lui jeta un regard de dédain. Elle secoua la tête.

— Soit tu restes à la maison, soit tu viens en laisse.

Il se soumit alors, comme s'il comprenait parfaitement. Ce qu'il avait compris, c'était le ton de sa voix, devina Doreen. Elle était sérieuse, et chacun d'entre eux l'avait entendue. Dès qu'elle eut chargé ses animaux et elle-même dans la voiture, elle conduisit en direction du restaurant chinois.

Elle aurait pu marcher, et peut-être aurait-elle dû le faire, mais pour l'instant, il semblait beaucoup plus facile de comprendre exactement ce qu'il se passait avec des roues, puisqu'elle aurait de multiples arrêts, elle en était sûre.

Arrivée au restaurant chinois, elle y entra, les animaux en laisse. M. Woo, le propriétaire, apparut, les avisa et commença à la réprimander.

Elle leva les deux mains.

— Je sais que je n'ai pas récupéré ma commande précédente et je suis désolée.

Il lui jeta un regard noir.

— Je ne l'ai pas tué non plus.

L'expression étonnée sur le visage du propriétaire la fit sourire.

— Oui, beaucoup de gens pensent que j'ai pu le tuer, parce que je l'ai trouvé et parce que c'est mon ex-mari.

Il secoua aussitôt la tête, puis agita un doigt dans la direction de la jeune femme.

— Non, je sais. Je ne l'aurais pas fait non plus, murmura-t-elle. Oui, j'aimerais toujours ma commande, mais je dois la payer aujourd'hui et payer ce que je n'ai pas emporté hier.

Elle grimaça en s'écoutant parler ; quel gâchis d'argent. Sans parler du gaspillage de cette délicieuse nourriture. Pourtant, c'était de sa faute si elle n'était pas allée la chercher au restaurant.

— Oubliez la commande, dit M. Woo. Vous avez passé une mauvaise journée. J'ai passé une mauvaise journée. Oublions cette journée. Je vous sers un plat chaud. Vous payez la moitié du prix.

Compte tenu de ce qu'ils avaient vécu tous les deux, et probablement de l'état des affaires qu'il n'avait pas pu mener à cause du désordre qui régnait, elle pensait que c'était très juste de sa part.

— D'accord, mais je suis ici pour vous poser un tas de questions.

Il la dévisagea, les sourcils froncés.

— Vous êtes de la police ?

— Non, bien sûr, je ne suis pas de la police, affirma-t-elle en dardant sur lui un regard furtif. Mais vous savez aussi que je travaille énormément à résoudre les mystères des affaires non résolues.

Il acquiesça lentement.

— La police est-elle venue ici ? Vous ont-ils demandé si un autre homme traînait dans les parages ?

M. Woo hocha de nouveau la tête.

— Et c'était le cas ?

Il secoua la tête.

Doreen soupira d'exaspération.

— Mathew a été tué deux heures avant que je vienne chercher ma commande.

La mâchoire du restaurateur se décrocha.

— Deux heures ? répéta-t-il.

— Oui, il était là avant, donc quelqu'un a dû voir quelque chose.

— J'étais dans la cuisine, en train de cuisiner.

— Je comprends. Quelqu'un est-il entré pendant ce temps ?

Il secoua encore une fois la tête.

— Non. On ouvre quand vous venez. C'est pour ça que vous venez.

— C'est vrai, reconnut-elle.

Pour une fois, un restaurant chinois en ville n'attendait pas 15 heures pour ouvrir. Heureusement, celui-ci ouvrait à midi, elle avait donc commandé tôt pour éviter la cohue.

— Vous êtes sorti pour vous approvisionner ? Est-ce que quelqu'un est venu ? Avez-vous reçu des livraisons ?

Il la regarda fixement, et elle voyait qu'il essayait de réfléchir. Il fronça les sourcils, son visage s'éclaircit, puis il fronça à nouveau les sourcils et secoua lentement la tête.

— Non, je m'occupe de la préparation dans la cuisine. Personne n'est venu.

— Donc quelqu'un a erré devant chez vous pendant deux heures, et vous n'avez rien vu ?

Le propriétaire du restaurant opina lentement.

— Je n'ai rien vu.

— Entendu.

Doreen soupira et replaça une mèche de cheveux derrière son oreille.

— Bien, vous avez des caméras ? demanda-t-elle.

Il secoua la tête de plus belle.

— Pas de caméras.

— Ça n'aide pas non plus.

— Pas de caméras, vu personne. Vous voulez à manger maintenant ?

Ce fut au tour de Doreen de secouer la tête.

— Mais je reviendrai, promit-elle, avant de consulter sa montre et de froncer les sourcils. Disons, dans une heure et demie.

M. Woo approuva du chef.

— Prêt dans quatre-vingt-dix minutes. Vous serez là cette fois.

— Promis, à condition qu'il n'y ait pas d'autre cadavre.

Il lui lança alors un regard étrange.

— Oui, c'est à peu près ce que je ressens moi-même en ce moment. Je ne veux plus de cadavres du tout.

Et, avec un petit sourire, elle tourna les talons, sortit et se dirigea vers l'arrière du restaurant. Là, elle remarqua que le ruban adhésif de la scène de crime avait été retiré. Peut-être pour cette unique raison, elle se sentit un peu plus à l'aise durant sa promenade, mais l'endroit avait tout de même une drôle d'allure, une drôle d'odeur. C'était le problème avec le sang.

Alors qu'elle se dirigeait vers le site, la truffe de Mugs effleurait le sol. Les scientifiques n'avaient pas travaillé avec soin. Toutes les fleurs de millefeuille jaune avaient été piétinées, la zone était sale et des ordures jonchaient le sol. La jeune femme soupira en regardant les environs.

— Les suites d'un meurtre ne sont pas belles à voir, chuchota-t-elle. Il n'y a absolument rien ici qui me rende heureuse.

Bien sûr, personne ne voulait la rendre heureuse à ce stade. Tout ce qui comptait, c'était de faire payer le coupable.

Si seulement elle avait les réponses pour que cela se produise.

Chapitre 10

DOREEN SE RENDIT au centre-ville et se gara au poste de police. Sans quitter sa voiture, elle téléphona à Mack et lui demanda :

— Peux-tu consulter les caméras de surveillance autour du restaurant chinois ?

— Oui, mes collègues ont déjà demandé l'accès ce matin, indiqua-t-il. Où es-tu ?

— Je suis juste devant le commissariat. Je vais faire un tour à pied.

— Ici ?

— Oui, confirma Doreen.

— Pourquoi ?

— Je ne sais pas, marmonna-t-elle. Je crois que je n'ai pas vraiment de réponse à cette question.

— *Doreen*, insista Mack, avec une note d'avertissement.

— Je sais. Je ne comprends même pas le pourquoi de cette envie. Pourtant, je suis ici, mais je ne sais pas pourquoi. Bref, j'ai parlé au propriétaire du restaurant chinois, M. Woo. Il n'a rien vu, rien entendu, il ne sait rien.

— Quelqu'un l'a déjà interrogé, et oui, c'est aussi ce qu'il nous a dit, déclara Mack avec une pointe d'hilarité.

— Je vois. Je ne comprends pas comment les gens font pour être aussi aveugles à ce qu'il se passe autour d'eux. J'ai du mal à croire M. Woo.

— J'imagine. Ça t'est arrivé plusieurs fois.

— Peut-être bien, maugréa la jeune femme. Je ne me sens pas mieux pour autant, et je ne suis pas tout à fait sûre d'apprécier que tu en parles.

Le policier s'esclaffa.

— Peut-être pas, mais quoi qu'il se passe en ce moment, on est sur le coup.

— Je sais, mais vous n'allez pas assez vite. J'aimerais beaucoup savoir où est allé Mathew et comment il est arrivé.

— Quelqu'un a vérifié auprès de quelques agences de location, mais elles n'ont pas de Jaguar vertes.

— Non ? Je parie que Bernard sait quelque chose.

— Je n'en sais rien, rétorqua Mack, et tu veux vraiment le mêler à ça, alors que son fils essaie de publier des photos de toi ?

— Si seulement je savais ce que son fils trafique, ou s'il mène encore la vie dure à son père.

— Pourquoi ne pas laisser Bernard s'occuper de son fils ?

— J'en avais l'intention, répondit-elle, mais Bernard sait certainement où louer une Jaguar verte à titre privé.

Sur ce, elle raccrocha et s'empressa d'appeler Bernard.

— Doreen, l'accueillit-il d'un ton jovial. Vous venez prendre un café ?

— Ah. Vous avez peur que je vous tue pendant que vous le préparez ?

Bernard s'esclaffa.

— Non, jamais de la vie. Allez, passez prendre un café.

— Je me demandais si vous saviez où louer une Jaguar verte à titre privé ou commercial en ville.

— Pourquoi demandez-vous cela ? interrogea Bernard après un moment d'hésitation.

— Parce que mon ex ne voyageait qu'avec des Jaguar vertes. Toujours.

— Quoi ?

— Oui, c'était son véhicule préféré et, s'il pouvait en avoir une, c'est toujours ce qu'il prenait.

— D'accord. Bizarre.

— Il était venu avec une fois, précisa-t-elle. Pour cette dernière fois, je ne sais pas s'il a conduit jusqu'ici avec ou s'il a pris l'avion et loué une Jaguar ici, mais dans tous les cas, où est son véhicule ?

— La police devrait être en mesure de déterminer s'il a pris l'avion et, si c'est le cas, elle pourrait également accéder aux caméras de l'aéroport afin de vérifier si quelqu'un est venu le chercher dans une Jaguar verte.

— À vrai dire, j'ai tout de suite supposé qu'il s'agissait d'une Jaguar verte, seulement parce que je connais Mathew, déclara Doreen. J'ai aussi jugé qu'il venait pour me parler, pour essayer de me faire changer d'avis sur le divorce.

— Vraiment ? Je croyais que c'était conclu ?

— Pour moi, oui, mais j'ai appris depuis que Mathew était dans une situation difficile et qu'il avait besoin d'argent. Le divorce l'aurait mis sur la paille, alors il s'est sûrement demandé s'il pouvait me faire patienter un peu pour le divorce ou m'attirer de nouveau dans ses filets, assez long-temps pour qu'il puisse se tirer d'affaire.

— Wouah. Et moi qui me croyais malhonnête.

— Ne m'en parlez pas. De toute façon, je ne l'ai pas vu, donc je ne sais pas ce qu'il avait en tête. Mais si c'était son but, il m'aurait accostée. Cependant, après ses démêlés avec les autorités locales, il devait éviter mon domicile, j'imagine.

Il avait envoyé un détective privé ici pour suivre mes déplacements, et c'est apparemment là qu'il a appris que je serais sûrement au restaurant chinois ce jour-là.

— Apparemment, répéta Bernard.

— Il y a de fortes chances que le détective m'ait entendue depuis mon jardin ou qu'il ait mis mon téléphone sur écoute, devina la jeune femme en avisant son téléphone. Ce qui, je m'en rends compte maintenant, est encore un problème potentiel.

— Achetez un nouveau téléphone, suggéra Bernard.

— Je pense que je vais le faire. En même temps, il est tout à fait possible que j'aie été suivie.

— Oui, absolument, confirma Bernard. Mais comment aurait-il pu savoir à l'avance que vous seriez là-bas ?

— J'ai appelé Nan, et j'ai sûrement parlé de mon intention de manger chinois.

— Voilà. Il faut absolument que vous achetiez un nouveau téléphone et que vous remettiez le vôtre à la police.

— Oui, je suis au poste à cet instant, mais je n'en ai pas d'autre.

— Je peux vous en prêter un, proposa-t-il. Allez déposer votre téléphone, puis venez ici, et nous boirons un café ensemble. Le déjeuner sera prêt, et nous parlerons de ce que vous pouvez envisager ensuite. Je trouve cela très excitant.

Doreen rit.

— Et votre fils, que devient-il ?

— Disons qu'il aime son argent de poche.

— Vraiment ? Peut-être que vous pourriez le mettre au travail afin qu'il fasse quelque chose d'utile.

— Oh, vous avez besoin de quelque chose ?

— Mon avocat a engagé un détective privé pour enquêter pour moi, mais votre fils pourrait toujours trouver un emploi dans ce domaine, s'il le souhaitait, ou quelque chose dans ce genre.

— Ah, je n'y avais jamais pensé. C'est quand même un peu sordide…

— Ce n'est pas mieux que de vendre des photos à un torchon en criant : *Elle a tué son mari !* Pourtant, il aurait peut-être intérêt à apprendre à bien faire les choses, sans enfreindre la loi.

Bernard ricana.

— Je vais vous dire, plus vous en donnez aux enfants, et plus ils en veulent.

— Je n'ai pas d'enfants, je ne devrais donc pas vous donner de conseils. Vous n'avez qu'à dire que je passe une mauvaise semaine, dit-elle en riant, mais j'accepte votre offre pour le téléphone. Je vais faire un saut au poste et leur donner celui-ci.

Doreen fixa son téléphone du regard.

— Allez-y, puis venez à la maison, conclut Bernard avant de raccrocher.

La jeune femme sortit de son véhicule, envoya un message à Mack pour qu'il la rejoigne à l'extérieur, puis marcha jusqu'à la porte du commissariat. Elle attendit dehors qu'il sorte. Il arriva en trombe quelques minutes plus tard.

Il fronça les sourcils en l'observant.

— Il y a un problème ?

— J'ai discuté avec Bernard et on a conclu que le seul moyen pour que le détective privé, ou quelqu'un d'autre, puisse savoir que j'allais manger chinois, c'est parce que j'en avais parlé à Nan ce matin-là. Je lui ai dit que j'irais commander.

Mack haussa les sourcils.

— Alors, tu penses que quelqu'un a installé un dispositif

d'écoute chez toi ?

— Ou sur mon téléphone, précisa-t-elle en le lui tendant.

— Qu'est-ce que tu vas faire sans téléphone maintenant ? interrogea le policier en prenant l'appareil.

— Tu vérifies qu'il n'y a pas de dispositif d'écoute. Pendant ce temps, je vais prendre un café chez Bernard, il a un téléphone que je peux emprunter. Je crois qu'on appelle ça un téléphone jetable ?

Mack acquiesça lentement, puis posa son regard sur Doreen.

— C'est juste un téléphone dans lequel on met une carte SIM quand on veut passer un appel intraçable.

— Ce qui veut dire aussi que personne ne peut m'appeler.

— Sauf si tu m'appelles d'abord, alors j'aurais ton numéro dans mon historique d'appels.

— D'accord. Je ferai ça avec les personnes importantes. Dans ce cas, ne sois pas surpris de voir ce nouveau numéro.

— En effet, je vais demander aux techniciens d'examiner celui-ci et, s'il n'y a pas de problème, tu le récupéreras très vite.

— Parfait. Et s'il y a bien quelque chose, on pourra peut-être s'en servir pour tendre un piège.

Mack la dévisagea, un lent sourire se dessinant au coin de ses lèvres.

— Comme je l'ai déjà dit, répéta-t-il joyeusement, tu ferais une excellente flic.

Elle lui lança un regard noir.

— Et, si je me souviens bien, ça devient une insulte.

— Ce n'est pas du tout une insulte, et ton jugement n'est basé que sur une seule personne.

— Oui, je ne l'aime pas.

— Une idée de la raison ? interrogea-t-il en la fixant du regard.

De son côté, Mack n'avait pas vraiment de problème avec sa nouvelle collègue.

— Elle a été désagréable avec moi. Elle pense que j'ai tué Mathew, répondit Doreen.

— Si tu étais une vraie criminelle, ça aurait été bien pire.

— Si j'étais une vraie criminelle, j'aurais été préparée à cette confrontation, mais ce n'est pas le cas. Je n'ai pas aimé son attitude. C'est sa première expérience en tant qu'enquêtrice ?

Mack évita sa question, la serra dans ses bras, puis lança :

— Dis bonjour à Bernard de ma part.

— Entendu.

Doreen retourna à sa voiture et, tandis que les animaux se calmaient, visiblement irrités de ne pas pouvoir saluer Mack, elle se rendit chez Bernard.

Alors qu'elle s'engageait dans la grande allée, le portail s'ouvrit devant elle et elle se gara devant l'entrée principale. Les animaux sortirent et reniflèrent, plus intéressés par leur prochaine aventure, puis Bernard ouvrit les grandes portes d'entrée et sortit.

— Entrez, entrez, lui dit-il. C'est une situation terrible.

— C'est la galère, confirma-t-elle.

— Et pourtant, quelque peu commode, dit-il en agitant ses sourcils.

— Ça ne fait qu'aggraver mon cas, soupira Doreen.

— Vous tenez toujours à Mathew ?

— Non, mais il représente une étape de ma vie à laquelle je ne peux pas facilement renoncer.

Bernard approuva du chef.

— C'est tout à fait vrai. Le chagrin ne s'arrête pas simplement parce que la relation a pris fin.

— Exactement. Même si c'était une belle relation, les gens ont toujours des sentiments. Dans mon cas, le mariage n'a pas été beau du tout, et apprendre qu'il avait l'intention d'essayer à nouveau de me faire changer d'avis ne me rassure pas.

— Surtout qu'il essayait seulement de vous faire changer d'avis pour se faciliter la vie.

— Il est resté fidèle à lui-même, dit Doreen, l'expression désabusée. Même si je déteste l'admettre, sa personnalité n'avait pas changé, apparemment.

— Pourquoi aurait-il changé ? s'enquit Bernard en haussant les épaules. Il était heureux de sa personne. Il était juste dans une situation difficile et avait besoin d'un moyen de s'en sortir. Nous sommes tous pareils.

Là encore, il n'y avait rien à redire, car c'était la vérité.

Bernard la guida dans le grand salon et Doreen sourit en entrant.

— J'adore cette pièce, Bernard. L'espace, l'ouverture, j'adore.

— C'est aussi ma pièce préférée, reconnut-il. Bien qu'elle ait tendance à être fraîche le soir quand il fait froid, elle est absolument superbe pendant la journée, surtout quand elle est ensoleillée comme aujourd'hui. Asseyez-vous et détendez-vous. J'ai du café et j'ai pris des dispositions pour le déjeuner.

— Merveilleux, dit-elle en lui adressant un large sourire. Je ne dis jamais non à un repas.

Bernard éclata de rire.

— Vous êtes l'une des rares femmes qui apprécient vraiment de manger et qui n'ont pas peur de le dire.

— Et comment ! J'adore manger, surtout chez vous.

Il lui adressa un sourire affectueux.

— Libérez les animaux. Ils ne peuvent pas faire de dégâts ici.

Doreen s'esclaffa en entendant cela.

— Vous plaisantez, n'est-ce pas ?

— C'est bon. Tout ira très bien, et si nous avons des dégâts à nettoyer, j'ai des femmes de ménage.

Elle éclata de rire.

— J'avais oublié, marmonna-t-elle.

— Ce qui est étrange, car vous viviez la même vie auparavant, pas vrai ?

— En effet, confirma-t-elle joyeusement, mais je ne verrais aucun inconvénient à ne jamais y revenir.

— Cela me surprend.

— C'est parce que je n'ai pas vraiment eu l'occasion de vivre. J'ai existé, mais ce n'était pas mon style de vie. Ce n'était pas moi, ni même un aspect de moi que je reconnaissais. C'était plutôt comme faire semblant d'être cette poupée de porcelaine calme et parfaite que Mathew voulait.

Bernard secoua la tête.

— Calme ? Il ne savait pas ce qu'il ratait.

— Certes, et maintenant il ne le saura jamais non plus, lui rappela-t-elle.

Il acquiesça.

— Et vous allez quand même essayer de résoudre cette affaire, *non ?* Même s'il était ce qu'il était ?

— Oui. C'est une bonne façon de tourner la page, non seulement pour l'affaire, mais aussi pour moi.

— Je le comprends, mais vous êtes certainement très tolérante et affable. Je ne suis pas sûr qu'il l'ait mérité.

— Moi non plus, concéda Doreen, mais ça n'a pas

d'importance parce que c'est le chaos auquel je suis confrontée, et je veux y mettre fin aussi vite que possible.

— Que se passera-t-il ensuite ? Si j'ai bien compris, vous attendiez que le divorce soit prononcé.

Doreen opina

— En effet.

— Et puis quoi ? Allez-vous mettre fin aux souffrances de ce pauvre Mack ?

Elle lui lança un regard interrogateur.

— Que savez-vous des souffrances du pauvre Mack ? demanda-t-elle d'un ton sec.

— Je reconnais un homme amoureux, étant passé par là et ayant aimé tous les aspects de ce processus, déclara Bernard, avec un grand sourire. Je compatis avec lui.

La jeune femme soupira.

— Il n'en voit pas de toutes les couleurs.

— Non, mais il ne sait pas non plus vraiment sur quel pied danser.

Bernard jeta un rapide coup d'œil à Doreen et reprit.

— Lui avez-vous dit où vous alliez aujourd'hui ?

— Oui, bien sûr. Il vous passe le bonjour.

— Vous savez qu'il tient vraiment à vous, n'est-ce pas ?

— Bien sûr que oui, et oui, j'ai l'intention de *mettre fin à ses souffrances*, admit-elle en levant les yeux au ciel. Quoi que cela veuille dire.

Bernard se contenta de rire.

— Dans tous les cas, amusez-vous, explorez et lancez-vous avec lui. Vous avez peut-être existé dans votre relation précédente, mais ne faites pas ça à Mack. Soyez pleinement présente pour lui, et vous serez surprise du bien que cela vous fera à tous les deux.

Chapitre 11

DOREEN RENTRAIT CHEZ elle, un nouveau téléphone à la main, et se rendit compte qu'elle avait oublié d'envoyer le numéro à Mack par SMS. Elle se dirigea vers le restaurant chinois, afin que M. Woo ne soit pas fâché. Sachant que cette commande allait refroidir avant qu'elle ne mange à nouveau, elle la dégusterait au dîner, et ce serait parfait. Alors qu'elle s'arrêtait devant le restaurant chinois, son regard se porta une fois de plus sur le carré de mille-feuilles, et la jeune femme fut envahie par la tristesse un instant. Dans le but de la refouler, Doreen se précipita à l'intérieur, s'empressa de payer sa commande, puis l'attrapa et sourit à M. Woo. Elle remarqua qu'il semblait plus malheureux que tout à l'heure.

— Avez-vous reçu beaucoup de critiques de la part des médias ?

Il secoua la tête, son regard se portant partout sauf sur elle. La mine perplexe, Doreen prit sa commande et rentra chez elle, se demandant ce qu'il se passait. En y réfléchissant, il devait avoir autant de mal qu'elle à assimiler ce qu'il s'était passé. Elle posa le sac sur la table et envoya un SMS à Mack, l'ajoutant comme nouveau contact. **J'ai mon nouveau**

téléphone.

Quand son téléphone sonna, elle répondit.

— Heureusement que tu en as un nouveau.

Le silence se fit, puis elle hoqueta.

— Tu as vérifié mon téléphone ?

Mack soupira.

— Oui, il y a un dispositif d'écoute dedans.

Elle fronça les sourcils, un peu choquée de l'entendre.

— Oh mon Dieu, marmonna-t-elle d'une voix étranglée. Je savais que c'était une possibilité, mais je pense que je ne voulais pas vraiment y croire.

— Il y en a bien un, souffla le policier.

— Tu peux remonter jusqu'à la personne qui l'a implanté ?

— Non.

— Je peux récupérer mon téléphone ?

— Pas pour le moment. On se demande comment profiter au mieux de sa découverte, avant qu'il ne s'en aperçoive.

— Pour lui tendre un piège ?

— Peut-être. Pour l'instant, je vais le garder. Tu as ton nouveau téléphone, donc on peut communiquer comme ça, mais on ne veut pas que ça se sache, alors ne dis rien.

— OK, acquiesça-t-elle, avant de se réjouir. Ça contribue certainement à prouver que je ne suis pas coupable.

— Personne n'a dit que tu étais coupable, rectifia Mack d'un ton agacé.

— *Cette femme* pense que j'ai tué mon mari.

— Certes, c'est sûrement vrai. Quoi qu'il en soit, le traceur sur le téléphone t'aide, mais il ne t'efface pas complètement de la liste des suspects.

— Je sais, bien sûr que non, marmonna-t-elle. Bref, j'ai pris du chinois, et il attend.

— Je croyais que tu déjeunais chez Bernard.

— C'est fait, mais avant de parler à Bernard, je m'étais arrêtée au restaurant chinois parce que je me sentais mal de ne pas avoir récupéré ma commande la dernière fois quand j'ai trouvé le corps, expliqua la jeune femme. Donc, j'y suis retournée pour m'excuser et le payer. On a passé un accord et on a divisé la note en deux afin que tout le monde soit satisfait.

— C'est équitable.

— Oui, sauf qu'aujourd'hui, quand je suis allée chercher la commande, après avoir mangé chez Bernard, M. Woo avait l'air un peu ailleurs.

— Comment ça ?

— Je ne sais pas. C'est difficile à expliquer, il semblait un peu ailleurs, comparé à son attitude quelques heures avant. Ma présence avait l'air de le mettre mal à l'aise.

— Il a peut-être suscité un intérêt qui a rendu son travail un peu plus difficile, ce qui n'est pas rare dans ce genre de situation.

— Je sais, et je lui ai posé quelques questions à ce sujet, mais il ne voulait vraiment pas me parler. En fait, on aurait dit qu'il voulait que je m'en aille.

Mack rit.

— Ce n'est pas la première fois que tu suscites cette réaction.

— Je sais, grommela-t-elle, mais je ne m'attendais pas à ça de sa part.

— Peut-être pas, maintiens le cap et vois ce qu'il se passe.

— C'est ce que je pensais aussi. Je vais faire quelques recherches en ligne sur le détective privé de Mathew. Tu as pris contact avec lui ?

— Non, mais quelqu'un est entré en contact avec Reggie ainsi qu'avec l'avocat de Mathew, Roger. On progresse. Lentement, mais sûrement.

— Mathew est-il venu en avion ou en voiture ? Je n'ai pu parler à personne au sujet de cette location.

— Bernard ne t'a pas donné de nom ?

— Non, il a évoqué quelques entreprises en ville, mais il ne les connaît pas personnellement. J'imagine qu'il ne loue pas de Jaguar.

Mack s'esclaffa.

— Après tout, Bernard ne va pas louer une Jaguar en ville, car il vit ici, lui rappela le caporal.

— C'est vrai, concéda Doreen. Je pourrais passer quelques coups de fil.

— Et Mathew est venu en avion, déclara Mack. On le sait. Il était sur le vol de 8 heures ce matin-là.

— Wouah. Il arrive en ville, rencontre son détective privé, découvre l'adresse où j'ai l'intention de me rendre, mais n'a pas d'heure précise. Alors il attend là, pendant deux heures ? Pourtant, je n'ai vu aucune Jaguar là-bas.

— Pas de voiture de location ? Rien avec un autocollant de la société de location ?

— Il n'y avait aucune voiture au restaurant chinois. Peut-être que Mathew a été déposé, auquel cas son chauffeur serait la dernière personne à l'avoir vu vivant et pourrait potentiellement être notre meurtrier.

— C'est vrai, mais on ne peut pas tirer de conclusions hâtives.

— Non, bien sûr que non, murmura-t-elle d'un ton sec. Ce serait terrible. Dis ça à *Insley*.

Le policier soupira.

— Rappelle-toi qu'on veut que cette affaire soit fondée

sur des preuves et qu'elle soit ensuite traitée correctement ; et non rejetée pour un détail technique.

— Je suis d'accord avec toi, convint Doreen. C'est juste que c'est toujours si lent.

— Ça semble lent, jusqu'à ce que l'avalanche arrive. Lorsqu'on obtient la seule information manquante – comme tu le sais bien – tout explose et évolue très rapidement. Entre-temps, on doit assurer ta sécurité. Quelqu'un t'a prise pour cible, soit en essayant de te piéger, soit en te visant pour que ton ex puisse te retrouver.

— Et Mathew avait déjà été prévenu de ne pas s'approcher de moi ni de la maison. De plus, Richard l'aurait sûrement vu, et ça aurait aussi envenimé les choses.

— Exactement. Mathew voulait donc un lieu plus public, même si l'adresse de M. Woo est un choix étrange.

— Mais il y a un banc à l'extérieur. Je suis connue pour m'y asseoir et observer le monde. Alors peut-être que Mathew pensait qu'on allait s'asseoir là et parler.

— Lui aurais-tu parlé ?

— Peut-être. Ça ne vous aurait pas plu, à ton frère et toi, mais je l'aurais sûrement écouté. Je ne sais pas de quoi il voulait parler, mais je comprends maintenant que, quel que fût son problème, il devait être plus grave que je ne le pensais. Le divorce le stressait plus que je ne l'aurais cru.

— Ce n'est pas ton problème, souligna Mack.

— Peut-être pas, mais je me sens mal de savoir que je suis là, à me poser des questions, et qu'il est mort. Probablement à cause de l'argent, d'une affaire qui a mal tourné. L'une des instructions que j'ai données à Nick était de s'assurer que je ne recevrais pas trop d'argent.

— Et pourtant, tu penses vraiment que c'était un montant trop important ?

— Je ne sais pas parce que j'ignore le montant prévu à la base.

Il y eut un silence à l'autre bout du fil.

— Je comprends que ça ne soit pas logique pour le reste du monde, reprit Doreen, mais ce n'était pas de l'argent réel pour moi.

— C'était quoi, des billets de Monopoly ? s'enquit Mack avec hilarité.

— Ce n'était pas réel parce que je ne l'avais pas en ma possession. Souviens-toi de mon mariage. Je n'ai jamais eu d'argent, de chéquier ou de compte bancaire personnel. Si j'avais besoin de quelque chose, je le disais à quelqu'un et on me l'apportait. Je faisais rarement du shopping pour moi-même parce que Mathew avait un sens particulier du style et que rien d'autre ne lui convenait. Mathew allait donc faire du shopping, généralement sans moi. Ensuite, il demandait à une couturière de venir à la maison et de tailler des vête-ments, selon les instructions de Mathew, pas les miennes. Les seules fois où je n'obtenais pas ce que je demandais, c'était généralement au sujet de la nourriture. Tout ce qui pouvait me faire grossir, selon Mathew, je n'avais pas le droit de le manger, comme les pâtes, les pommes de terre et le pain. Donc, tant que le divorce était en cours de négociation, je ne pouvais compter sur rien. C'est pourquoi je ne voulais pas savoir parce que je ne voulais pas me faire de faux espoirs. Aujourd'hui, sa mort n'est peut-être pas de ma faute, pourtant, d'une certaine manière, je n'ai pas l'impression d'être complètement irréprochable non plus.

La jeune femme entendit le profond soupir de Mack à travers le combiné.

— On va arrêter cette discussion pour l'instant. De toute façon, on sait comment il est arrivé ici.

— En effet, acquiesça Doreen. Donc, s'il a pris l'avion, il a dû louer une voiture, ou un moyen de transport quelconque, donc si tu pouvais consulter les caméras à l'aéroport ou dans les environs, on pourrait…

— Je sais, Doreen, la coupa Mack, d'une voix posée.

Elle s'esclaffa.

— Bien, je n'essayais pas de t'insulter ou de me mêler de tes affaires. Je comprends. Vraiment.

— Je suis heureux de l'entendre, répondit-il avec une pointe d'humour. Maintenant, tu veux bien rentrer chez toi et y rester ?

— Je suis chez moi, précisa-t-elle. Le chinois est sur la table de la cuisine. Tout va bien.

— Oh, tu partages ?

— Je ne sais pas vraiment ce que M. Woo m'a servi, dit-elle en riant. Je vais aller jeter un coup d'œil dans la cuisine.

Elle ouvrit le sac.

— Wouah, ça fait beaucoup… Il y a trois boîtes, alors oui, je vais partager.

— C'est bon à savoir, mais j'en ai encore pour quelques heures.

— Ça ira, le rassura-t-elle. Puisque j'ai déjeuné avec Bernard, je vais me faire une tasse de thé et me détendre un peu.

— C'est une bonne idée. Il y a de fortes chances que Nan t'appelle. Dès que tu parles de thé, je ne fais que penser à elle.

— Peut-être que je devrais aller voir si elle va bien aussi. Je suis sûre que tout le monde sera sur son dos, d'une manière ou d'une autre.

— Peut-être. Ça te ferait sûrement du bien à toi aussi.

— Elle était ici tout à l'heure, elle m'a amené des douceurs, alors je ne veux pas qu'elle soit trop dérangée par tous ces ragots haineux, se lamenta Doreen à voix basse.

— Tu t'occupes de tes affaires, lui rappela Mack. C'est l'essentiel.

Sur ce, il lui dit au revoir, lui promettant de venir manger la commande de chinois dès qu'il aurait fini de travailler.

La jeune femme mit la bouilloire à chauffer et sortit en observant autour d'elle. Elle était rassasiée pour l'instant, car Bernard avait mis le paquet. C'était vraiment gentil de sa part, et pourtant, même si Bernard pouvait faire cela quand il le voulait, cette vie ne manquait pas du tout à Doreen. Et elle savait que ni Mack ni Bernard ne comprenaient. Elle n'en avait pas de bons souvenirs, voilà tout.

Assise là, elle se demanda ce qu'elle pouvait bien faire de plus, quand son téléphone sonna à nouveau. Elle soupira, puis prit l'appareil ; elle ne reconnut pas le numéro. Avec un haussement d'épaules, elle décrocha.

— Salut, lança Nick.

— Oh, bonjour, murmura-t-elle. C'est Mack qui t'a donné ce numéro ?

— Oui, mais ça aurait été bien que tu penses à le partager avec moi.

— Je suis rentrée il y a à peine cinq minutes, se défendit-elle. Je n'ai pas eu le temps de penser à quoi que ce soit.

— Entendu. Désolé, je ne voulais pas m'en prendre à toi. J'ai parlé à des avocats toute la journée.

— Oui, je ne vois pas comment quelqu'un pourrait avoir envie de se lancer dans ce métier, soupira la jeune femme.

— Ce n'est pas pour tout le monde, c'est sûr, approuva joyeusement Nick. Sinon, il semble que l'enquête sur le meurtre progresse.

— Ça progresse, mais j'ignore dans quelle direction, maugréa-t-elle. Tu en sais peut-être plus que moi.

— J'en doute, s'esclaffa-t-il. Je suis certain que tu es constamment sur le dos de Mack.

— Je viens de l'avoir au téléphone, et j'ai découvert des éléments plus tôt dans la journée, mais je ne sais pas s'ils ont beaucoup de valeur.

— Peut-être pas, mais tu dois continuer à te dire qu'à un moment donné, toutes ces petites pièces s'aligneront, ce qui entraînera un débouché important dans l'affaire.

— Roger a-t-il parlé du testament de Mathew ?

— Oui, et tu es citée dans le testament, mais la direction dans laquelle nous allons n'est pas encore très claire. Il n'y a pas encore eu de lecture du testament. Ils attendent le rapport d'enquête.

— On sait que Mathew a été assassiné, s'exaspéra Doreen. Combien de temps comptent-ils attendre ?

— Je pense que Roger espère que tu seras innocentée, ce qui lui faciliterait grandement la tâche.

— Certes, mais j'aimerais que Mathew ait pensé à Reggie.

— Reggie ? répéta Nick.

— Mathew appelait Reggie son *homme d'affaires*. Son homme à tout faire, celui qui s'occupait de la maison et du personnel, qui supervisait les courses, les messages, la lessive, toutes ces choses. Reggie a travaillé pour Mathew pendant très longtemps et m'aurait apparemment défendue, après que Mathew ait levé la main sur moi.

— C'est bien de savoir que quelqu'un prenait ta défense, nota Nick. Dommage que ça n'ait pas suffi.

— Avec les types comme ça, ce n'est jamais suffisant, mais ça ne change rien au fait qu'on est toujours en vie, et pas Mathew.

— Bien vu, reconnut Nick. Alors, c'est quoi cette histoire de téléphone ?

Doreen lui expliqua en détail.

— C'est très intéressant, murmura-t-il.

— Et ça devrait permettre de prouver que je n'ai rien à voir avec ça.

— C'est ce qu'on espère, ajouta Nick, mais laisse la police faire son travail, ne l'oublie pas.

— Oui, mais je ne suis pas dans mon assiette.

— Je suis chez ma mère, si tu veux venir travailler dans son jardin. Crois-moi, il y a beaucoup à faire, proposa-t-il. Je me sens coupable et je devrais le faire moi-même, j'imagine.

— Si tu fais ça, alors je ne serai pas payée, répliqua Doreen avec hilarité.

Nick éclata de rire.

— Tu ressens toujours le besoin d'être payée, n'est-ce pas ?

— Et comment je mets de la nourriture sur la table, sans ça ? C'est facile pour vous, mais je ne connais pas les jours de paie dont tout le monde parle. En dehors de l'argent de la récompense, qu'est-ce qui me permet de vivre actuellement, je n'ai rien d'autre.

— C'est vrai. Ma mère serait ravie de te voir, alors pourquoi ne viendrais-tu pas faire ce que tu fais d'habitude ? Ça lui fera plaisir.

— Tant que tu n'as pas l'impression que je suis là pour te soutirer de l'argent, marmonna la jeune femme, craignant à présent d'avoir manqué de tact.

Il soupira.

— C'est la dernière chose à laquelle je pense. Rejoins-nous dans le jardin, désherbe, fais ce que tu veux. Maman s'agite, bougonna Nick. Des orties ou un truc du genre, je n'y connais rien.

— Elle a des orties là-dedans ? s'étonna Doreen, horrifiée. Elle ferait mieux de ne pas y toucher. Toi non plus.

— Pourquoi pas ?

— Ça peut provoquer de vilaines piqûres. Je vais apporter des gants et m'en occuper. Dis à ta mère de ne pas y toucher.

Nick rit.

— Bien sûr, elle est presque aussi têtue que toi.

— Presque ? s'écria la jeune femme. J'ai dû perdre la main.

Et c'est avec un grand sourire que Doreen raccrocha.

— Bon, les gars, on va chez Millicent. Au moins, l'exercice me fera du bien. Allons-y, annonça-t-elle en attachant les laisses.

Même s'ils étaient tous un peu fatigués, la marche leur ferait du bien. Il lui fallut un peu plus de temps que d'habitude pour arriver chez Millicent. Lorsque Doreen arriva, Millicent était assise sur la terrasse, bondissant presque d'excitation.

Doreen ne put s'empêcher de sourire.

— Vous avez l'air heureuse.

— Nick est là, s'écria Millicent.

La vieille dame n'avait sûrement pas conscience que Doreen était déjà au courant.

— Ah ah, s'esclaffa Doreen.

Nick sortit au même moment sur la terrasse. Le fils prodigue rentre enfin à la maison.

Il lui lança un regard noir.

— Ne commence pas, toi aussi, marmonna-t-il.

Doreen ricana.

— Pourquoi pas ? Ta mère veut que tu reviennes à la maison.

— Bien sûr, mais ça ne veut pas dire que mon travail me le permet.

— Non, sûrement pas, surtout quand on continue à prendre des clients qui ne paient pas les factures.

Il éclata de rire.

— C'est vrai, convint-il, le sourire aux lèvres. Il faut bien que quelqu'un s'occupe enfin de tout ça, et ensuite je pourrai accepter des contrats rémunérés.

— J'ai le même problème, déclara la jeune femme. Je ne suis pas non plus payée pour les affaires non résolues que je résous.

Il opina du chef.

— Un autre aspect de ta vie auquel la plupart d'entre nous ne réfléchissent pas, c'est ça ?

Doreen haussa les épaules.

— Si j'ai de quoi me nourrir, de quoi nourrir mes animaux, et que toutes les factures sont payées… je m'en fiche un peu. Alors peut-être que je pourrai encore m'occuper de ces affaires non résolues, une fois que l'argent affluera. Mais si ce n'est pas le cas, je suis toujours à la recherche de ce fameux travail.

— S'il y a bien une tâche à laquelle tu peux t'atteler, c'est celle des orties, bougonna Nick.

Au même moment, Millicent se raviva et observa Doreen.

— Oh, Doreen, il faut que vous voyiez ça. Il y a toute une touffe d'orties par ici.

— Une touffe entière ? s'enquit Doreen, le regard écarquillé. Elles ont sérieusement décidé de venir chez vous quand j'avais le dos tourné ?

Millicent se leva d'un bond, avec une énergie que Doreen n'avait pas vue chez elle depuis longtemps.

— Oh mon Dieu !

Manifestement, Millicent était ravie d'avoir Nick à ses côtés. Alors qu'ils descendaient les marches, Doreen murmura à Nick :

— Tu vois comme elle a plus d'énergie quand tu es là ?

Il lui adressa un regard noir, et elle se contenta de sourire.

Millicent se figea alors et présenta le problème.

— Regardez !

Nick se pencha pour jeter un coup d'œil et fronça les sourcils. Doreen examina la zone de là où elle se trouvait, en s'efforçant de réprimer un sourire.

— Oui, c'est bien une ortie, confirma Doreen.

Enfilant ses gants, elle se pencha, une pelle à la main, et la déterra avec précaution. Elle la tendit à Nick.

Ce dernier se contenta de hocher la tête, comme pour dire : *Mais qu'est-ce que c'est que ça, et qu'est-ce qu'on en a à faire ?*

La jeune femme sourit et se lança dans une explication.

— Cette calamité se reproduit à foison et, si tu la touches, elle te pique et te fait souffrir pendant un certain temps.

— Débarrassez-vous-en. Débarrassez-vous-en ! s'écria Millicent.

— Tout de suite, ne vous inquiétez pas. Je m'en occupe.

Doreen se dirigea vers le bac à compost et déposa soigneusement l'ortie dedans. Puis elle se tourna vers Millicent et lui demanda :

— C'était la seule ?

— Oui, mais ce n'était pas suffisant ? se récria la vieille dame, horrifiée. Vous savez à quelle vitesse ces choses prolifèrent ?

Doreen rit.

— Absolument, mais bonne nouvelle. Vous êtes hors de danger maintenant.

Après avoir discuté avec Millicent et entrepris quelques travaux de jardinage, Doreen rassembla ses animaux et dit au revoir à Millicent et son fils.

— Attends ! lança ce dernier en courant derrière Doreen.

Elle s'arrêta et demanda :

— Qu'est-ce qu'il y a ?

— Je voulais juste m'assurer que tu allais bien.

— Je me sens bizarre, dissociée de tout, soupira-t-elle. Est-ce que je vais bien ? Oui. Est-ce que ça va aller ? Absolument. C'est juste une période bizarre.

— Je peux le comprendre. Mack et toi, ça va ?

Elle acquiesça.

— En ce qui me concerne, ça va, à part qu'on se dispute à cause de cette *Insley*. Elle m'agace, et que Mack la défende, ça m'agace aussi.

Doreen plissa son regard sur Nick, puis ajouta :

— À moins que tu ne saches quelque chose que j'ignore.

Il secoua la tête.

— Non, je ne sais rien, marmonna-t-il, mais j'aimerais bien en savoir plus. N'importe quoi.

— On est deux, bougonna Doreen. C'est frustrant qu'ils gardent pour eux des informations qui m'aideraient beaucoup.

— Est-ce que ça t'aiderait vraiment ? interrogea Nick, le regard pétillant. On dirait que tu te débrouilles très bien toute seule.

— Oui, par la force des choses, grommela-t-elle. Ce serait bien qu'ils partagent un peu plus.

— Tu sais bien qu'ils ne peuvent pas.

— Je sais. Je sais, murmura la jeune femme avec un geste de la main. Je comprends, mais ce n'est pas pour autant que je dois apprécier.

Nick éclata de rire.

— Non, en effet, convint-il en ricanant.

Doreen lui adressa un sourire.

— Tu es un homme bien, Nick.

— Ce n'est certainement pas ce qu'un homme veut entendre, répliqua-t-il en levant les yeux au ciel.

Ce fut au tour de Doreen d'éclater de rire.

— Peut-être pas, mais c'est vrai. En fin de compte, c'est ce que toutes les femmes veulent vraiment. C'est juste qu'elles ne le savent pas toujours. Certaines femmes passent par cette étape, elles veulent un bad boy à fière allure en apparence, mais en réalité, quand les nuits sont longues et difficiles à endurer, on veut quelqu'un qui restera à nos côtés. Quelqu'un qui sera là dans les bons comme dans les mauvais moments, et tu es un de ces hommes, conclut-elle, un petit sourire aux lèvres, en évitant son regard.

— C'est vrai, mais comme tu n'as pas de sœurs, n'essaie plus de me faire ma promotion, marmonna-t-il.

— Mack et toi, vous avez tous les deux de mauvais antécédents en matière de relations amoureuses, remarqua-t-elle en le regardant fixement. Qu'est-ce qu'il s'est passé ?

— Ce n'est pas qu'on a de *mauvais* antécédents, précisa-t-il, mais on a tous les deux connu des relations, alors qu'on était très jeunes. Aucune d'entre elles n'a eu de succès particulier, ce qui nous a rendus timides. Depuis, on a vécu quelques relations, mais pas les meilleures du monde.

Avec un sourire arrogant, il termina :

— On attend simplement la bonne personne.

— *Génial,* mais je ne suis pas sûre qu'attendre soit une

bonne solution.

— Peut-être pas, mais ça a marché pour Mack.

Il la serra dans ses bras et s'empressa de tourner les talons.

— C'était un coup bas ! gémit-elle.

Nick éclata de rire et lança :

— Tant que ça marche.

Sur ce, Doreen rassembla ses animaux et rentra chez elle.

Chapitre 12

DOREEN NE TOUCHA plus à sa commande de chinois, jusqu'à ce qu'elle entende Mack à la porte d'entrée. Elle avisa l'horloge : c'était l'heure du dîner. Elle se leva d'un bond, juste à temps pour voir le caporal franchir la porte d'entrée. Il avait l'air fatigué et usé ce soir. Elle s'immobilisa et murmura :

— Ça va ?

— Oui, acquiesça-t-il, et toi ?

Le sourire aux lèvres, elle lui répondit :

— Ça va, mais pendant un instant, tu m'as semblé… découragé.

— Non, pas découragé, rectifia-t-il joyeusement, mais certains moments sont certainement plus faciles que d'autres, et la journée d'aujourd'hui a été un peu mouvementée.

— Mais on avance, pas vrai ?

— En effet, s'esclaffa Mack, et si je parviens à t'éviter les ennuis, on va peut-être atteindre la dernière ligne droite dans cette affaire.

— Entendu, mais tu ne peux pas me reprocher d'avoir enquêté sur le sujet.

— Bien sûr que non, plaisanta-t-il en levant les yeux au

ciel. Pourtant, curieusement, j'ai l'impression que je devrais.

Doreen ricana.

— Tu ne peux pas prendre tes désirs pour des réalités.

Le policier éclata de rire, s'approcha de la jeune femme, la prit dans ses bras et l'étreignit. En se reculant, il sourit et ajouta :

— J'en avais besoin.

— Avec plaisir, approuva-t-elle.

Elle leva les yeux et lui rendit son sourire.

— Le dîner, par contre, sera au micro-ondes.

Il haussa les épaules.

— Ça me va, surtout des jours comme aujourd'hui. Ne pas avoir à cuisiner est un cadeau.

— Parfois, c'est difficile de trouver des idées de repas, pas vrai ? Je n'avais pas conscience du défi que ça représentait.

— C'est parce que tu n'as jamais vraiment été chargée de le faire.

— Non, et je ne pense pas avoir envie de m'embarrasser de cette charge non plus, répondit-elle avec un frisson. Tu te rends compte de la difficulté de la chose ?

Il s'esclaffa.

— Les femmes au foyer du monde entier le font tout le temps.

— Je n'ai pas l'étoffe d'une femme au foyer, reconnut-elle franchement. Tu le sais, n'est-ce pas ?

— De quoi ?

— Que je ferais une mauvaise femme au foyer.

Les lèvres de Mack tressaillirent.

— Tu me mets en garde ?

— Oh, je devrais sûrement te mettre en garde, puisque tout le monde semble penser que je suis censée mettre fin à tes souffrances, maintenant que Mathew est décédé.

Le policier écarquilla les yeux.

— Est-ce que j'ai l'air de souffrir ? demanda-t-il prudemment.

— Ce n'est pas tant que tu as l'air de souffrir, c'est plutôt que tu attends. C'est du moins ce qu'il se dit.

— Wouah, qui est-ce qui me fait attendre ?

Doreen esquissa une grimace.

— Je suppose que je suis coupable, non ? Mais… bon, d'accord, je ne voulais pas vraiment te mettre sur une liste d'attente. J'essayais seulement de tourner la page à ma façon.

— Je comprends, souligna Mack. Je n'ai pas insisté, si ?

— Eh bien…

Il la regarda et leva son pouce et son index, qui se touchaient presque.

— Peut-être un tout petit peu, concéda-t-il, avec un petit rire contagieux.

La commande à côté d'elle, Doreen demanda :

— Tu veux bien sortir deux assiettes ? On va servir ça et on n'aura plus qu'à les réchauffer.

Il obtempéra.

— Qu'est-ce qu'on mange ? interrogea-t-il.

— Je ne sais même pas, avoua-t-elle en tournant son regard vers Mack. C'est peut-être un problème.

Mack haussa les épaules.

— J'ai tellement faim que je pourrais manger du carton, alors je m'en moque.

— Tu aimes tous les plats chinois de toute façon, n'est-ce pas ?

— En effet, marmonna-t-il.

Il ouvrit le premier récipient et hocha la tête.

— C'est un plat de nouilles, donc ça me va, précisa-t-il

en se frottant le ventre.

Il se servit la moitié des nouilles, qui recouvrirent la quasi-totalité de son assiette.

Doreen fronça les sourcils.

— Wouah, ça fait beaucoup de nouilles.

— M. Woo a été très généreux. La prochaine fois que je veux manger chinois, je devrais peut-être passer commande en ton nom.

Elle ricana.

— Je ne pense pas que ça te ferait beaucoup de bien.

— Pourquoi ? Tu as sauvé sa grand-mère ou quoi ? maugréa-t-il.

— Non, je ne crois pas. Je ne pense pas avoir été impliquée dans des affaires le concernant ou ayant un rapport avec lui.

— Peut-être pas, mais on dirait qu'il est reconnaissant.

— Je ne sais pas si son commerce marche encore, après l'affaire Mathew. Je me sentais mal parce que je n'ai même pas pu retourner chercher ma commande.

— Je suis sûr que ça ne l'a pas gêné.

Doreen haussa les épaules.

— Il n'avait pas l'air ravi, mais je pense qu'il s'en est remis.

— Je n'en doute pas, la rassura Mack. Tu ne peux pas passer ton temps à t'inquiéter pour les autres.

— Je ne peux pas, ou je ne devrais pas ? Et puis, c'est plus facile à dire qu'à faire.

— Ah, je comprends, soupira le caporal. Tu essaies toujours d'aider les opprimés.

— Ce n'est pas pour ça que tu es devenu flic ? s'enquit-elle.

Le sourire qu'il arborait rappela à Doreen combien les

manières de Mack étaient mignonnes et que la journée avait été si dure qu'elle n'avait pas eu l'occasion de le voir beaucoup. Elle lui tendit une autre boîte.

— Ouvrons celle-ci.

— On dirait du chow mein ou quelque chose comme ça, avec un tas de légumes.

— Ça, j'adore, s'enthousiasma Doreen avec un sourire.

D'une main généreuse, Mack versa la moitié dans l'assiette de la jeune femme, la remplissant presque entièrement. Elle hoqueta.

— Il nous a vraiment servi beaucoup de choses cette fois-ci, n'est-ce pas ?

— Carrément, reconnut Mack, désignant la troisième boîte. Qu'est-ce qu'il y a là-dedans ?

— Je ne sais pas, alors découvrons-le.

Doreen l'ouvrit et se figea, puis leva ses yeux écarquillés vers Mack.

— *Oh-oh.*

— *Oh-oh ?* Je n'ai pas le temps pour les *oh-oh* aujourd'hui. Ce n'est pas le jour, observa-t-il, l'air stressé.

Elle retourna le récipient, qui contenait une omelette au poulet, mais sur le dessus, un *SOS* avait été écrit clairement avec des bandes de légumes.

— *SOS ?* lut le policier. C'est quoi cette histoire ?

Doreen secoua la tête.

— Je ne sais pas, murmura-t-elle, mais ça n'annonce rien de bon.

Il ferma les yeux et souffla :

— Le problème, c'est à quelle heure as-tu été chercher la commande ?

La jeune femme comprit alors ce qu'il voulait dire.

— Oh non.

Elle se jeta sur ses clés de voiture.

— Non, attends, attends, attends. Tu viens avec moi.

Évidemment qu'il allait venir, elle n'était pas seule cette fois.

— On doit y aller, et vite. Oh, pourquoi n'ai-je pas regardé ça plus tôt ? s'écria-t-elle.

— Parce que tu venais de manger chez Bernard, donc tu n'aurais pas pu le voir. Allons-y, tranquillement, et on verra s'il y a un problème.

Mack ouvrit la marche vers l'extérieur et elle s'empara automatiquement des animaux pour les emmener avec elle. Il la dévisagea, puis les animaux.

— Sérieusement ? s'enquit Mack.

— Tais-toi. Allons-y. On n'a pas le temps de discuter.

Il ne dit pas un mot et s'installa derrière le volant, tandis que Doreen chargeait les animaux dans son pick-up.

— À quelle heure es-tu venue ?

Elle y réfléchit un instant.

— Juste après avoir déjeuné chez Bernard, donc 14 h 30 ou 15 h.

Le policier jeta un coup d'œil à l'horloge du tableau de bord et constata qu'il était déjà 17 h.

— Oh mon Dieu, s'il lui est arrivé quelque chose, ce sera de ma faute, se lamenta Doreen.

— Non, réfuta Mack. Si quelque chose lui est arrivé, ce sera la faute de son agresseur. Tu n'as rien à voir avec ça.

— On dirait que c'est de ma faute, insista-t-elle en le fixant du regard.

— Je sais, mais ça ne veut pas dire que c'est le cas.

Pourtant, elle ne se calma pas.

Lorsqu'ils se garèrent devant le restaurant, Doreen fronça les sourcils.

— C'est calme.

— Il est fermé, devina Mack.

— Il ne ferme jamais.

— M. Woo doit fermer à un moment ou à un autre.

Mack sortit, avisa Doreen et lui ordonna :

— Reste ici.

Elle lui lança un regard noir.

— Je ne suis pas un chiot.

— Tant mieux. Comme ça, je n'aurai pas à te dire de rentrer ou de *t'asseoir* tout de suite, répliqua-t-il avec hilarité. Tiens-toi tranquille pendant une minute et laisse-moi vérifier les lieux.

Puis il se précipita vers la porte et l'ouvrit. Elle regarda Mack disparaitre à l'intérieur, soulagée de voir que la porte n'était pas fermée à clé. Alors, peut-être que M. Woo allait bien.

Mack sortit quelques minutes plus tard, mais il avait les sourcils froncés. Il s'approcha du véhicule.

— Il n'y a personne.

— Quoi ? s'écria Doreen en s'élançant vers la porte. Il est tout le temps là. Tu as vérifié dans la cuisine ?

— Bien sûr que j'ai vérifié dans la cuisine, répondit-il avec une pointe d'exaspération.

— M. Woo est là-dedans. C'est obligé.

La jeune femme se rua à l'intérieur, Mugs et Goliath sur ses talons.

Lorsqu'elle arriva au comptoir, il n'y avait personne. Elle fit le tour et passa les portes battantes afin de se frayer un chemin vers l'arrière. Tous les fourneaux étaient éteints, toutefois, il y avait encore de la nourriture partout, comme s'il était littéralement parti sans se retourner. Elle regarda autour d'elle pendant un long moment, puis se tourna vers

Mack.

— Oh mon Dieu, chuchota-t-elle, il lui est arrivé quelque chose.

Mack acquiesça, le visage sombre.

— J'ai appelé la police scientifique.

— Je vais vérifier l'arrière du magasin.

— Attends, bon sang, cingla Mack.

Néanmoins, Doreen avait déjà passé la porte de derrière, s'engouffrant dans la ruelle. Elle se figea, à la recherche d'une trace du passage de quelqu'un. Malgré leur relation parfois maladroite, M. Woo était un homme bon. Elle espérait vraiment que rien ne lui était arrivé, mais de toute évidence, c'était le cas. Elle devait maintenant résoudre ce problème avant qu'il n'arrive quelque chose de grave au restaurateur. Cependant, d'après elle, il était déjà trop tard.

Elle se sentait horriblement coupable de ne pas avoir ouvert les récipients et de ne pas avoir découvert le SOS. Elle courut ensuite de long en large dans l'allée avec ses animaux, Mugs avait peut-être remarqué quelque chose. En vain.

Finalement, elle retourna à la cuisine, où Mack fouillait, à la recherche d'indices. Quand elle entra, Mack ordonna :

— Ne touche à rien.

— Entendu. Mais il n'y a aucun signe de lui à l'arrière, aucun signe dans la ruelle où que ce soit.

Mack opina du chef.

— Oui, j'avais remarqué, déclara-t-il, avant de prendre une profonde inspiration. Je cherche à savoir où il habite.

Doreen le dévisagea un instant, puis pointa un doigt vers le haut.

— Il vit à l'étage.

— Vraiment ?

Elle acquiesça.

— Du moins, je suppose. Il y a un appartement là-haut.

Sur ce, ils cherchèrent un escalier. Repérant une porte qui aurait pu mener à un garde-manger, elle l'ouvrit et cria :

— Ici, Mack, ici !

Elle s'élança dans les escaliers en criant :

— M. Woo ! M. Woo, vous êtes là-haut ?

Il n'y eut pas de réponse. Doreen ouvrit la porte en haut de l'escalier et entra dans un petit appartement. Il était propre et très peu meublé, mais visiblement très bien entretenu. Tout avait l'air bien rangé, sauf une chose : une tache de sang au milieu du sol. Elle se précipita dessus et, en arrivant au niveau du petit canapé, elle découvrit M. Woo, gisant dans une mare de sang. La jeune femme se laissa tomber à côté de lui, ses doigts se portant immédiatement à son cou.

— Mack ! s'écria-t-elle.

— Je suis là.

Il prit le pouls de M. Woo et annonça :

— Il est vivant.

Le policier appela ensuite les secours.

— Il est terriblement pâle, remarqua-t-elle en levant les yeux vers Mack.

— Il a survécu aussi longtemps. Espérons qu'il restera fort.

— Oh mon Dieu, murmura-t-elle en essayant de retenir ses larmes. Qui voudrait lui faire du mal ?

— C'est peut-être la raison à tout ça. Quelqu'un pense manifestement qu'il en a trop vu ou trop entendu par rapport à la mort de Mathew.

Doreen fronça les sourcils et marmonna :

— Il en a trop vu. Le coupable ne s'est sûrement pas rendu compte qu'il était dans la boutique quand il a tué

Mathew.

Mack hocha la tête d'un air sombre.

— C'est aussi ce que je pense, approuva-t-il.

— Donc, qu'il sache quelque chose ou non, cela le mettra en danger. Et si quelqu'un se rend compte qu'il est toujours en vie…

— Je sais. On s'en occupe.

Chapitre 13

MACK AURAIT PU dire qu'il avait tout sous contrôle, cependant Doreen pensait le contraire, notamment alors qu'elle essayait désespérément de faire reprendre connaissance à M. Woo, qui restait inconscient. Le sang s'écoulait lentement de la blessure à l'arrière de sa tête.

— L'hémorragie a ralenti, chuchota Mack à ses côtés. C'est bon signe.

Elle secoua la tête.

— Je ne pense pas que toi et moi ayons la même conception de ce qu'est un *bon signe*.

— Ça vient, la rassura-t-il avec un sourire.

— Non. Ça signifie simplement que le coupable en liberté est sous pression, ce qui s'est probablement aggravé lorsque je suis venue parler à M. Woo plus tôt dans la journée, pour lui poser les questions redoutées par le coupable.

— Tu penses que c'est à cause de toi ? demanda Mack.

Il avait tiré une couverture du canapé et couvert M. Woo pour essayer de maintenir une bonne température corporelle.

Dans l'esprit de Doreen, cela semblait être le cadet des soucis de M. Woo. Elle acquiesça.

— Je lui ai parlé, insista-t-elle.

— Tu as vu quelqu'un dans les parages ?

— Non, je n'ai vu personne, répondit-elle, avant de se figer et de demander : je suppose que c'est un problème, n'est-ce pas ?

Mack haussa les épaules.

— Ça veut dire qu'en théorie, tu as pu croiser celui ou celle qui a tué Mathew et peut-être attaqué M. Woo.

— Je ne me souviens pas avoir vu qui que ce soit.

Elle réfléchit un instant.

— J'ai salué un vieux monsieur qui promenait son chien, mais je n'ai croisé personne d'autre.

— Il n'y avait peut-être personne. Réfléchis. Parfois, ce dont on se souvient n'est pas ce qu'on a réellement vu. On se souvient seulement de certains éléments.

La jeune femme continuait de réfléchir.

— Je ne sais pas si on doit s'inquiéter à propos de M. Woo. Il a l'air d'être assez âgé, déclara-t-elle.

Mack approuva du chef.

— Et les autres passants ? Tu as relevé quelque chose d'anormal ?

Elle fronça les sourcils et repensa à toutes les personnes qu'elle avait vues, mais elle ne trouva rien de plus. Elle secoua la tête.

— Je ne me souviens de rien.

— OK. Et quand tu es venue ici tout à l'heure ?

— Quand je suis venue aujourd'hui pour passer une nouvelle commande ? Je suis sortie de chez M. Woo assez rapidement.

— D'accord, peut-être que quelqu'un t'a vue sortir, peut-être que tu t'es empressée d'aller chez Bernard, ou peut-être que quelqu'un a entendu dire que tu reviendrais. Peut-être que le *coupable* est revenu. Tu es revenue à l'heure prévue ?

Elle secoua la tête.

— Non, je suis arrivée un peu après l'heure prévue, à cause de Bernard.

— Je vois. Tu n'as vu personne ?

Elle haussa les épaules.

— Pas vraiment, mais je ne faisais pas vraiment attention, admit-elle avec une grimace.

— C'est normal, et quiconque était ici, en train de surveiller, n'aurait pas voulu être vu.

Mack pivota et se dirigea vers la fenêtre de l'appartement donnant sur la rue.

— Il y a un petit café et un magasin bio de l'autre côté de la rue, ainsi qu'une pizzeria, releva Doreen. Le coupable a pu traîner dans le quartier pendant un certain temps.

— Pas forcément, il a peut-être fait des allers-retours dans son véhicule.

— Personne ne remarquerait un véhicule, souligna-t-elle.

Mack hocha lentement la tête.

— Il arrive souvent que les gens oublient avoir croisé un véhicule, n'est-ce pas ?

— Absolument, marmonna-t-il.

C'est alors qu'ils entendirent les sirènes.

— Oh, Dieu merci, souffla Doreen.

— Attends ici, lui ordonna Mack, avant de redescendre à toute vitesse dans le restaurant.

Quelques minutes plus tard, elle entendit les ambulanciers monter. Elle recula et ils se mirent aussitôt au travail. En se retournant, elle aperçut plusieurs flics qui discutaient avec Mack, en train de leur expliquer ce qu'il s'était passé. Quand ils virent Doreen, Arnold leva les yeux au ciel.

— Encore vous, marmonna-t-il.

— Il doit y avoir un lien, affirma-t-elle avec audace.

— Comment et pourquoi ? interrogea la nouvelle inspectrice en gravissant l'escalier, puis elle s'immobilisa pour toiser Doreen. Comment faites-vous pour vous retrouver toujours au milieu des problèmes ?

Doreen lui lança un regard noir.

— Je suis venue ici afin de voir si M. Woo allait bien. Et heureusement que nous sommes venus.

Insley haussa les épaules.

— À chaque fois que j'arrive quelque part, vous êtes là, c'est suspect.

— Vous feriez mieux de vous y habituer. C'est une petite ville, riposta Doreen. Chaque fois que vous arriverez quelque part, nous serons tous là.

Arnold acquiesça.

— Je dois reconnaître que Doreen n'a pas tort.

Insley le dévisagea. Le policier haussa les épaules et se détourna, mais il décocha un clin d'œil à Doreen.

La jeune femme se sentit mieux après ça. Au moins, tout le monde ne la prenait pas pour une meurtrière.

Alors qu'elle s'apprêtait à précéder M. Woo, désormais attaché à un brancard, Insley l'arrêta.

— J'ai besoin d'entendre votre version de l'histoire.

— Bien sûr, mais peut-on faire ça en bas ?

— Pourquoi ? demanda l'enquêtrice en regardant autour d'elle. C'est ici que vous l'avez trouvé.

— Oui, c'est ici que nous l'avons trouvé, mais nous sommes dans son espace privé et je préférerais ne pas l'envahir plus que nécessaire.

L'inspectrice afficha une mine perplexe. Doreen se contenta de hausser les épaules.

— Je ressens la douleur qu'il a éprouvée, tout comme moi, murmura Doreen. Ce n'est sûrement pas trop demander que de descendre.

Insley haussa les épaules à son tour.

— Peu m'importe.

Sur ce, elle descendit avec Doreen.

— Bien, si vous pensez que cet espace n'est pas *trop* personnel, reprit Insley en levant les yeux au ciel, dites-moi ce qu'il s'est passé.

— Vous devriez faire preuve d'un peu de compassion lorsque vous menez vos enquêtes. Rappelez-vous que nous sommes tous innocents, jusqu'à ce que vous trouviez des preuves *crédibles*.

Doreen ne laissa pas à Insley le temps de répondre, et expliqua qu'elle était revenue s'excuser pour la commande qui n'avait pas abouti, car elle avait trouvé le corps de Mathew et elle n'avait pas été autorisée à revenir à cause de la proximité du lieu où le cadavre avait été trouvé. Lorsqu'elle était revenue parler à M. Woo, elle avait repassé sa commande en promettant de venir la chercher une heure et demie plus tard.

— Pourquoi une heure et demie ? questionna Insley.

— Parce que j'allais voir Bernard et que je comptais venir chercher ma commande après.

— Qui est Bernard ?

Il était beaucoup plus difficile de parler à des gens qui ne savaient pas de qui on parlait. Doreen fronça les sourcils, puis expliqua qui était Bernard.

— Pourquoi a-t-il un téléphone de plus ?

— Je ne sais pas pourquoi il a des téléphones, répliqua Doreen, les sourcils froncés. Il faudra le lui demander. Mais comme j'avais déjà parlé à Mack et que je savais que mon téléphone ne me serait pas rendu tout de suite, j'étais tout à fait disposée à emprunter un téléphone que je pourrais utiliser en attendant.

Elle le sortit de sa poche et l'agita devant la policière.

— Alors, vous êtes allée chez Bernard et qu'est-ce qui vous a pris tant de temps avant de revenir ?

— Parce que nous avons déjeuné.

— Quelle heure était-il ? aboya l'enquêtrice.

Doreen lui donna l'information, se demandant pourquoi cette femme était aussi grincheuse. Elle était peut-être rigoureuse. Tout en accordant à Insley le bénéfice du doute, Doreen décrivit sa visite chez Bernard.

— Bien, donc vous déjeuniez avec votre petit ami.

— Bernard est un *ami*. Je n'ai pas dit qu'il était mon petit ami, et vous feriez bien de vous en tenir aux faits, cingla Doreen. À moins que vous ne vouliez contrarier un de vos collègues ainsi que vos interlocuteurs.

Les lèvres d'Insley tressaillirent, mais elle garda une expression neutre.

— Je suggère que vous enregistriez toujours vos interrogatoires, car vous avez un problème d'audition ou simplement la mémoire très courte.

Doreen sourit face au regard mauvais de la nouvelle inspectrice. Avec un hochement de tête sec, elle poursuivit.

— Ce que j'ai *dit*, c'est que je suis allée voir Bernard, un *ami*, et qu'un déjeuner nous attendait, alors je me suis jointe à lui. De toute façon, j'avais prévu de rapporter ma commande de chinois chez moi pour la manger plus tard dans la soirée. Je savais que Mack passerait, et je me suis dit que je pouvais donner une seconde chance à notre projet de dîner chinois.

— Où est la commande à présent ?

— Chez moi, dans ma cuisine.

— Pourtant, vous ne l'avez pas ouverte entre-temps ?

— J'avais déjà mangé et prévu de réchauffer le tout pour le dîner, après que Mack aurait quitté le travail, alors pourquoi l'aurais-je ouverte ? s'enquit Doreen avec un regard noir. À l'évidence, je n'allais pas l'ouvrir avant l'heure du dîner.

Insley réfléchit, puis haussa les épaules.

— Et ensuite ?

— Comment ça, *ensuite ?*

— Vous avez ramené la commande chez vous, et ensuite ?

— Je suis allée chez Millicent, la mère de Mack, pour jardiner. J'ai vu Nick là-bas aussi. Je suis revenue à la maison. Quand Mack est arrivé, nous avons ouvert la commande de chinois et c'est là que nous avons trouvé le SOS.

— D'accord, mais vous auriez pu mettre cette inscription à n'importe quel moment de la journée.

Doreen la dévisagea.

— *Je vois.* Alors, maintenant j'écris des SOS dans mes plats à emporter pour qu'on aille voir M. Woo et qu'on ne le trouve *pas* dans son restaurant ? s'étonna Doreen en secouant la tête, les sourcils froncés. Pourquoi ferais-je ça ?

Insley se contenta de la regarder fixement.

— Bien entendu, la raison n'a aucune importance pour vous, n'est-ce pas ? continua Doreen, qui commençait à peine à se réchauffer. Je ne sais pas pourquoi vous avez tant de mal à me croire. Je pense que vous devriez plutôt vous préoccuper de ce qui est arrivé à M. Woo.

— C'est ce que je fais, rétorqua Insley. Vous êtes la seule personne à pouvoir affirmer que vous êtes venue récupérer cette commande aujourd'hui, et je ne sais même pas si c'est vrai. Si ça se trouve, vous l'avez frappé à la tête à l'étage, vous avez pris la commande de quelqu'un d'autre, puis vous êtes rentrée chez vous et vous avez collé les lettres pour faire croire que quelqu'un d'autre l'a agressé.

— Pourquoi ferais-je ça ? répéta Doreen, perplexe.

Insley haussa à nouveau les épaules.

— Je ne sais pas. Je n'ai toujours pas compris comment fonctionne votre cerveau.

— Si jamais tu comprends, intervint Mack, tu pourras nous l'expliquer à tous.

Après que les rires de l'assemblée se furent calmés, Doreen lui lança un regard noir et pointa Insley du doigt.

— Tu as entendu ce qu'elle suggère ?

— Elle émet juste des hypothèses, répondit-il d'un ton apaisant.

Doreen lui jeta un regard noir.

— Toi et moi, on va avoir un problème. Je ne tolérerai plus aucun abus verbal ou physique, pas après Mathew. Juste pour que tu le saches d'emblée, ça s'applique à toi et à *elle*. Et ce qu'elle vient de dire n'a pas l'air d'être une *hypothèse* pour le moment, s'emporta Doreen. Ça ressemble plutôt à une accusation. Je lui suggère de garder ses *théories infondées* pour le commissariat. Qu'elle les partage aussi avec le capitaine. J'aimerais bien savoir comment il va réagir.

— Y a-t-il quelque chose dont je devrais vous accuser ? s'enquit Insley.

— Vous m'avez déjà accusée de tout ce que vous vouliez, siffla Doreen, la voix douce, mais le regard dur. Ça ne fera pas de moi votre assassin.

Chapitre 14

D OREEN SE RÉVEILLA le lendemain matin, le cœur lourd. Elle se retourna, prit son téléphone et appela l'hôpital.

La même infirmière décrocha et elle lui répéta :

— Doreen, il va bien. Il a passé la nuit sans encombre.

La jeune femme s'affaissa dans son lit.

— Dieu merci.

— Dormez quelques heures. Sinon, vous finirez vous aussi à l'hôpital, la réprimanda l'infirmière.

Doreen sourit.

— Ce n'est pas parce que j'ai appelé une fois ou deux que je n'ai pas dormi, bougonna-t-elle.

— Une fois ou deux ? Je pourrais jurer qu'à chaque fois que vous vous êtes retournée dans votre lit, vous vous êtes réveillée et vous avez appelé.

Doreen grimaça. Elle s'assoupissait, se réveillait, appelait l'hôpital, se retournait, s'inquiétait dans l'obscurité, et ainsi de suite. Toute la nuit. Les appels de Doreen avaient sûrement frustré et fatigué l'infirmière, mais elle les avait tolérés avec patience et indulgence, et Doreen lui en était reconnaissante.

— Ça me brise le cœur de savoir que M. Woo est resté seul et blessé plus longtemps qu'il n'aurait dû. Si j'avais ouvert ma commande plus tôt, je l'aurais trouvé.

— Vous n'en savez rien, argumenta l'infirmière. Je ne suis pas au courant de tout ce qui se passe, mais je sais que vous ne pouvez pas être responsable de ce qui arrive aux autres.

— Certes, mais ce serait bien si je pouvais aider d'une manière ou d'une autre.

— C'est ce que vous avez fait. Vous l'avez trouvé et sauvé. Pourquoi ne pas vous en tenir à ça pour l'instant ?

Doreen sourit de nouveau.

— Quelqu'un l'a sauvé, mais je ne pense pas que c'était moi.

Elle conclut sa phrase par un bâillement.

L'infirmière lui ordonna :

— Bon, maintenant, dormez un peu. Ne m'appelez plus.

— De toute façon, vous ne serez plus en service, s'esclaffa Doreen.

L'infirmière éclata de rire.

— Vous avez raison. Je termine ma garde bientôt. Maintenant, rendormez-vous. M. Woo a passé la nuit. Il n'est pas encore conscient, mais ses progrès semblent satisfaisants.

Sur cette note positive, Doreen se retourna et se rendormit. Lorsqu'elle se réveilla la fois suivante, tous les animaux la regardaient fixement.

— Oh mon Dieu, souffla-t-elle. Il est si tard que ça ?

Mugs la toisa et aboya. Elle hocha la tête.

— Je prends ça pour un oui.

Le chien se contenta d'aboyer une deuxième fois.

— C'est bon. J'ai compris, je me lève, pour de vrai.

Mais elle ne bougea pas. Elle avait du mal, étant donné qu'un Goliath très lourd pesait sur sa poitrine. Elle le contempla et soupira.

— Si tu veux que je me lève, il va falloir que tu bouges.

Le chat miaula, tendit une large patte, puis lui tapota doucement la joue. Doreen sentit les larmes lui monter aux yeux.

— Les gars, je sais. La journée a été plutôt difficile, pas vrai ? En fait, la semaine et le mois ont été très durs. Je dirais même l'année à ce stade.

Elle câlina Goliath.

— Il faut quand même que je me lève, que je boive une tasse de café et que je m'aère l'esprit.

Mugs aboya de nouveau, lui rappelant qu'il avait besoin de sortir, puis qu'elle devait les nourrir.

— Je sais. Je sais. Tu as raison. Il faut que je me lève.

Elle se redressa lentement, se percha sur ses coudes, puis s'effondra sur le dos avec un gémissement.

— Peut-être pas, maugréa-t-elle. Si j'étais riche, j'appellerais une bonne et je me ferais monter le café au lit. Mais comme je n'ai pas de bonne à mon service pour le moment, j'imagine que c'est impossible.

La jeune femme se redressa, et cette fois son Maine coon se laissa tomber, puis se leva à son tour.

Enfin debout, elle se dirigea vers la salle de bains et fit chauffer l'eau dans la douche. Après s'être glissée sous le jet, elle était un peu plus éveillée. Elle resta sous l'eau chaude pendant une longue minute, puis commença à se frotter. La nuit avait été mauvaise.

En sortant de la douche, elle se sentait un peu mieux – et *un peu* se traduisait par *très peu*. Enfin, elle se contentait de ce qu'elle avait. Elle s'habilla, lentement, comme si elle était consciente qu'après tous ces événements, son corps ne devrait pas avoir à bouger du tout.

Mais, bien entendu, ce n'était pas dans ses cordes. Très vite, elle mit le café à couler et s'attela à nourrir tout le monde.

Pendant qu'ils dévoraient tous leurs gamelles, elle ouvrit la porte arrière menant à la terrasse et sortit en bâillant. Elle se leva, tressa ses cheveux et s'assit sur les marches de la terrasse, ses jambes lourdes et mécontentes d'être mobiles.

Presque aussitôt, une tête apparut de l'autre côté de la clôture. Richard l'observa.

— Est-ce que ça va ?

— Ça va, répondit Dorcen.

Tous ses animaux arrivèrent en même temps, intéressés par son interlocuteur.

— Comment va M. Woo ? interrogea son voisin, d'un ton inquiet.

— Il a passé la nuit. J'ai appelé l'hôpital tout à l'heure.

— C'est une bonne nouvelle, affirma Richard en opinant du chef.

— Vous croyez ? bougonna Doreen. Parfois, je me demande si nous en sommes aux bonnes nouvelles ou si nous sommes passés directement aux *mauvaises*.

Il la dévisagea et elle haussa les épaules.

— Ne vous inquiétez pas pour moi. La vie est un peu sombre en ce moment, ajouta-t-elle.

— Vous vous en sortirez, la rassura Richard. Les gens de votre espèce s'en sortent toujours.

La jeune femme verrouilla son regard sur son voisin.

— J'appartiens à une espèce maintenant ?

— Bien sûr que oui. Vous êtes toujours heureuse, vous voyez toujours le bien, vous êtes toujours là pour les gens.

Vous avez un de ces dons que je n'ai pas vu chez beaucoup de gens auparavant, mais curieusement, vous trouvez toujours un moyen de profiter de la vie. Regardez vos animaux et la joie qu'ils vous procurent.

Il fronça les sourcils en regardant le chat qui se faufilait dans les rosiers.

— Peut-être, concéda-t-elle, mais pour l'instant, j'ai du mal à profiter de la vie.

— Pas pour longtemps, j'en suis sûr. Vous sortirez de cette mauvaise passe et hop, vous irez mieux.

— Peut-être.

Elle bâilla à nouveau. Mugs lui donna un coup de truffe, ce qui lui valut de se faire gratter l'oreille en retour.

— Vous n'avez sûrement pas dormi, n'est-ce pas ?

— Non, pas beaucoup. Pas après avoir trouvé M. Woo dans cet état.

— Pourquoi ne suis-je pas surpris que ce soit vous qui l'ayez trouvé ? s'enquit Richard, les sourcils froncés.

La jeune femme grimaça.

— Je sais, ce n'est pas idéal, mais je suis contente qu'on l'ait trouvé à temps.

— Et vous avez trouvé votre ex, bien que sa mort ne soit pas une grande perte, déclara Richard d'un air méprisant. Cet homme était une plaie. Vous savez que je l'ai dénoncé aux flics à maintes reprises ?

Doreen souleva les sourcils.

— C'est gentil, Richard.

Il haussa les épaules.

— Je suis sûr que vous pensez que je ne fais rien, marmonna-t-il. Cependant, je ne vais pas laisser qui que ce soit frapper une femme, en particulier ma voisine.

— Merci, souffla-t-elle. De temps en temps, Mathew

perdait le contrôle, et les choses pouvaient devenir assez horribles.

— Oh, j'avais bien compris, nota Richard avec émotion. Je n'ai pas vu de policiers chez vous.

— Non, je suis sûre qu'ils avaient d'autres chats à fouetter.

— Quelle tristesse ! s'emporta son voisin. Vous devriez recevoir autant de soutien que les autres.

Elle fut assez surprise de son ton indigné. Elle lui sourit.

— Je veux seulement que M. Woo se réveille et qu'il aille bien.

— On est deux, approuva Richard d'un air morose. Le meilleur restaurant chinois de la ville.

Doreen s'esclaffa.

— C'est aussi mon avis, mais je n'en ai pas essayé beaucoup d'autres.

Richard rejeta cette idée d'un revers de la main.

— C'est le meilleur. C'est aussi le moins cher, et il sert de très bonnes portions.

— Comme c'est vrai, acquiesça-t-elle, même s'il ne reprendra sûrement pas le service de sitôt.

Il lui lança un regard noir.

— Il a intérêt à le reprendre. Je n'aime pas d'autre restaurant chinois, maugréa Richard, reprenant son ton grincheux habituel. Il faut qu'il se soigne et qu'il se remette au travail.

Thaddeus sortit des cheveux de Doreen et poussa un cri, ce qui fit sursauter Richard.

La tête de celui-ci disparut derrière la clôture. Elle ne savait même pas comment lui dire que M. Woo ne survivrait peut-être pas. La question était plutôt de savoir comment Richard avait pu être mis au courant si rapidement. Elle prit son téléphone et vit que les nouvelles locales étaient sur le coup. Bien sûr, ils avaient parlé de l'effraction.

— Cambriolage, un blessé sur son lieu de travail, lut-elle.

Elle soupira en pensant qu'il vaudrait mieux que les journalistes ne publient pas des détails comme les adresses dans ces articles.

Mais comme il s'agissait d'un commerce, et d'un commerce populaire, c'était logique, car cela permettait d'identifier qui avait été attaqué et où. Cependant, elle n'était pas ravie de savoir que des gens des deux côtés de la loi allaient maintenant fouler le restaurant chinois, à la recherche de preuves ou d'indices. Elle était persuadée que Mack n'avait pas dormi la nuit passée non plus et lui envoya un message pour lui demander.

Lorsqu'elle reçut une brève réponse confirmant ses soupçons, elle prit conscience qu'il était sûrement encore en train de régler les problèmes en cours. **Tu ne peux toujours pas rentrer chez toi et te reposer ?**

Il lui téléphona.

— Non, je ne peux pas. Pas encore en tout cas.

— Je suis désolée. Tu dois être épuisé, dit-elle. Rien de nouveau à signaler ?

— Rien.

Doreen bâilla.

— Ça va ?

— Oui, ça va, murmura-t-elle. Je suis juste fatiguée. Je n'ai dormi que par intermittence, je me retournais dans tous les sens. J'ai dû téléphoner à l'hôpital au moins une demi-douzaine de fois.

— Pareil pour moi, reconnut-il. Au moins, on se fait du souci pour lui.

— En effet.

— Si seulement on nous disait qu'il va s'en sortir, souligna Mack.

— Je sais. Pour l'instant, je veux juste qu'on me dise qu'il s'est réveillé.

La jeune femme lâcha un profond soupir.

— Moi aussi.

— Tu as mangé, au moins ? demanda-t-elle. Je crois que je vais manger du chinois froid pour le petit déjeuner.

— Si tu ne veux pas gaspiller, c'est tout à fait possible. Je ne sais pas si tu l'as remarqué, mais j'ai envoyé quelqu'un chez toi pour récupérer la barquette contenant le message.

— Oh, donc ça veut dire que je ne pourrai pas manger d'omelette au poulet, répliqua-t-elle avec une note d'humour.

— Non. Tu devras attendre que M. Woo soit remis sur pied pour ça.

— OK. De toute façon, je ne pense pas avoir envie de chinois avant un certain temps, affirma la jeune femme, avant de conclure : j'espère que tu passeras une meilleure journée. Essaie de prendre soin de toi.

Puis elle raccrocha.

Elle rentra et se servit son premier café de la journée. Sans doute le premier d'une longue série. La journée s'annonçait longue, même s'il ne s'était rien passé de plus. Ses animaux la suivirent, restant près d'elle. Franchement, le simple fait de sortir du lit semblait être un exploit, alors elle prenait cela comme une victoire.

Chapitre 15

S E LEVER ÉTAIT une chose, mais rester éveillée, être productive et tenir tous les soucis à distance était une tout autre histoire. Doreen appela pour en savoir plus sur l'état de M. Woo à 11 h ce matin-là. On l'informa qu'il se remettait lentement, mais qu'il n'était certainement pas en mesure de parler à qui que ce soit. Seule la famille était autorisée à lui rendre visite ; l'espoir que Doreen entretenait de pouvoir aller parler au restaurateur s'envola.

Elle n'était pas autorisée à lui parler, évidemment ; seuls les flics l'étaient. Elle avait beau s'immiscer dans leurs enquêtes, Doreen n'était toujours pas flic. Comme elle l'avait dit à Mack, ce n'était pas un mode de vie qui lui conviendrait, mais cela ne signifiait pas qu'il ne convenait pas au caporal. Il valait mieux laisser certaines choses aux autres, et le métier de flic en faisait partie. Elle pouvait mener ses enquêtes autrement, même si c'était parfois frustrant.

Lorsque Bernard l'appela peu de temps après, il lui demanda :

— Je suppose que vous êtes impliquée d'une manière ou d'une autre ?

La jeune femme s'esclaffa.

— Ça en dit long sur ma réputation quand vous supposez automatiquement que je suis impliquée dans une histoire pareille.

— En effet, acquiesça-t-il joyeusement. Seulement, mon petit doigt m'a dit qu'on vous avait vu là-bas.

— C'est moi qui ai trouvé M. Woo, et Mack était avec moi, expliqua-t-elle. Avec un peu de chance, M. Woo s'en sortira, mais il est trop tôt pour dire qu'il est complètement sorti d'affaire.

— Au moins, vous l'avez trouvé.

— Pourtant, je me sens horriblement coupable, souffla-t-elle, les larmes aux yeux.

— Pourquoi ? s'étonna Bernard.

Elle lui parla de la commande qu'elle n'avait pas ouverte avant que Mack ne passe.

— Seigneur, marmonna-t-il. Je comprends votre ressenti, mais honnêtement, personne n'ouvre son dîner avant l'heure.

— Néanmoins, beaucoup de gens l'auraient probablement fait.

— Pour mettre les boîtes au réfrigérateur, mais sans ouvrir chacune d'entre elles et, même si tel était le cas, la personne n'aurait peut-être rien remarqué.

— Mais c'était sur la nourriture, soupira-t-elle. Personne n'aurait raté ça.

— Donc, il y avait quelqu'un dans la boutique de M. Woo au moment où vous êtes passée.

— C'est ce qu'on pensons, confirma la jeune femme. Et je n'ai absolument aucune preuve dans un sens ou dans l'autre et je n'ai rien vu non plus qui pourrait résoudre le problème.

— Non, bien sûr que non, marmonna Bernard. Vous

menez une vie fascinante, Doreen.

— Pas du tout, maugréa-t-elle. Je ne veux que la paix et la tranquillité, et juste au moment où je pensais y parvenir, *bam* ! quelqu'un tue Mathew.

— Avez-vous retrouvé sa Jaguar ?

— Non, et j'ai même un détective privé local sur le coup. La police vérifie les caméras de sécurité afin de voir qui a pu aller chercher Mathew à l'aéroport, ainsi que les caméras dans les rues autour du restaurant. Je n'ai vu aucun véhicule de ce type. Toutefois, on sait que mon téléphone a été mis sur écoute, il est donc probable que Mathew errait près du restaurant quelques heures avant que je ne m'y présente.

— La personne qui l'a abattu est donc manifestement la dernière à l'avoir vu, et on ne sait toujours pas si quelqu'un l'a vu avant ça.

— Exactement, et c'est là le problème. On ne sait pas qui l'a vu ou non à proximité du restaurant.

— Qui aurait prêté attention à sa présence, de toute fa-çon ? s'enquit Bernard.

— C'est vrai. Qui lui aurait prêté attention ? Il attendait là, comme l'aurait constaté n'importe quel passant. À moins que quelqu'un ne soit en train de promener son chien, et qui attend que son animal lève la patte ou quelque chose comme ça, ce n'est une priorité pour personne.

— Peut-être pas, reconnut Bernard, mais les gens par-lent. Les gens remarquent. D'autant plus que Mathew n'est pas un habitant de la région, donc quelqu'un a pu voir quelque chose.

— C'est toujours le problème, bougonna-t-elle. Il y a toujours quelqu'un qui voit quelque chose, mais personne ne dit jamais rien.

Bernard soupira.

— J'entends la frustration dans votre voix, et je suis vraiment désolé de ne rien pouvoir faire.

— Hé, vous avez déjà été formidable, le rassura-t-elle, et merci pour le téléphone. Ça me permet de rester au courant, pendant que la police se sert de mon téléphone pour je ne sais quoi.

— J'espère qu'ils y trouveront quelque chose d'utile. On sait avec certitude qu'il a été mis sur écoute, donc on doit se demander qui a pu s'en emparer pour trafiquer le téléphone.

— J'y ai réfléchi, et si je ne trouve pas de réponse à cette question, j'aurai à nouveau l'air coupable, surtout aux yeux de la nouvelle inspectrice. Elle est convaincue que j'ai tué Mathew et que j'ai essayé de tuer M. Woo aussi. Elle est exaspérante.

Il rit.

— Personne de sensé ne vous verrait comme la coupable dans cette affaire. Et mon petit doigt m'a également dit que la nouvelle inspectrice en faisait trop, elle pense qu'elle doit être mauvaise ou agir de manière autoritaire afin d'obtenir le respect de ses collègues masculins.

— Je suis tout à fait d'accord. Elle pense que je vais tirer avantage de la mort de Mathew.

— Si les documents du divorce n'ont pas été signés, précisa Bernard, c'est vrai, en quelque sorte, mais ça dépend maintenant de ce qu'il y a dans son testament. Si ça se trouve, il ne vous a rien laissé.

— Vu de qui nous parlons, c'est tout à fait possible, confirma Doreen. Même si je déteste l'admettre, je ne suis pas sûre qu'il ait prévu quoi que ce soit pour le personnel qu'il a laissé derrière lui, même les employés qui l'ont accompagné pendant des décennies.

— Ça arrive souvent. Beaucoup de gens considèrent leur

personnel seulement comme du mobilier.

— Ce qui était le cas de Mathew, mais il avait une relation proche avec Reggie.

— Malheureusement, on ne découvre vraiment ce que signifie la *proximité* qu'après le décès d'une personne, et que l'on voit ce qu'il ou elle a mis dans son testament, lui rappela Bernard.

— Et on ne peut pas s'en mêler pour le moment – du moins je ne peux pas, pas tant que la police n'a pas parlé à l'avocat et ne m'a pas retiré de la position numéro un sur sa liste de suspects. Donc personne ne me dira quoi que ce soit s'il y a le moindre soupçon que j'ai quelque chose à voir avec sa mort.

— Certes, donc, en d'autres termes, on en revient au fait qu'il faut résoudre le mystère pour se sortir de ce pétrin.

— Oh, ça, c'est la partie la plus facile, plaisanta Doreen. Après tout, tout le monde semble penser que j'en suis capable.

— Je n'en doute pas, confirma Bernard. Vous êtes sûrement un peu hors jeu parce que vous avez eu affaire à la mort de votre ex, et que l'attaque contre M. Woo vous a encore plus bouleversée. Mais vous en êtes tout à fait capable, Doreen. Ça va aller maintenant, et bientôt vous serez débarrassée, vous en aurez fini avec ce qui vous tracasse depuis longtemps. Voilà votre motivation.

— Je sais, mais je suis toujours à la recherche de la Jaguar verte et de la personne qui accompagnait Mathew. Il avait forcément un chauffeur, soit pour le conduire en ville, soit pour le récupérer à cet endroit.

— Bien sûr, mais dès qu'on le découvrira, ce sera potentiellement le tueur.

— Et il est sûrement de retour à Vancouver à l'heure

qu'il est, marmonna-t-elle. Peut-être que si je trouve la Jaguar verte, je pourrai trouver le conducteur.

— J'ai trouvé le nom d'une personne que je connais et qui possède une Jaguar qu'elle loue à titre privé.

— Oh, je dois lui parler.

— Je lui ai parlé ce matin, une fois que je m'en suis souvenu, et il m'a raconté qu'il l'avait louée à un homme à l'aéroport. Ce n'était pas la première fois qu'il la louait à cet homme, mais il m'a dit que ce serait la dernière.

— Vraiment. Vous lui avez demandé pourquoi ?

— Oui. La voiture n'a pas été rendue et, comme l'assurance d'un tel véhicule est assez élevée, il est très contrarié.

— J'imagine. Vous l'avez dit à la police ?

— J'étais sur le point de le faire, nota-t-il avec un petit rire. Mais j'ai pensé que vous voudriez aussi savoir.

— En effet. Merci.

— Profitez-en pour devancer à nouveau cette nouvelle enquêtrice.

Doreen pouffa, puis demanda :

— Est-ce que votre contact a une description de l'homme ?

— Il a dit qu'il y avait deux hommes. L'un conduisait la Jaguar et l'autre s'asseyait à l'arrière.

— Mathew n'avait pas l'habitude de s'asseoir à l'arrière, s'étonna Doreen.

— Apparemment, il avait un tas de papiers à remplir, quelque chose à propos d'un travail à faire.

— Peut-être, murmura-t-elle, surtout s'il n'avait pas beaucoup de temps.

— C'est en tout cas l'impression qu'il a donnée. Il était censé rendre la Jaguar à la fin de la journée, avant de prendre l'avion pour rentrer chez lui, après avoir mené ses affaires.

— Mais il n'est pas venu au rendez-vous, c'est ça ?

— Non, il n'est pas venu.

— Il y a donc de fortes chances que ce *soit* Mathew.

— Ne serait-ce pas un rebondissement intéressant ?

— Comment ça ?

— Le chauffeur de Mathew s'est sûrement contenté de conduire Mathew et d'abandonner la Jaguar là où elle ne serait pas facilement retrouvée. Puis il a continué sa route.

— C'est la solution la plus logique, mais on doit encore trouver la Jaguar. Et le propriétaire doit être en train de la chercher et va probablement la déclarer comme volée.

— Je pense que la personne qui a loué le véhicule est sûrement au fait qu'il s'agit d'une location, et le propriétaire l'a fait assurer pour d'autres conducteurs, donc je ne pense pas que ce soit un problème, mais le propriétaire veut vraiment récupérer la voiture.

— Évidemment. Et une fois de plus, on sait où Mathew a fini, mais on ne sait pas où il était avant.

— À l'aéroport, et ensuite chez M. Woo. Mais à part ça, qui sait ?

— Il buvait du café, précisa-t-elle, il serait donc logique qu'il soit allé en acheter un.

— Alors, on parle d'un café ?

— Oui, à condition qu'il n'ait pas eu l'intention de passer la nuit sur place, ce qui n'était pas le cas, puisqu'il n'a loué la Jaguar que pour la journée.

— Et encore une fois, toutes les déductions sont bonnes, fit remarquer Bernard, mais elles ne sont toujours pas utiles.

— Non, parce que s'il n'a pas pris une chambre d'hôtel, il n'y aura rien que nous puissions suivre.

Ils restèrent tous deux silencieux pendant un moment.

— Comment retrouver la Jaguar verte dans une ville de cette taille ?

— Ce n'est pas une si grande ville et les voitures de ce genre se remarquent. On pourrait penser que quelqu'un l'a vue.

— Quelqu'un l'a vue, affirma Doreen. Sans comprendre de quoi il était question.

— Tout le monde ne sait pas à quoi ressemble une Jaguar. Surtout les nouveaux modèles, et c'était le cas de celle-ci.

— Il ne doit pas y avoir beaucoup d'endroits où elle peut être cachée, sinon elle aurait déjà été découverte, bougonna-t-elle.

— Je ne sais pas, répliqua Bernard. Elle peut être n'importe où.

Et il avait raison. Il n'y avait pas de réponse à la question de savoir où la voiture avait fini.

— La police est à sa recherche et elle réapparaîtra un jour ou l'autre, mais il y a fort à parier qu'elle aura déjà été nettoyée et qu'elle ne contiendra plus aucune preuve.

— Alors, s'enquit Bernard, qui était cet homme qui accompagnait Mathew ? C'est ce que les flics ont vraiment besoin de savoir. Ils pourraient alors le suivre dans toute la ville.

— Apparemment, notre mystérieux chauffeur n'a pas très envie de parler aux flics, sinon il se serait déjà manifesté.

Doreen marqua une pause, les sourcils froncés.

— C'est sûrement quelqu'un de louche, qui ne peut pas se permettre d'être en contact avec la police.

— Je n'ai pas posé de questions sur le chauffeur à mon contact, mais j'imagine que les flics n'obtiendraient pas grand-chose de lui de toute façon.

— Bien sûr que non, gémit Doreen. Ce serait beaucoup trop facile, n'est-ce pas ?

Bernard s'esclaffa.

— Je n'en sais rien, mais selon les antécédents du chauffeur…

— Ça a l'air louche, si vous voulez mon avis. Et en parlant de louche, que pouvez-vous me dire du type à qui il a loué la Jaguar ?

— Pas grand-chose, juste que ce type gagne bien sa vie en louant des voitures de luxe à titre privé.

— Est-ce qu'elles sont à lui, ou est-ce qu'il a un bail à long terme et il les loue ensuite à la journée ?

Bernard rit de nouveau.

— Wouah, je n'y avais jamais pensé.

— La question est : comment ce type a pu mettre la main sur une Jaguar qu'il loue ensuite à la journée ? On peut parier qu'il touche 500 dollars pour la journée.

— Aucune idée, reconnut Bernard.

Ou bien était-ce un voiturier qui louait des voitures qui n'étaient pas les siennes ? Oh là là, pensa Doreen.

— Je ne lui ai pas demandé, mais je pense que je vais le rappeler pour le savoir.

Et, sur ce, Bernard raccrocha.

Elle fixa le téléphone du regard, s'étonnant de la rapidité avec laquelle tout le monde semblait se mêler à l'enquête, même s'ils ne devraient pas. Cependant, ce n'était pas à elle de dire à Bernard ce qu'il *ne fallait pas* faire. Après tout, elle ne tenait même pas compte de ses propres conseils, alors elle ne pouvait pas imaginer que quelqu'un d'autre puisse les écouter. Si Bernard *pouvait* trouver quelque chose en tant qu'ami de ce contact, ce serait utile, car, dans certains milieux, en particulier les milieux aisés, la police avait tendance à trouver les portes plus souvent fermées qu'ouvertes.

Des procès avaient lieu et les gens commençaient à craindre de parler. Parfois, il fallait des personnalités comme Bernard et Doreen pour que les gens aient envie de prendre la parole. Bernard la rappela peu de temps après.

— L'autre type mesurait un mètre quatre-vingts, il était très mince, avec une calvitie et se comportait comme un majordome.

Doreen fronça les sourcils.

— Sérieusement ?

— Oui, pourquoi ?

— C'est presque une description stéréotypée que l'on se fait d'un majordome.

— Il a semblé assez catégorique à ce sujet.

— C'est intéressant, marmonna-t-elle, même si je n'arrive pas à savoir de qui il s'agit.

— Vous ne mettez aucun visage sur la description ?

— Non. Reggie est grand et mince, mais la dernière fois que je l'ai vu, il avait une chevelure bien fournie. Je ne sais pas qui est le détective privé de Mathew et je ne connais personne de son entourage ces derniers temps.

— Curieux, souffla Bernard.

— Mais on ne sait toujours pas ce qu'il se passe et qui est impliqué dans cette affaire.

— Mais on y arrivera, alors gardez la foi, ajouta Bernard. Moi aussi, je vais continuer à creuser.

Sur ce, il raccrocha à nouveau.

Doreen sourit face à son téléphone, qui sonna de plus belle.

— Tu as été très occupée, lança Nan.

— Pas assez occupée, maugréa la jeune femme. Je n'ai

toujours pas de réponse.

— Non, mais tu les auras, ma chérie. Tu les auras, affirma sa grand-mère. Tu le sais bien.

— Je l'espère, mais on n'en est pas encore là.

— Il suffit simplement de faire des progrès, suggéra Nan, et on a tout le monde ici qui observe et qui parle, à essayer de comprendre qui aurait pu faire ça.

— Quelqu'un a-t-il vu une Jaguar verte et une personne chez M. Woo le jour de… ?

— J'ai demandé autour de moi et je n'ai reçu que des réponses négatives. Tout le monde ici est très satisfait de notre nouveau cuisinier, qui a essayé des plats italiens de qualité, observa Nan. Donc, personne n'a commandé chinois.

— Je vois. C'est logique. J'ai juste du mal à trouver des réponses. Je ne sais pas si la police me considère toujours comme une suspecte, mais je ne serai pas tirée d'affaire tant que je ne serai pas complètement innocentée.

— Tu ne seras pas tirée d'affaire, ajouta Nan, tant que nous n'aurons pas arrêté le meurtrier. Ce n'est pas parce que certains d'entre nous veulent lui décerner un prix pour avoir éliminé ton ex qu'il faut pour autant mettre l'affaire de côté. Sinon, ce soupçon continuera à te poursuivre.

— Ce n'est pas ce qui me préoccupe le plus, précisa Doreen, je veux que justice soit faite.

— Il n'y a pas de justice dans ce monde parfois, lui rappela Nan. Alors, on prend ce qu'on peut. Dans ce cas, on doit attraper ce tueur.

Doreen pouffa.

— Je ne te contredirai pas, c'est certain. On doit découvrir qui a fait ça et ce qu'il s'est passé. Mais je n'ai pas encore de réponses particulièrement utiles.

— Pas encore, mais ça viendra. J'ai confiance.

Et sur ce, Nan décrocha elle aussi.

Doreen s'esclaffa dans le téléphone.

— Heureusement que vous avez tous la foi, marmonna-t-elle pour elle-même, parce que je ne suis pas du tout sûre de l'avoir.

Avec toutes ces histoires, la jeune femme ignorait si quelqu'un devait avoir foi en elle. Elle commençait même à perdre un peu confiance en elle. Toutefois, elle ne devait pas abandonner, car elle ne savait pas si elle pouvait faire confiance à cette nouvelle enquêtrice, *Insley,* pour s'occuper de l'affaire.

Mack, le capitaine et les autres ? Absolument, mais elle serait aussi en partie dans le coup et se salirait les mains. Et, dans cette affaire, elle essayait, vraiment, mais pour l'instant, ça ne tournait pas à son avantage. Enfin, depuis quand les choses tournaient à son avantage ? Elle avait toujours dû faire bouger les choses dans sa vie, alors, c'était ce qu'elle ferait cette fois-ci aussi.

Chapitre 16

PLUS TARD, ALORS que Doreen venait de s'asseoir pour manger un sandwich, Mack l'appela. Elle prit son téléphone.

— Qu'est-ce qui s'est passé ?

— Bonjour, Doreen, l'accueillit-il, avec son fameux ton jovial et tranquille. Je suis heureux d'entendre ta voix. Heureux de savoir que tout va bien.

— Comment sais-tu que tout va bien ?

— Je ne sais pas. Je ne sais rien du tout. Tu n'as pas donné de nouvelles aujourd'hui.

— J'étais censée t'en donner ? s'enquit-elle.

Le policier soupira.

— Non, tu n'étais pas obligée, mais ce serait bien de savoir que tu vas bien et que tu n'es pas en train de courir la ville pour t'attirer des ennuis.

— Même *si* je courais la ville et que je m'attirais des ennuis, tu serais la dernière personne à qui je le dirais parce que tu me renverrais chez moi.

— Et pour cause, marmonna-t-il. Tu n'es même pas capable d'éviter les ennuis en commandant chinois.

La jeune femme hoqueta

— C'est injuste. En plus, c'est toi qui étais censé manger avec moi.

Mack pouffa.

— Je ne me souviens pas avoir mangé quoi que ce soit.

— En effet, bougonna-t-elle.

— Tu as mangé les plats à emporter ?

— Non, j'allais manger un sandwich à la place. J'ai du mal à me dire que la commande vient de M. Woo alors qu'il avait des problèmes, et à passer outre. Il devait être terrifié.

— M. Woo n'aurait certainement pas une mauvaise opinion de toi si tu mangeais sa cuisine, la rassura Mack. Il ne voudrait certainement pas que ce soit gaspillé.

— Peut-être pas, convint Doreen, mais je n'arrive pas non plus à le chasser de mon esprit.

Mack poussa un profond soupir.

— Il parait que M. Woo est réveillé, alors je vais aller lui parler, annonça-t-il.

— C'est une bonne nouvelle. J'imagine que je n'en ai pas le droit, n'est-ce pas ?

— Non, uniquement la famille, précisa Mack.

— Tu n'es pas de la famille, maugréa-t-elle.

— Non, mais je suis flic, c'est une autre histoire.

— C'est ce que vous continuez tous à me dire. Bref, continuez à écouter vos récits intéressés, tandis que le reste d'entre nous obtient ses informations à l'ancienne.

Le caporal s'esclaffa

— Pourtant, avec tes récents antécédents, tu risques de lui attirer encore plus d'ennuis.

— Je ne ferais jamais rien pour lui faire du mal, se défendit la jeune femme.

— Je sais, mais quelqu'un pourrait lui faire du mal à présent, puisque les médias ont appris qu'il était en vie. Ses malfaiteurs vont peut-être tenter d'y remédier.

Doreen fixa son téléphone du regard pendant un moment.

— Je n'y avais pas pensé. Tu penses vraiment que sa vie est en danger ?

— Quelqu'un s'est donné beaucoup de mal pour le faire taire.

— Mais cette personne n'a pas réussi à le tuer. Peut-être a-t-elle pensé que ce serait un avertissement suffisant ou que le traumatisme crânien l'empêcherait de se souvenir de quoi que ce soit. Tant que tu ne lui auras pas parlé, on ne le saura pas, mais c'est une possibilité.

— C'est possible, mais je ne l'espère vraiment pas, répondit Mack. Je suis en route.

— Tu enquêtes sur cette affaire ?

— Un peu, dit-il d'un ton ironique. On travaille mieux en équipe ici.

— Sauf quand l'un des membres de l'équipe est un suspect, répliqua-t-elle en ricanant.

— Pas du tout, j'ai un alibi, tu te souviens ?

— Oui, *super*, merci pour cette remarque, marmonna-t-elle. Peu importe, va lui parler, vois ce qu'il a à dire et fais-moi un compte-rendu.

Et sur ce, elle raccrocha. Pour la première fois de la journée, elle se sentait beaucoup mieux.

Elle savait que cela énerverait Mack, bien sûr, et c'était très bien ainsi. Non pas qu'elle essayait de l'énerver, mais c'était un jeu auquel ils jouaient, et elle se sentait toujours mieux lorsqu'elle avait l'occasion de lui raccrocher au nez. Cela n'avait aucun sens, et elle se rendait bien compte que ses actions étaient celles d'un enfant de deux ans, mais si cela lui permettait de sourire aujourd'hui, qu'il en soit ainsi, parce qu'en ce moment, la vie n'allait pas vraiment dans son sens.

Ce qu'elle aurait aimé vraiment comprendre, c'est comment quelqu'un avait pu mettre son téléphone sur écoute. Pour l'instant, elle ne se souvenait d'aucun moment où quelqu'un y avait eu accès, ce qui l'inquiétait. Était-il arrivé qu'elle sorte et laisse la maison ouverte ? C'était possible. Quelqu'un aurait-il pu se glisser à l'intérieur et le faire ? Absolument.

Mais pourquoi, c'était une tout autre question, et elle n'était pas sûre de pouvoir rallier qui que ce soit aux théories farfelues qui lui trottaient dans la tête. Elle ne comprenait pas pourquoi quelqu'un se serait intéressé à ses activités. Le détective privé de Mathew n'était-il pas censé la suivre partout de toute façon ? Alors, pourquoi faire autant d'efforts, à moins qu'ils n'essaient de la piéger pour la mort de Mathew ? Mack avait heureusement un alibi en béton, puisque Mathew était mort en milieu de matinée ce jour-là, alors que Mack était au commissariat avec les autres flics. En revanche, Doreen n'avait pas d'alibi, comme d'habitude, et cela lui causerait plus d'ennuis qu'elle ne l'aurait cru.

Néanmoins, l'enquête l'occupait, car Mack continuait à découvrir des bribes d'informations, sans qu'elle ait besoin de s'impliquer outre mesure. Ce qu'elle devait vraiment découvrir et fournir à Mack, c'était une idée du moment où son téléphone avait pu être trafiqué. Ce devait être avant la mort de Mathew, de toute évidence. De plus, elle aimerait beaucoup parler à ce loueur privé de Jaguar, et peut-être même lui montrer des photos.

Elle rappela Bernard.

— J'ai quelques photos du personnel de Mathew, annonça-t-elle. Pensez-vous que je puisse rencontrer ce loueur de Jaguar et lui poser quelques questions ?

Bernard hésita pendant quelques secondes.

— Si vous veniez avec moi ? demanda-t-elle impulsivement.

— Oh, si je venais avec vous, je suis sûr que ça irait. Mais si vous amenez les flics, pas vraiment.

Sa bonne humeur rayonnait maintenant à travers le téléphone.

— D'accord, alors qu'est-ce qu'il pense ? Qu'il va réussir à éviter les flics ?

— C'est ce qu'*il* pense, rétorqua Bernard avec hilarité.

— Alors, nous ferions mieux d'aller le voir avant que les flics ne l'apprennent.

— Vous leur en avez parlé ?

— Non, et je devrais au moins le dire à Mack, admit-elle, mais dès que je le ferai, il me demandera de rester à l'écart.

— Nous ne sommes pas sûrs que ce gars ait des informations.

— C'est vrai, reconnut-elle. Je serai chez vous dans quelques minutes.

— Entendu, et amenez aussi les animaux. Ils seront un bon moyen de briser la glace.

— Est-ce qu'il aime les animaux ?

— Je pense que oui. Il a un énorme doberman dans son parking.

Ce n'est qu'après la fin de l'appel que Doreen prit conscience qu'elle avait vu juste : il travaillait bien dans un parking. Elle y pensa pendant tout le trajet jusque chez Bernard. Lorsqu'elle se gara dans l'allée, il l'attendait déjà à l'extérieur. Elle sortit les animaux et s'empressa de les faire monter dans le véhicule du Bernard.

— Il travaille vraiment dans un parking ?

Bernard rit et acquiesça.

— Oui, et c'est pour cette raison que je ne laisserais jamais mon véhicule dans un tel endroit.

— Je n'avais aucune idée que les gens faisaient cela. Ça semble risqué à bien des égards.

— À moins que vous ne disposiez d'un système de suivi de vos locations et que vous le vérifiiez régulièrement.

— J'ai du mal à croire que Mathew appréciait ce dispositif.

— Il se peut qu'il n'ait pas apprécié ou qu'il n'en ait même pas eu connaissance. S'il avait été au courant de l'existence d'un traceur GPS sur ces Jaguar, Mathew ne les aurait probablement pas louées. Ça ne signifie pas pour autant que Mathew était contre l'idée de louer les véhicules d'autres personnes, tandis que cet intermédiaire touchait l'argent. Mais qui sait ? Peut-être que ce type partage l'argent de la location avec les propriétaires.

— C'est possible, et ça resterait légal. Si quelqu'un l'apprenait, il n'aurait pas autant d'ennuis. Ça le rendrait aussi un peu moins obséquieux, marmonna-t-elle.

— C'est votre définition, s'esclaffa Bernard. N'oubliez pas que tout le monde n'a pas les mêmes scrupules et le même système d'honneur que vous.

— C'est vrai, convint-elle, et, d'après Mack, ça m'attire toujours des ennuis.

— Mais ne changez pas, ma chère Doreen. Le monde a besoin de plus de gens comme vous.

— C'est ce que tout le monde dit, jusqu'à ce qu'on en arrive à une histoire pareille, et alors ils se tiennent à l'écart, ils profitent du spectacle, alors qu'une fois de plus, c'est moi qui ai des ennuis.

— Tout le monde préfère et aime que quelqu'un d'autre

ait des ennuis, vous avez oublié ?

— Non, puis ils se réjouissent de ne pas être à ma place.

C'était la vérité et cela reflétait l'humanité en général. Ils soutenaient quelqu'un d'autre, à condition de ne pas être sur le billot.

Alors qu'ils s'approchaient d'un parking géré par une personne à l'entrée, elle demanda à Bernard :

— C'est lui ?

— Exactement.

Bernard se gara sur le côté, puis, accompagné de Doreen et de ses animaux, salua le type dans la cabine.

— Salut, Tony.

Tony l'avisa et fronça les sourcils.

— Oh, mec, j'aurais préféré que tu viennes ici en personne.

Bernard haussa les épaules.

— Peut-être, mais Doreen a insisté pour venir ici et te parler. C'est donc mieux ainsi. Tu lui parles maintenant, en ma présence, plutôt qu'à un autre moment, où elle risque de débarquer dans ta vie sans s'en soucier.

— Je me moque de ce que vous faites, intervint Doreen. Je n'essaie pas de vous mettre des bâtons dans les roues, mais j'ai vraiment besoin de savoir si vous connaissez les types qui ont loué la Jaguar verte.

Il la dévisagea.

— Vous êtes cette nana détective amateur, c'est ça ?

Doreen grimaça.

— Ce n'est pas tout à fait l'idée que je m'en fais, murmura-t-elle.

Il haussa les épaules.

— C'est vous, pas vrai ?

— Oui, confirma-t-elle avec exaspération.

— Cool, répondit-il. Bon, alors sur qui voulez-vous que je vous renseigne ?

Elle sortit son téléphone, celui qu'elle avait emprunté à Bernard, puis elle ouvrit sa messagerie, où elle avait créé un dossier avec un groupe de photos qu'elle avait. Elle les parcourut ensuite jusqu'à ce qu'elle arrive à celle de Mathew.

— C'est le type qui a loué la Jaguar verte ?

Tony l'observa et opina du chef.

— Oui, c'est lui. Il s'est assis sur la banquette arrière.

Doreen hocha la tête. Puis elle passa en revue les photos de Reggie et Roger et de quelques autres membres du personnel qu'elle connaissait.

— Est-ce que l'un d'entre eux était son chauffeur ?

Il secoua la tête trois fois d'affilée, puis déclara :

— Non, aucun d'eux.

— Intéressant, donc vous ne savez pas qui c'était ?

— Non.

— La location a-t-elle été payée avec la carte de crédit de Mathew ?

— Non, en liquide, c'est toujours en liquide, répondit-il en se tournant vers Bernard avec une certaine hésitation.

La jeune femme acquiesça.

— Vos recettes sont meilleures ainsi, *hein ?*

Tony haussa les épaules et ne dit rien.

— Le chauffeur avait-il quelque chose sur lui, une valise, un sac à dos, quelque chose ? continua Doreen.

— Non. Il y avait que le gars à l'arrière avec une mallette.

— Je n'ai aucune idée de l'identité de cet autre homme, marmonna-t-elle. Mathew avait contacté un détective privé de Vancouver, donc tout ce que je peux imaginer, c'est que c'est peut-être lui.

— Quelqu'un de la côte, vous avez dit, ajouta Bernard.

— Si ça se trouve, mais l'endroit exact d'où il vient est une spéculation, néanmoins ce serait logique.

— OK, il y a donc de fortes chances qu'il soit venu par ses propres moyens ou qu'il ait pris l'avion un jour ou deux plus tôt afin de vous suivre dans la ville. Le chauffeur a très bien pu louer une voiture lui aussi.

Doreen afficha une expression perplexe.

— Est-ce que l'autre type, le chauffeur, est venu ici dans une autre voiture pour prendre la Jaguar ?

Tony secoua la tête.

— Je l'ai déposée à l'aéroport, un petit aéroport privé.

— Et ? demanda Doreen.

— Et quoi ?

— Avez-vous vu le chauffeur avec une autre voiture à l'aéroport ?

Après plusieurs secondes de silence, Tony maugréa :

— Bordel. Je sais pas. Une petite voiture blanche était garée tout près. C'était peut-être une de ces voitures électriques. Mais je ne sais pas s'il l'a louée ici. Peut-être qu'il l'a conduite jusqu'ici. Mais est-ce qu'il aurait pu aller loin avec une voiture électrique ? Bref, je sais pas si c'était la sienne.

— Elles peuvent parcourir de bonnes distances, précisa Doreen. Je n'ai pas d'autres questions pour l'instant.

Elle réfléchit une minute, puis ajouta :

— Je suppose que si je trouve d'autres photos, je viendrai vous interroger.

— Ou pas, répliqua Tony, alarmé. Vous allez mettre fin à mon activité ici.

— Bien entendu, les propriétaires des voitures sont parfaitement au courant de votre activité de location, n'est-ce pas ? questionna Doreen.

Tony fronça les sourcils, regarda Bernard et répondit d'un ton sec :

— Bien sûr.

La jeune femme leva les yeux au ciel.

— *Mais bien sûr*. Donc, en d'autres termes, je reviendrai vous voir si je trouve d'autres photos ou si j'ai d'autres questions.

Tony se tourna vers Bernard.

— *Merci*.

— Tu resteras dans le droit chemin maintenant, suggéra Bernard en haussant les épaules.

— Bien sûr, comme si j'allais réussir dans le monde si je faisais ça, bougonna Tony.

Doreen sourit.

— Il y aura toujours des gens comme moi qui chercheront à savoir à qui vous louez.

— Ils paient, donc je m'en moque. C'est une bonne affaire.

— Bien sûr, tant qu'ils sont assurés et qu'il n'y a pas de problème. Tout le monde est content, fit-elle remarquer. Mais si les propriétaires des véhicules ne sont pas au courant de votre activité de location, c'est une tout autre histoire.

— J'ai conclu des accords avec certains d'entre eux, déclara Tony. Mais les autres ? Ils ne sont pas vraiment ouverts aux accords. Oh, ils veulent louer leurs véhicules, mais ils veulent tout l'argent, au lieu de me donner une part pour avoir joué l'agent entre les deux.

— Évidemment. La plupart des gens qui ont les moyens d'avoir des véhicules comme ceux-ci ne pensent qu'à l'argent, souligna Doreen avec un sourire.

— Hé, pas tous, protesta Bernard.

Elle l'avisa et acquiesça.

— Pas tous, mais une bonne partie d'entre eux.

Sur ce, elle essaya de ramener Mugs vers le véhicule de Bernard, mais le chien résista. Elle l'observa attentivement.

— Qu'est-ce qu'il y a, mon grand ?

Manifestement, il voulait se promener sur le parking. Elle ignorait s'il voulait simplement se vider la vessie ou s'il avait autre chose en tête, alors elle le suivit, tandis que Bernard et Tony discutaient.

En s'éloignant, elle chuchota à Mugs :

— Qu'est-ce qu'il y a, mon bonhomme ? Qu'est-ce que tu cherches ?

Mais il avait la truffe au sol et reniflait comme un chien de chasse. Mugs se contenta d'émettre un aboiement et continua à marcher, jusqu'à sortir du parking. Finalement, il s'arrêta devant un véhicule garé à l'arrière du parking, entre deux bennes à ordures.

Doreen examina la voiture.

Puis elle revint rapidement vers les deux hommes en les interpellant :

— Est-ce qu'il vous arrive de garer vos véhicules là-bas ?

Elle désigna les deux bennes à ordures.

Tony secoua la tête.

— Non, jamais.

— La Jaguar que vous avez prêtée, commença-t-elle.

— Louée ! rectifia Tony. Je l'ai louée, c'était un accord commercial.

— Elle aurait dû être rendue, n'est-ce pas ?

Il acquiesça.

— Elle devait être rendue le jour même.

— Et personne ne l'a jamais retrouvée, je me trompe ?

— Personne ne l'a jamais retrouvée, confirma Tony. Où voulez-vous en venir ?

— Une Jaguar verte est garée entre ces deux bennes à ordures.

— Je l'ai vue tout à l'heure, nota Tony. Mais elle est toute cabossée et sa plaque d'immatriculation est différente.

Les deux hommes la rejoignirent, tandis qu'ils examinaient tous la voiture verte.

— Celle que je louais était en bien meilleur état que celle-ci.

Doreen se tourna vers Bernard, car Mugs se tenait près du véhicule et reniflait comme un fou. Elle soupira.

— Vous avez un double des clés pour celle qui a disparu ?

— Bien sûr, affirma Tony, qui regarda le véhicule en secouant la tête. C'est impossible. Il me tuerait si c'était sa Jaguar.

Elle haussa les épaules.

— Je ne sais pas trop ce que vous voulez que je dise, mais il y a un moyen facile de le savoir.

Il la fixa du regard et demanda :

— Comment ?

— Avec votre double des clés.

Tony jura, puis tourna les talons et repartit à toute allure. Bernard la regarda, puis reporta son regard sur la Jaguar et grimaça.

— Que lui arrivera-t-il si c'est la Jaguar disparue ?

— Manifestement, dit-elle en levant les yeux au ciel, il lui est arrivé quelque chose de grave.

Tony les rejoignit en courant.

— Pourquoi voulez-vous l'ouvrir ?

— Regardez Mugs, dit-elle.

Le chien reniflait le coffre, puis il recula aussitôt de plusieurs pas.

— Oh non, murmura Tony. Je n'ai pas signé pour ça.

— Vraiment ? Je croyais que c'était un business passionnant, plaisanta Doreen.

Tony dirigea la télécommande vers le côté conducteur et appuya sur le bouton. La voiture se déverrouilla.

— Non ! s'écria-t-il. Ce n'est pas possible. Celle-ci a fait une sacrée virée. Elle est toute cabossée. L'autre était impeccable.

Doreen hocha la tête, contourna le véhicule, ouvrit la porte côté conducteur, se pencha et appuya sur le bouton pour ouvrir le coffre.

— Hé, qu'est-ce que vous faites ? se récria Tony. Les flics doivent d'abord constater ça.

— En effet, convint-elle. Malheureusement, je pense qu'ils ont aussi besoin de voir autre chose.

— Comment ça ? s'enquit Tony.

Doreen se rendit à l'arrière du véhicule et, sous le regard des deux hommes, elle souleva le hayon.

Chapitre 17

— FERMEZ-LE ! Oh mon Dieu, fermez-le ! cria Tony. Pourquoi vous avez fait ça ?

Doreen ferma le coffre, puis se tourna vers lui et expliqua :

— Vous deviez voir si c'était l'homme qui était avec Mathew.

Il acquiesça lentement.

— C'était lui. C'est son chauffeur… Soudain, je ne me sens pas très bien.

Il avait en effet l'air de se sentir mal. Et pour cause, quelques secondes plus tard, il courut sur plusieurs mètres et vomit sur le gravier.

Doreen avait déjà sorti son téléphone et appelait Mack. Quand celui-ci décrocha, elle lui demanda :

— Tu te souviens de ce qu'on a dit, comme quoi je ne peux même pas aller chercher un plat à emporter sans avoir d'ennuis ?

— Oui, répondit-il avec hésitation. Tu as des ennuis ?

— Peut-être, marmonna-t-elle. Je pense qu'il faut que tu viennes au parking du centre-ville.

Elle lui dicta l'adresse.

— Et pourquoi cela ? s'enquit Mack d'un ton sombre.

— Tu comprendras quand tu seras ici, mais pour gagner du temps, tu devrais venir avec l'équipe médico-légale et le médecin légiste. Et n'emmène pas la nouvelle inspectrice. Elle ne sert à rien.

Puis Doreen raccrocha.

Bernard soupira et secoua la tête.

— À mon avis, ça ne doit pas être facile d'être en couple avec vous.

La jeune femme leva les yeux vers lui, lui adressa un demi-sourire et approuva du chef.

— Certes, je n'en doute pas. Pourtant, si vous mouriez, vous pouvez être certain que je suivrais toutes les pistes jusqu'à ce que je trouve qui vous a tué.

Bernard la dévisagea, puis esquissa un sourire.

— C'est vraiment bon à entendre. À notre époque, on ne peut pas compter sur grand monde pour agir de la sorte.

— Tout de même, j'insiste pour que vous ne mouriez pas, souffla-t-elle. Même si, lorsque Mack découvrira que c'est vous qui m'avez amenée ici, il pourrait essayer de vous étrangler.

Doreen conclut avec un grand sourire aux lèvres.

Bernard grimaça et pâlit légèrement.

— Oh non, maintenant je vais devoir avoir affaire à Mack, dit-il.

— Ça, c'est sûr, confirma Doreen.

Tony commença à s'agiter, regardant autour de lui, un peu paniqué.

— Oh, non, n'y pensez même pas, le conseilla Doreen. Vous ne pouvez pas vous défiler sur ce coup-là.

— Si. Je n'ai pas le choix. Vous ne comprenez pas ce qui va arriver à mon travail.

— Lequel ? Votre vrai travail ou votre activité secondaire ? Parce que, je dois vous le dire, votre activité secondaire est sur le point d'être dévoilée au grand jour. Et quand Mack la découvrira, ce sera encore plus moche.

Tony pivota et se retrouva face à Bernard, ce dernier leva simplement une main et renchérit :

— Je ne savais pas que tu gardais des cadavres ici, Tony.

Le jeune homme avait l'air d'être sur le point de pleurer.

— Techniquement, ce n'est pas lui, souligna Doreen. Le corps ne se trouve pas sur le parking qu'il surveille.

Tony hocha la tête désespérément.

— Je n'ai rien à voir avec ça, affirma-t-il. Je devrais vraiment me faire porter pâle et rentrer chez moi.

— Vous pourriez, concéda Doreen, mais ça donnerait l'impression que vous avez pris la fuite. Je ne peux pas vraiment approuver ce choix parce que je vais devoir dire aux autorités qui était ici, et il ne leur faudra que cinq minutes pour vous retrouver.

Les épaules de Tony s'affaissèrent.

— Je savais que c'était trop beau pour être vrai.

— Quoi ? Louer les véhicules des autres pour gagner de l'argent ? s'enquit Doreen avec un petit rire. Ces activités secondaires qui permettent de gagner facilement de l'argent semblent probablement intéressantes sur le moment, mais je ne pense pas qu'elles soient destinées à devenir des carrières à long terme.

— Oh, j'adore votre sens de l'humour, s'esclaffa Bernard.

Elle lui sourit et nota :

— Vous faites partie de la minorité. Beaucoup de gens n'apprécient guère mes méthodes, et on risque d'en rencontrer quelques-uns dans les prochaines minutes.

Bernard pouffa et acquiesça.

— Et je comprends pourquoi. Vous ne ménagez pas les émotions de tout le monde, mais vous êtes sans nul doute un rendez-vous intéressant, déclara-t-il en désignant le coffre qui contenait le cadavre.

— Hé, ce n'est pas un rendez-vous, précisa-t-elle avec un grand sourire, et, jusqu'à présent, j'ai évité de trouver des cadavres durant mes rendez-vous.

— Rappelez-moi ce qu'il s'est passé quand Mack et vous avez mangé chinois ?

Doreen fronça les sourcils.

— On a répondu à un SOS, rétorqua-t-elle. Et, pour information, nous n'avons pas trouvé de cadavre. Nous avons trouvé M. Woo, blessé, et l'avons emmené à l'hôpital à temps, espérons-le.

Sur ce, elle se tourna vers Tony.

— Donc, vous n'avez pas vu ce véhicule arriver ?

Il secoua la tête.

— Non, je ne sais pas quand il est arrivé là. Et comme ça n'avait pas l'air d'être l'un des miens – pas dans son état original et pas sur le parking lui-même – quand je l'ai vu, je n'y ai pas prêté attention, expliqua-t-il en haussant les épaules. Je ne m'occupe que de ceux pour lesquels je suis payé.

— Tu as une interprétation assez large du verbe *s'occuper de*, jeune homme, déclara Bernard.

Tony hocha la tête.

— Je vais avoir beaucoup d'ennuis, pas vrai ?

Doreen jeta un coup d'œil à Bernard, puis haussa les épaules.

— Ça dépend du nombre de véhicules que vous avez loués à l'insu des propriétaires. C'est le point essentiel. Si vous les avez loués et que tous les propriétaires sont au courant, ce n'est peut-être pas un problème, mais dans le cas contraire ? Oui, ça pourrait en être un.

— Oui, ça va être un problème, reconnut Tony avec morosité.

Doreen grimaça.

— Alors, je vais vous dire que la meilleure chose à faire est d'avouer. Soyez honnête dès le départ et n'aggravez pas votre cas à perdre du temps et à obliger Mack à vous tirer les vers du nez. Il en sera d'autant plus heureux.

— Est-ce qu'il vaut mieux que Mack soit plus heureux ? interrogea Tony, un peu paniqué.

Les sirènes étaient en approche.

— Tony, un Mack en colère est comme une avalanche, donc tout ce qui évite de la déclencher est mieux et vous aurez besoin de toute l'aide que vous pourrez obtenir.

— *D'accord*, grommela Tony en la fustigeant du regard. Mais je vous tiens pour responsable de tout ça.

La jeune femme afficha une expression perplexe.

— Pourquoi les gens qui font le mal veulent-ils toujours rejeter la faute sur moi ?

Tony lui lança un regard noir.

— Si vous n'aviez pas tué votre ex-mari, je ne serais pas dans ce pétrin.

— Attention, mon grand. À ta place, je ne m'aventurerais pas sur ce terrain, l'avertit Bernard.

— Vous plaisantez ? s'emporta Doreen. Quelle logique à tout ça ? Si j'avais tué mon mari, vous croyez vraiment que je serais ici en train d'essayer de comprendre ce qui se passe ?

Tony fronça les sourcils.

— Vous ne l'avez pas tué ?

— Non, certainement pas. Mais, si jamais j'avais été tenté de faire une telle chose, vous seriez en tête de liste.

Le jeune homme se contenta de la foudroyer du regard, tandis qu'elle lui rendait la pareille.

Bernard posa une main sur l'épaule de Doreen et chuchota :

— Tranquille, Doreen. Tout le monde n'est pas aussi habitué que vous à trouver des cadavres. Les gens réagissent différemment, vous vous souvenez ?

Elle ricana.

— Oui, imaginez si c'était votre Jaguar tant convoitée, et que vous l'aperceviez en ville, avec cette allure.

Bernard grimaça.

— Certes, j'aurais pu le tuer moi-même.

— Exactement. Alors, qui sait ce qui a provoqué ça ?

— Peut-être que le propriétaire de la Jaguar a vu ce type la conduire. Peut-être que ça n'a rien à voir avec la mort de Mathew.

Le pauvre gamin secoua alors la tête.

— Le propriétaire n'est pas en ville. Il n'est pas au courant.

— Je suis persuadé qu'il est sur le point d'être mis au courant, devina Bernard.

Lorsqu'une voix forte retentit derrière eux, Doreen sortit d'entre les bennes à ordures, afin que Mack puisse la voir, puis elle lui fit signe de s'approcher.

Mack s'empressa d'avancer, avisa Bernard, Doreen, le jeune homme, puis porta finalement son regard de nouveau sur Doreen.

— Quelqu'un veut bien me dire ce qui se passe ici ?

— Tout d'abord, commença Doreen, la Jaguar verte louée par Mathew vient d'ici. Tony a identifié Mathew sur mes photos, mais il n'a reconnu aucun de ses employés sur les autres photos.

Mack jeta un coup d'œil au chien épuisé aux pieds de la jeune femme, et cette dernière espéra qu'il attendrirait le caporal.

— Mugs m'a amenée à ce véhicule, précisa-t-elle.

Le policier fronça les sourcils, puis se tourna vers la voiture.

— C'est une Jaguar verte.

— En effet. Tony, qui travaille sur ce parking, ne pensait pas qu'il s'agissait de la Jaguar verte de *son* parking, car elle est en bien plus mauvais état que celle qu'il a louée, et la plaque d'immatriculation ne correspond pas. Cependant, il avait le double des clés de celle qu'il louait et a découvert qu'elles ouvraient celle-ci.

— Ah.

— Une fois la portière côté conducteur ouverte, et au vu du comportement de Mugs, j'ai naturellement ouvert le coffre.

Elle zieuta Mack avec incertitude, s'attendant à ce qu'il éructe des avertissements ou des jurons.

— Tu devrais ouvrir le coffre, suggéra-t-elle.

Mack soupira, ferma les yeux, se pinça l'arête du nez, puis demanda :

— Alors, qui vais-je trouver dans le coffre ?

— Le chauffeur, répondit-elle. Le même homme que Tony a vu partir dans la Jaguar, avec Mathew sur la banquette arrière. Sûrement le détective privé de Mathew, originaire de la côte.

Chapitre 18

BERNARD PROPOSA QU'ILS aillent prendre un café ou autre chose après, mais Doreen refusa – elle était trop fatiguée et elle savait qu'elle avait un interrogatoire à venir. Sans se vexer, il la raccompagna avec les animaux chez lui, où elle récupéra sa voiture.

Elle regrettait d'avoir amené Bernard sur le parking. Si seulement le cercle interminable des pensées qui lui trottaient dans la tête pouvait s'arrêter. C'était utile qu'elle ait retrouvé la Jaguar et le conducteur, seulement dans une certaine mesure, car l'homme n'avait pas encore été identifié. Elle soupçonnait qu'il s'agissait du détective privé de Mathew à Vancouver et qu'après la mort de ce dernier, quelqu'un avait décidé de mettre fin à ses services, car il en savait probablement trop.

Toutes les personnes liées à Mathew semblaient avoir des ennuis en ce moment. Bien entendu, cela signifiait que sa propre vie était potentiellement en jeu. Mais tant qu'elle était utile en tant que suspecte numéro un pour celui qui avait mis ce jeu en branle, elle se disait que le tueur la laisserait probablement en vie afin qu'elle endosse le fardeau. Si cela ne fonctionnait pas, ils finiraient par l'éliminer.

Elle s'inquiétait de comprendre cet état d'esprit, mais franchement, c'était exactement ce qu'elle ferait si elle était ce genre de personne. Elle ne l'était pas, ce qui n'était pas d'une grande aide, et, comme à son habitude, elle faisait un pas en avant et dix pas en arrière.

Doreen s'installa dans le jardin avec une tasse de thé, sachant que Mack en avait pour un moment et que, avec la chance qu'elle avait, ce ne serait même pas Mack qui viendrait lui rendre visite pour prendre sa déposition. Elle compatissait jusqu'à un certain point. Évidemment, plus Doreen en découvrait pour Insley – qui ne l'aimait pas et se méfiait déjà d'elle – plus Doreen avait l'air d'être mêlée à tout cela. Elle était sûre qu'*Insley* considérerait cette dernière découverte comme une preuve encore plus incriminante de l'implication de Doreen.

Doreen n'avait absolument rien à voir avec la mort de Mathew – ou celle de son détective privé –, mais pas pour Insley. Si celle-ci, en tant qu'enquêtrice chargée de l'affaire, décidait de clore l'enquête en arrêtant Doreen, elle le ferait. Doreen, cependant, voulait s'assurer que l'affaire était close correctement, comme l'avait souligné Nan.

Sinon, la rumeur selon laquelle Doreen avait tué son futur ex-mari la hanterait à jamais, ce qu'elle ne souhaitait pas du tout.

Résoudre l'affaire lui permettrait non seulement de se laver de tout soupçon, mais aussi de tourner la *page Mathew*. Néanmoins, pour l'instant, l'affaire n'était qu'une source d'ennuis. Pourtant, il était si important pour elle non seulement de se disculper, mais aussi de résoudre l'affaire, pour des raisons personnelles, émotionnelles et juridiques, ce qu'elle ne pouvait pas contester. Elle voulait simplement y parvenir. Elle ne savait pas vraiment comment y parvenir, mais elle en avait besoin.

Assise dans son jardin, elle se replongea dans son carnet, ajouta des notes et révisa les précédentes. Mack ne tarda pas à l'appeler.

— Tiens ! C'est moche, *hein ?*

— En effet, très moche, confirma-t-il, son ton prenant de la force.

— Ce n'est pas ma faute, se défendit-elle avant qu'il ne puisse vraiment l'attaquer.

Il pouffa.

— Je sais, mais tu nous fais passer pour des idiots, grommela-t-il, luttant pour se contrôler.

— Pas toi, précisa-t-elle. Tu n'es même pas censé être sur l'affaire.

Mack garda un instant le silence, puis demanda :

— C'est ce que tu essaies de faire ? La faire passer pour une idiote ?

— Non, pas du tout, même si elle excelle déjà dans ce domaine, répliqua Doreen. Toutefois, il est évident qu'elle ne me fait pas confiance, qu'elle ne m'aime pas et qu'elle ne croit rien de ce que je dis. Alors, si je dois résoudre cette affaire toute seule pour laver mon nom, je le ferai, peu importe ce qu'elle dit.

— Ça ne fera qu'empirer ton cas, tu le sais ?

— En quoi cela va-t-il empirer mon cas ? J'essaie d'élucider la mort de Mathew pour ne pas être accusée d'un meurtre que je n'ai pas commis, alors que puis-je faire de plus si *Insley* n'est pas à la hauteur ? De plus, ce n'est pas comme si c'était la première fois que je devais résoudre une affaire. C'est ma vingt-cinquième affaire… à ce jour. Et *Insley* semble acquérir de l'expérience sur le terrain. Est-ce sa toute première affaire d'homicide ? Sa première semaine de travail en tant qu'inspectrice ?

— Tu sais que tu ne seras pas inculpée, soupira Mack.

— Non, je n'en sais rien. *Insley* a été très claire : je suis une suspecte et elle continue à le souligner.

— Je comprends, mais – et je ne la défends *pas*, et j'ai fait *remarquer* au capitaine comment sa manière de t'interroger pouvait être améliorée – je pense qu'elle doit seulement affronter son arrivée dans l'équipe. Réfléchis-y… Tout le monde te connaît. Elle, non, et honnêtement, je ne suis pas sûr qu'elle soit très douée avec les femmes.

— *Tu crois ?* se moqua Doreen. Je ne suis pas sûre d'être très douée avec les femmes non plus, surtout avec *cette* femme.

Mack soupira à nouveau.

— Tu as encore du chinois ? demanda-t-il.

Doreen secoua la tête. Il faisait exprès de changer de sujet, et elle laissa passer cette fois-ci.

— Oui. Tu as le temps de passer ?

— Il faut que je prenne le temps, alors je prendrai une heure. Je serai là dans un petit moment.

Il raccrocha.

La jeune femme sourit à ses animaux.

— Regardez ça ! s'exclama-t-elle. On va voir Mack, et pas du mauvais côté de la loi.

Elle se leva et lui prépara du café frais, après avoir entendu la fatigue et la frustration dans sa voix. Il était sûrement frustré à cause d'elle, à cause de l'affaire et des circonstances, ce qu'elle comprenait.

Doreen comprenait, vraiment. Elle n'essayait pas d'être difficile, même si elle paraissait douée par nature. Elle grommela, les choses ne devraient pas être ainsi, et le niveau de frustration ne devrait pas être si élevé, pourtant c'était le cas. Elle essaya de se détendre en attendant l'arrivée de Mack.

Lorsque Richard passa la tête par-dessus la clôture, elle leva les yeux vers lui.

— Bonjour. M. Woo est réveillé. Je ne sais pas s'il est en mesure de parler, mais il a survécu.

Le soulagement sur le visage de Richard lui fit chaud au cœur.

— C'est bon à savoir. J'étais assez inquiet à ce sujet.

— Moi aussi, marmonna-t-elle. Je ne voulais pas que quelqu'un d'autre soit blessé à cause de moi.

— Je comprends, mais c'est surtout à cause de votre mari.

— Certes, mais tout le monde veut aussi me rendre responsable de sa mort. Vous le savez, n'est-ce pas ?

Il fronça les sourcils, réfléchit, puis haussa les épaules.

— Je pense que oui. Même si, dans une certaine mesure, vous méritez probablement d'être suspectée.

Doreen lui lança un regard noir, mais il lui répondit par un sourire.

— Vous devez admettre que vous avez causé pas mal de chaos et que vous avez froissé pas mal de personnes, ajouta-t-il.

— Oui, mais seulement pour les personnes liées à ces meurtres ou aux affaires non résolues dans lesquelles j'ai été impliquée.

— Oui, je comprends, mais le commun des mortels ne se soucie pas suffisamment de la vérité pour la rechercher. Ce n'est pas grave, puisqu'on ne peut pas le contrôler. Honnêtement, ça finira aussi par passer.

— Il faut que ça passe, maugréa Doreen, et ensuite j'aurai besoin d'une longue pause.

— Si vous arrêtiez de vous intéresser aux affaires non

résolues, vous pourriez avoir cette pause, suggéra-t-il d'un ton enjoué. Alors, vous êtes toujours suspecte ?

Elle acquiesça.

— J'imagine que oui, même si quelqu'un a mis mon téléphone sur écoute, et c'est comme ça qu'ils ont compris que j'allais manger chinois à un moment donné. C'est donc pour ça que Mathew était là, à attendre que je me montre.

Richard la dévisagea.

— Où diable avez-vous laissé votre téléphone pour que quelqu'un puisse faire ça ?

— Je ne sais pas. La seule chose qui me vient à l'esprit, c'est quand j'étais dehors en train de jardiner, devina-t-elle. J'ai toujours mon téléphone avec moi, mais pas toujours quand je jardine. Parfois, je le laisse sur la terrasse ou dans la cuisine, quand je suis à la maison.

— Ou vous avez pu l'égarer pendant un certain temps, dit-il pensivement.

— *C'est vrai.* Ça m'est arrivé il y a quelques jours. Je ne le trouvais pas et j'ignorais où je l'avais mis, mais je savais qu'il était quelque part dans la maison. J'ai fini par le trouver à l'étage. Je suppose que je m'étais levée et que j'étais descendue sans un matin.

Il approuva du chef.

— Ça m'est arrivé une fois ou deux, reconnut-il. Si quelqu'un se trouvait dans les parages et a réussi à mettre la main dessus, en particulier si vous étiez au bord de la rivière, il a dû être aisé d'ajouter un mouchard.

— Peut-être, je suppose que ça n'a pris que peu de temps.

— En effet. Je dirais une dizaine de minutes.

— Dans ce cas, ça a pu se produire lorsque je l'ai égaré. Je n'y ai pas vraiment réfléchi.

— Peut-être que maintenant vous devriez en parler à Mack, pour qu'ils puissent comprendre au moins cette partie.

Elle opina.

— Il est en route, il vient se reposer quelques minutes et manger un morceau, puisque je continue à remplir la morgue.

Richard la dévisagea de nouveau.

— Comment ça ? interrogea-t-il d'une voix prudente.

Doreen grimaça.

— Je viens de trouver le chauffeur de Mathew dans le coffre du véhicule qu'il avait loué.

Elle expliqua rapidement le peu qu'elle savait.

Richard la regarda fixement en secouant la tête.

— Je suis allée parler au jeune du parking et il m'a dit que la Jaguar verte n'avait pas été rendue. Mugs a commencé à fouiller et m'a guidée entre les bennes à ordures, où se trouvait une Jaguar verte abîmée. Le numéro de la plaque d'immatriculation n'était pas celui de la Jaguar attendue au parking. Quelqu'un aurait fini par signaler sa disparition, peut-être même aujourd'hui. Il se trouve que j'étais là.

— *Vous étiez là ?* Vous étiez à sa recherche, il est donc logique que ce soit vous qui l'ayez trouvée.

— C'est le problème. J'ai un détective privé local qui enquête sur de nombreux éléments liés à la mort de Mathew, et les flics cherchaient aussi la voiture de location. Le gardien du parking, qui louait les véhicules, ne la cherchait pas. Pourtant, comme elle n'avait pas été rendue, il l'avait déclarée volée.

Richard acquiesça.

— C'est quand même normal que ce soit vous qui l'ayez trouvée.

— Oui, concéda-t-elle d'un air morose, c'est aussi ce que je pense.

À ce moment-là, le portable de Richard sonna et il annonça :

— Je dois y aller.

Puis sa tête disparut derrière la clôture.

Elle sourit, se disant que Richard était plus amical ces jours-ci, depuis l'affaire avec Roscoe. C'était une bonne chose, il était peut-être temps que certaines des difficultés rencontrées en ville s'atténuent et que les gens soient plus heureux. Du moins, elle l'espérait. Il semblait inutile et triste d'avoir des gens en désaccord tout le temps.

Richard ne s'était pas vraiment disputé avec elle, bien entendu. Peut-être que son caractère grincheux était naturel ou qu'il s'agissait plutôt d'une question d'intimité et d'espace. Elle n'en savait rien. Heureusement, les choses allaient mieux entre eux.

Mis à part la bizarrerie de sa personnalité, elle n'avait aucun problème avec lui. De plus, ce n'était pas à elle de déterminer si cette bizarrerie était bonne ou mauvaise. Richard était ce qu'il était et cela ne la dérangeait pas.

Il ne lui restait plus qu'à accepter que, quoi qu'il se soit passé avec Mathew, quoi qu'il se soit réellement passé, elle ne pouvait rien y faire. Par contre, ce qu'elle *pouvait faire*, elle devait s'y atteler. Et si elle ne pouvait pas changer les choses, c'était là qu'elle devait accepter la situation. Sur ce, elle entendit un bruit devant la maison. Elle sourit aux animaux.

— C'est Mack ?

Mugs courut jusqu'à la porte d'entrée, juste au moment où Mack la franchissait. Elle l'avisa se pencher pour saluer royalement le chien.

— Il t'a vu il y a seulement quelques heures.

— Oui, mais dans une situation différente, nota Mack avec un sourire. Hé, mon grand, tu as fait du bon boulot aujourd'hui.

Mack se tourna alors vers elle.

— Tu as déjà pensé à faire suivre à Mugs une formation en recherche et sauvetage ou en détection de drogue ? Il semble déjà avoir des talents de renifleur de cadavres.

— Tu es sérieux ? s'enquit Doreen, les sourcils froncés.

Le policier acquiesça.

— Pourquoi pas ? Ça pourrait te permettre d'entrer en contact avec les autorités locales sur ce point également. De plus, Mugs a manifestement des atouts à faire valoir dans ce domaine.

— Oui, je n'en suis pas sûre, marmonna-t-elle.

Mack s'esclaffa et ajouta :

— Sois gentille avec lui. Il est assez spécial. Après tout ce qu'il a déjà prouvé, reconnais son mérite.

— Je suis d'accord avec ça, convint Doreen.

Chapitre 19

DOREEN ET MACK étaient installés à l'extérieur, leurs plats chinois réchauffés.

— Tu peux m'en dire un peu plus sur l'affaire ? demanda-t-elle.

— Pas vraiment, répondit le caporal. Tu nous as bien aidés, mais as-tu eu l'occasion de voir le corps ? As-tu reconnu la victime ?

— Je ne l'ai pas reconnu, confirma la jeune femme. J'ai deviné que c'était le détective privé que Mathew avait engagé sur la côte.

Mack opina.

— Tout à fait. Il avait encore sa carte d'identité sur lui.

— À mon avis, il n'a pas dû penser que ce travail serait particulièrement dangereux.

— Peut-être pas, mais il avait des informations sur ta maison et un carnet avec tes allées et venues.

Doreen se figea et détourna lentement son attention de sa bouchée de nourriture pour pencher la tête vers Mack.

— Alors, c'est lui qui a mis mon téléphone sur écoute ?

— C'est fort possible, reconnut le policier, et peut-être aussi le type en colère qui s'est présenté à ta porte. Quoi qu'il en soit, c'est l'hypothèse sur laquelle nous nous basons pour l'instant. Une fois que le médecin légiste aura confirmé l'heure du décès du chauffeur, nous en saurons plus.

Elle se remit à manger.

— Les gens sont incompréhensibles, n'est-ce pas ? songea Doreen.

— En effet, concéda Mack avec un sourire.

— Et on ne sait pas qui en veut à qui. Mon refus de lui parler inquiétait-il tant que ça Mathew ? Bien entendu, ton frère et toi m'aviez prévenue de ne pas lui parler, mais pourquoi aller se cacher à côté de chez M. Woo pendant je ne sais combien de temps, à attendre que je me montre ? marmonna-t-elle. Et pourquoi là ?

— Nous avions encore des alertes actives pour détecter sa présence en ville. Si l'on y réfléchit bien, l'adresse de M. Woo est un peu hors du périmètre. Personne ne s'assoit vraiment à ce coin de rue, et il y a de fortes chances que Mathew ait pu passer inaperçu pendant un bon moment.

— Je suppose, maugréa-t-elle. Quand j'y pense, ça me déroute.

— Pourquoi ? demanda Mack avec curiosité.

Doreen haussa les épaules.

— Mathew n'était pas vraiment du genre à rester planté là et à attendre, plutôt à engager un larbin pour le faire à sa place.

Mack réfléchit un instant et acquiesça.

— C'est un bon point. Mais qui aurait-il engagé ?

— Je ne sais pas. Je me demandais si le chauffeur, son détective privé de Vancouver, n'avait pas tué Mathew. Peut-être que Mathew avait convenu que le détective privé resterait là à m'attendre, mais ils se sont disputés, ça a mal tourné, et Mathew est décédé.

— Peut-être, mais où était Mathew pendant que le détective privé surveillait le restaurant de M. Woo ? Mathew s'est-il contenté de rouler dans la Jaguar louée, en attendant que tu te montres enfin ?

— Est-ce qu'on a au moins une estimation de l'heure et du jour de la mort du détective ? Est-il mort avant ou après Mathew ?

Mack secoua la tête.

— Le médecin légiste y travaille.

— Peut-être que Mathew a tué le détective privé, qu'il a engagé un autre chauffeur, qui l'a ensuite trahi.

— *Hmm*, bien sûr, dans ton monde, trahir les gens est une chose courante, j'imagine.

— Non, pas dans *mon* monde, dans le *sien*, précisa Doreen avec insistance. C'est Mathew qui a choisi de vivre dans un monde où ces trahisons étaient répandues.

— On dirait que ça a fini par lui retomber dessus, n'est-ce pas ? marmonna Mack.

— En effet.

Le caporal fronça les sourcils et demanda :

— Tu es toujours bouleversée par sa mort ?

— Non, ça va mieux, dit-elle prudemment. C'est juste difficile de savoir que quelqu'un qui faisait partie de ta vie est mort d'une manière aussi terrible.

Mack acquiesça, mais ne renchérit pas.

— Je ne suis pas en deuil, ni triste à tort, ou peu importe comment tu veux appeler ça, clarifia-t-elle. C'est juste un tel gâchis, tu vois ? Ce n'était pas nécessaire. Je ne sais pas comment ça a mal tourné, mais ça n'avait pas lieu d'être. Deux hommes morts, et M. Woo qui n'est pas encore sorti d'affaire, et pour quoi ?

— Je suis d'accord avec toi sur ce point, maugréa Mack,

mais la mort et la violence avaient l'air de poursuivre Mathew.

— C'est ça le problème. Il ne s'attendait manifestement pas à une trahison. Il n'était pas armé, je me trompe ?

Elle posa son regard sur Mack, les sourcils arqués.

Mack confirma, néanmoins, il avait l'air perplexe.

— Il ne l'était pas, mais il possédait une arme, non ?

— Il possédait bien une arme, mais je ne sais pas s'il aurait tenté de prendre l'avion avec. Cependant, si le détective privé venait en voiture, Mathew n'aurait pas pris son arme – ou bien il l'aurait donnée au détective privé pour qu'il l'amène avec la voiture. De plus, le détective privé aurait eu sa propre arme, n'est-ce pas ?

— Ce serait logique, murmura Mack en y réfléchissant. Nous n'avons trouvé d'arme sur aucun des deux corps. Le détective privé avait un permis de port d'arme, mais nous ne sommes pas sûrs qu'il l'avait sur lui. Quelqu'un fouille son appartement en ce moment même.

— Qui se trouve sur la côte, c'est ça ?

— Oui, acquiesça-t-il.

— Mathew l'engage donc là-bas, s'arrange pour que le gars vienne en voiture – ou prenne l'avion avant lui – et fasse son travail de repérage à mon sujet. Mathew arrive plus tard en avion, car il n'est pas du genre à faire un long trajet en voiture s'il n'y est pas obligé. C'est tout à fait lui. Le détective privé découvre où je vais, ce qui est déjà effrayant en soi, et Mathew finit par se rendre sur place, bien qu'il soit arrivé en avance, environ deux heures plus tôt. Que ce soit à dessein ou non, Mathew a demandé à ce détective d'attendre que je me présente, puis il est venu prendre sa place, ce qui me parait plus logique. Mais je ne comprends pas vraiment ce qui motive l'autre gars, alors qui sait ? Puis ils se disputent, le détective privé tue Mathew et s'enfuit. Soit la dispute, soit le meurtre était prémédité, et le détective privé raconte ce qu'il s'est passé à son complice. Ensuite, il se fait doubler, assassiner et enfermer dans le coffre de la Jaguar. Et personne ne sait rien.

Mack haussa les épaules.

— Cette hypothèse fonctionne, si on le voit de cette façon, mais on a encore beaucoup de questions en suspens.

— Sans doute, mais je ne suis pas complice de ce détective privé, ce qui devrait me mettre un peu plus à l'abri en tant que suspecte.

— Sauf qu'il avait toutes ces informations sur toi.

— Évidemment. Il était détective privé et avait été chargé de me suivre pour une raison que j'ignore.

Il sourit.

— C'est vrai. Pourtant, c'était potentiellement quelqu'un que tu connaissais et à qui tu aurais pu fournir ces informations.

— Non. Il a obtenu cette information grâce au mouchard téléphonique. Sinon, le coupable n'aurait pas trouvé Mathew derrière le restaurant chinois, puisqu'il aurait pu venir chez moi. Si j'étais impliquée, ça n'aurait aucun sens de le tuer là-bas, n'est-ce pas ?

— Tu as raison, et c'est ce que tout le monde essaie encore de comprendre.

— Bien entendu, répliqua Doreen en levant les yeux au ciel. Vous devez juste admettre que vous n'avez aucune preuve contre moi parce que je n'ai rien fait.

— Je l'entends, mais ce n'est pas aussi facile pour la nouvelle enquêtrice.

— Évidemment, grinça la jeune femme, les deux mains vers le ciel, en secouant la tête. J'espère qu'elle a été engagée avec une période d'essai dans son contrat. C'est vrai que ça devient fatigant.

— Quoi, de ne pas pouvoir enquêter ?

— Oh, mais j'enquête, marmonna-t-elle. C'est évident, puisque j'ai trouvé ce cadavre.

— Ce qui pose un autre problème.

— Oh, quoi maintenant ? Est-ce que j'ai aussi tué le détective privé ?

Mack éclata alors de rire.

— Il y a forcément des gens qui le pensent, indiqua-t-il.

— Bien sûr, les gens qui ne veulent pas s'investir dans la recherche du vrai tueur. Quoi qu'il en soit, je n'ai tué personne, donc ça ne devrait pas entrer en ligne de compte.

— Peut-être pas, reconnut-il avec un sourire, mais on sait qu'une tierce personne s'est trouvée mêlée à cette affaire et qu'à un moment donné, le véhicule a subi des dommages. Ce qu'on doit faire à présent, c'est découvrir qui d'autre se trouvait dans ce véhicule avec le détective au destin malheureux.

— Les caméras de la ville devraient y contribuer, nota Doreen. Personne n'a trouvé le véhicule pendant les jours en question sur les vidéos des caméras de la ville ?

— Pas jusqu'à présent, déclara Mack.

— Et je n'ai vu aucune caméra dans la ruelle où la Jaguar a été abandonnée, marmonna-t-elle. Je suppose que tout le matériel était orienté vers le parking pour surprendre ceux qui auraient pu voler des voitures.

— Exactement.

Mack la regarda alors, et ses lèvres tressaillirent.

— Je suppose que tu sais tout sur le gamin qui surveille le parking ? devina-t-il.

Elle leva les yeux au ciel.

— Je ne sais clairement pas *tout sur lui*, mais je sais certaines choses. Comme le fait qu'il loue des véhicules de luxe, avec ou sans l'accord et la connaissance des propriétaires.

— C'était un tuyau de Bernard ?

— Oui, mais je suppose que c'est une affaire lucrative pour Tony et pour les heureux propriétaires qui étaient au courant de ce travail parallèle et qui ont reçu leur part. Néanmoins, Tony m'a avoué que tous les propriétaires n'étaient pas volontaires ni même informés.

— C'est un emploi secondaire intéressant, souligna Mack. Ce n'est pas la première fois qu'on en entend parler, mais ça ne s'est jamais produit *ici* auparavant. C'est un problème dans les grandes villes.

— *Intéressant*, répéta Doreen. J'imagine que partout où il y a une composante criminelle, il y aura toujours quelqu'un prêt à en profiter.

Mack lui adressa un sourire et confirma :

— Absolument.

— Je ne vois toujours pas l'intérêt. Pourquoi Tony n'a-t-il pas acheté un de ces véhicules de luxe et ne l'a-t-il pas loué lui-même ?

— Pourquoi ? s'enquit Mack. Ensuite, il faut débourser de l'argent, et ces véhicules ne sont pas bon marché.

— Non, c'est sûr, mais Tony n'est pas mon problème.

— À moins que…

— Non, ce n'est pas mon problème, insista-t-elle avec un regard noir. Ça n'a rien à voir avec moi.

— Tu sais qu'Insley doit encore prendre ta déposition, n'est-ce pas ?

Doreen leva les yeux au ciel de plus belle.

— Pourquoi elle ?

— Parce qu'elle dirige l'enquête, répondit-il calmement,

et que ce ne peut être moi.

— Très bien. Je suppose que je dois aller au poste alors, *hein ?*

— Ou elle peut venir ici.

— Non, elle n'a pas besoin de venir ici.

Mack se figea et observa Doreen avec curiosité.

— Je pensais que tu voudrais qu'elle vienne ici, pour que tu n'aies pas à te présenter au commissariat.

— Non, pas du tout. Si elle me traite comme une suspecte, elle peut le faire devant tout le monde. Je ne veux pas d'elle chez moi. C'est mon sanctuaire, mon espace, pour moi et mes amis. Comme j'ai le choix, elle n'appartient pas à cette catégorie, et je ne veux pas d'elle ici.

Mack se cala dans sa chaise et souffla.

— Tu ne l'aimes vraiment pas, pas vrai ?

La jeune femme haussa les épaules.

— Non, je ne l'aime vraiment pas. Pourquoi dois-je continuer à le répéter ?

— Tu as rarement une aversion soudaine pour les gens, alors pourquoi elle ?

— Je suis cette drôle de règle selon laquelle les gens qui me croient capable de tuer deux hommes et d'en blesser un autre sont des personnes que je déteste instantanément.

Mack continua à froncer les sourcils, et elle continua à l'ignorer.

— Tu devras bien me dire la vérité un jour, insista-t-il.

— Non.

Le regard du policier devint noir.

— On ne devrait pas avoir de secrets l'un pour l'autre.

— Étant donné que tu me caches beaucoup de choses, lui rappela-t-elle en pointant sa fourchette dans sa direction, c'est injuste.

Il soupira.

— Je ne parle pas du travail. Je ne peux pas te mettre au courant de tout ça, surtout sur une affaire en cours, et tu le sais.

— Peut-être que tu ne peux pas. Mais il n'est pas juste que tu gardes tous ces secrets et que tu t'attendes à ce que je te dise tout.

Il la fustigea du regard et elle haussa les épaules.

— Et après avoir autant aidé, on pourrait penser qu'*Insley* aurait déjà résolu l'affaire.

— Tu ferais mieux de ne pas dire ça durant l'entretien.

— Tu as planifié ma venue ?

— J'ai planifié un entretien, acquiesça-t-il.

— Tu comptais me le dire ?

— Je l'ai planifié, mais je voulais d'abord te parler.

— Pourquoi l'as-tu planifié au commissariat ?

Il y réfléchit, puis répondit :

— Parce que j'ai pensé que tu préférerais le faire au commissariat.

— Et tu as raison, confirma-t-elle, mais je trouve toujours tout cela très incommodant.

Doreen aurait aimé insister, toutefois, elle ne voulait pas aggraver la situation ni inciter Mack à partir prématurément. Tant qu'ils discutaient, il y avait une chance qu'elle obtienne des informations de sa part. Néanmoins, il ferait de son mieux pour tout protéger. Y compris *elle,* et Doreen ne pouvait pas lui en vouloir. *Enfin, pas vraiment.*

— Bref. Je vais aller au poste et me faire interroger, conclut-elle en levant les yeux au ciel. Peut-être que je devrais commencer à écrire un livre ou quelque chose du genre ? Comme ça, je pourrais raconter tout ce qu'il s'est passé.

— J'espère que non. Ça nuirait à beaucoup de gens dans

le service.

— Oui, enfin, je ne me sens pas vraiment soutenue par les gens du service en ce moment.

Mack la foudroya du regard. Elle haussa les épaules.

— C'est vrai, persista-t-elle.

— Elle ne t'a pas traitée comme une suspecte, lui rappela-t-il.

— Elle m'a dit qu'elle me *soupçonnait* d'avoir assassiné mon mari. Elle a sûrement ajouté la mort du détective privé, ainsi que l'attaque de M. Woo à sa liste.

Mack leva la main.

— Tu es toujours libre de faire ce que tu veux. En y réfléchissant, tu n'as même pas été interrogée.

— C'est parce que personne n'a rien sur moi, s'emporta la jeune femme. Je ne suis pas coupable, tu as oublié ?

— Tu n'es pas coupable, mais on doit quand même respecter la procédure.

Affaissée dans sa chaise, Doreen laissa passer encore une fois, toutefois, elle n'était pas ravie. Elle termina son repas, se leva et entra dans la cuisine, sans rien dire.

Mack s'empressa de la suivre.

— Je ne veux vraiment pas que ça crée un désaccord entre nous, murmura-t-il.

— Bien, parce que moi non plus.

Puis elle fit volte-face et le regarda dans les yeux.

— Mais je ne l'aime *vraiment pas*, ajouta-t-elle.

— J'aimerais que tu me dises pourquoi.

Doreen réfléchit un instant.

— À part le fait qu'elle pense le pire de moi ? Je vais devoir y réfléchir. Je n'ai pas vraiment de réponse pour le moment.

— Fais ça, s'il te plaît, parce que ce serait utile de savoir ce qui te dérange chez elle afin que je puisse comprendre. Si ça se trouve, c'est parce qu'elle fait ce que tu aimerais vraiment faire et que tu ne peux pas.

Elle dévisagea le policier.

— Tu crois que je suis jalouse d'elle parce qu'elle est enquêtrice ?

— C'est l'une des possibilités qui m'ont traversé l'esprit. Je ne dis pas que c'est la bonne. Je ne fais que lancer des suggestions.

— Bien, parce que ça me donnerait l'air incroyablement étroite d'esprit.

Mais il n'avait pas tort. La jeune femme grimaça.

— Ce n'est pas ce que je dis, rectifia-t-il. Mais il est évident que les choses sont un peu plus difficiles dans cette affaire, alors je vais y aller. On s'appelle demain.

Elle l'observa retourner à son véhicule et, alors qu'il s'apprêtait à démarrer, elle lui dit :

— Fais attention sur la route.

— Promis, affirma-t-il avec un sourire.

C'était la seule pacification qu'elle pouvait offrir pour l'instant.

Toujours de mauvaise humeur, elle finit de nettoyer la cuisine et monta se coucher tôt. Un bain chaud lui semblait être ce dont elle avait besoin. L'idéal pour se débarrasser une fois de plus de l'odeur infecte de la mort.

Chapitre 20

Lundi matin...

LE LENDEMAIN MATIN, Doreen fut réveillée de bonne heure par la sonnerie de son téléphone. Elle gémit et se retourna pour l'attraper.

— Allô, dit-elle d'un ton rauque.

— Doreen ? Doreen, c'est vous ? demanda un homme avec un accent prononcé.

— Oh, M. Woo, devina-t-elle en se redressant dans le lit. Je suis ravie d'apprendre que vous allez bien.

— Pas bien, beaucoup de douleurs.

— Oui, je suis vraiment désolée. Je m'en veux d'avoir mis autant de temps à trouver votre message et à venir vous chercher.

— Pas grave. Vous êtes venue. Merci. Merci.

Elle comprit qu'il l'appelait pour la remercier. Elle sourit.

— Je suis juste désolée qu'on ne soit pas arrivés plus vite. Je suis si heureuse de savoir que vous avez survécu. J'étais terriblement inquiète.

— Ça va.

— Avez-vous dit à la police de qui il s'agissait ?

— Non.

— Vous ne vous en souvenez pas ?

— Non, non, je leur ai pas dit.

Quelque chose se tramait.

— OK, alors vous voulez bien me dire pourquoi ?

— Ils ont dit qu'ils me tueraient.

— *Ils ?*

— Oui, oui, confirma-t-il.

— Vous avez vu quelque chose ? Pourquoi vous ont-ils dit ça ? Pourquoi vous ont-ils menacé ?

— Je sais pas ! s'écria le restaurateur. Ils m'ont dit de rien dire, mais j'ai rien vu.

— Vous leur avez dit ça et ils ne vous ont pas cru ?

— Voilà.

— Je suppose qu'ils pensent que vous avez vu celui qui a tué Mathew devant chez vous.

— Mais j'ai même pas vu lui. J'ai vu personne.

— Ils ne vous ont pas cru. Ce que je ne comprends pas, c'est pourquoi ils vous ont laissé la vie sauve.

— Un a reçu un appel et s'est enfui.

— Et l'autre ?

— Il jurait, il a dit quelque chose. Puis… il est parti.

— D'accord, donc un des agresseurs est parti en premier, et ensuite le second est parti aussi ?

— Oui.

La jeune femme réfléchit et demanda :

— Avez-vous vu leur véhicule ?

— Non.

— Les reconnaîtriez-vous ?

— Oui.

— Très bien, je vais venir à l'hôpital. J'ai quelques photos, indiqua-t-elle. Je vous demanderai si c'est l'un de ces hommes.

— OK, je vous attends. Vous venez maintenant ?

— Oui, répondit-elle en cherchant ses vêtements dans la pièce. Je viens de me réveiller, alors laissez-moi une minute pour m'habiller et venir vous voir.

— Pas d'animaux. Pas d'animaux à l'hôpital.

— Oui, je sais. Je vais laisser les animaux à la maison.

— Bien, bien.

M. Woo raccrocha.

Elle fronça les sourcils, puis téléphona à Mack.

— Normalement, je ne devrais pas t'appeler, mais M. Woo vient de me contacter et il ne vous a pas tout dit.

— Quoi ? Mais, je lui ai parlé hier.

— Il a peur. Ils ont dit qu'ils allaient le tuer.

— Ça n'a pas de sens. Il n'a rien vu.

— Je sais. Je lui ai dit que j'avais des photos à lui montrer pour voir si on pouvait identifier les deux hommes de l'équipe de Mathew.

— Deux hommes ?

— Oui.

— C'est quoi ce délire ? Il m'a dit qu'il n'avait vu personne, s'exaspéra Mack. Pourquoi est-ce que tout le monde te raconte tout ?

— Sûrement parce qu'il pense que je suis impliquée ou qu'il a peur que je sois blessée à mon tour.

Mack soupira.

— Je te retrouve à l'hôpital.

Doreen hésita.

— Je ne sais pas s'il parlera en ta présence.

— Il a intérêt, gronda Mack, car j'en ai assez de tout ça. On doit découvrir qui l'a attaqué.

— Il ne sait pas qui, lui rappela-t-elle, et il n'a rien vu

quand Mathew a été tué, mais les deux assaillants semblent penser qu'il a tout vu.

— Ils s'en sont sûrement rendu compte après coup qu'il était là et ils se sont inquiétés.

— Exactement. Mais il a peur. Garde ça à l'esprit.

— Les gens effrayés font toutes sortes de choses. Y compris te jeter dans la fosse aux lions.

La jeune femme ricana.

— Tu peux me retrouver là-bas, mais je ne peux pas te garantir qu'il parlera.

— *Génial,* murmura le policier. Je ne comprends pas comment le travail de la police a pu être mis de côté, puisque tout le monde veut te parler à la place.

— Je ne sais pas. J'imagine qu'il me fait confiance.

— Ou bien il te tend un piège.

— Dans ce cas, c'est une bonne chose que tu sois là. Quelque chose se trame, et on doit découvrir ce qui se passe, conclut-elle.

Sur ce, Doreen s'empressa de s'habiller et, laissant les animaux derrière elle après leur avoir donné le petit déjeuner, se précipita à l'hôpital. Elle y retrouva Mack et lui demanda :

— As-tu une photo du cadavre ?

— Pourquoi ? Tu n'as pas pris de photo ? répliqua le caporal avec ironie, presque sarcasme.

Elle lui lança un regard noir.

— Non, je ne l'ai pas pris en photo, mais ce serait une bonne idée de le montrer à M. Woo.

Mack acquiesça, puis chercha dans son téléphone.

— Voilà ce que j'ai, indiqua-t-il en lui montrant l'écran.

— Il a vraiment l'air mort sur cette photo, marmonna-t-elle en évitant son regard.

— Sûrement parce qu'il l'était, tu te souviens ?

Et, sur ce, Mack ouvrit la voie vers la chambre de M. Woo.

Une fois sur place, elle passa la tête et le vit assis dans son lit, le regard tourné vers la fenêtre.

— M. Woo, le salua-t-elle doucement.

Il se tourna vers elle et souffla :

— Vous êtes venue.

— Bien sûr que je suis venue, déclara Doreen en entrant dans la chambre.

Cependant, le restaurateur avisa Mack et la peur traversa son visage. Elle s'approcha rapidement du lit et attrapa la main de M. Woo pour la tapoter doucement.

— Il devait venir. Il n'y a pas de raison d'avoir peur. Ce n'est que Mack, et il a quelques photos auxquelles vous devriez jeter un coup d'œil.

M. Woo passa son regard de Doreen à Mack et vice-versa.

— Mais, c'est la police.

— Il est de la police, confirma la jeune femme. C'est pourquoi il a besoin de savoir ce qu'il s'est passé.

M. Woo secoua la tête.

— Ils vont revenir et me trouver.

Mack s'avança et montra une photo du visage de l'homme mort.

— Cet homme, c'est celui dont vous avez peur ?

Le restaurateur l'examina, puis opina du chef.

— Oui, celui-là.

— Il ne reviendra pas, précisa Mack. Il est mort.

M. Woo s'affaissa sur l'oreiller et observa Mack avec stupeur.

— Vous n'avez plus à vous soucier de lui, au moins, murmura-t-elle.

Il hocha la tête, puis se tourna vers Mack.

— L'autre ? demanda M. Woo, sa voix s'élevant de peur.

— Nous sommes à sa recherche, mais nous ne savions pas qu'il y avait un deuxième homme parce que personne ne nous en a parlé, répondit Mack, les sourcils froncés.

M. Woo eut l'élégance de prendre un air honteux.

— Ils ont qu'ils me tueraient.

— Pour commencer, je suis surpris qu'ils vous aient laissé la vie sauve.

Le restaurateur opina du chef.

— J'ai expliqué à Doreen. Un homme a reçu un appel et est parti. Le deuxième a dit qu'ils allaient revenir.

— Mais, intervint Doreen, on vous a trouvé juste à temps, et ils n'ont pas eu l'occasion de revenir.

M. Woo hocha la tête.

— Je ne sais pas quand ce type a été tué, reprit-elle en regardant le téléphone de Mack, mais l'image n'était plus sur l'écran. Ce type était un détective privé engagé par Mathew. Donc, pour trouver le deuxième type, vous devez tout dire à Mack cette fois-ci. Chaque détail dont vous vous souvenez.

M. Woo acquiesça lentement.

— Vous allez pas me mettre en prison parce que j'ai menti ? interrogea-t-il avec crainte.

Mack secoua la tête.

— Non. Je ne suis pas là pour mettre des gens bien en prison, mais nous avons besoin de la vérité, de toute la vérité, et tout de suite, s'il vous plaît, avant que quelqu'un d'autre ne soit blessé.

M. Woo hésita, puis Doreen lui tapota à nouveau la main.

— Nous essayons d'arrêter le deuxième homme pour qu'il ne puisse pas revenir vous chercher. C'est important, nous devons donc nous assurer que personne ne peut s'en prendre à vous. Maintenant, dites à Mack tout ce que vous savez.

— Personne va revenir. C'est bien. Personne va revenir.

Doreen sourit.

— Oui, alors aidez-nous à comprendre ce qu'il s'est passé.

— Ils ont dit quelque chose sur Mathew, mais je sais pas quoi, soupira le restaurateur.

— Ils ont dit son nom ? Ils ont vraiment dit *Mathew ?* questionna Mack.

M. Woo acquiesça.

— Quelque chose comme *Mathew l'a pas.*

Mack posa son regard sur Doreen.

— Mathew t'a donné quelque chose ?

— Non, bien sûr que non. Tu te souviens que je ne l'ai pas vu ce jour-là ? dit-elle.

Elle se tourna vers M. Woo et demanda :

— Les deux agresseurs ont-ils cité mon nom ?

M. Woo secoua la tête.

— Non, ils ont pas dit *Doreen,* mais ils ont dit qu'il fallait le trouver avant *cette femme.*

— Ils devaient sûrement parler de moi, marmonna-t-elle.

Mack lança un regard noir à la jeune femme.

— Donc, une fois de plus, tu es au beau milieu des ennuis.

— Mais il y a beaucoup trop d'échos au cas de Robin, riposta-t-elle en fixant Mack du regard. Alors qu'est-ce qu'ils cherchaient ? Avez-vous trouvé une mallette ou quelque chose de ce genre avec le cadavre de Mathew ?

— Non, rien, répondit le caporal.

— Et si les deux agresseurs l'avaient à ce moment-là, il n'était pas nécessaire d'attaquer M. Woo.

— Exactement.

— Aucune raison, mais ils sont venus, renchérit M. Woo.

— Une fois qu'ils ont compris que votre boutique était ouverte, ils ont eu peur que vous ayez vu ou entendu quelque chose lorsque Mathew a été tué non loin de là.

— Rien entendu ! s'écria-t-il. Rien entendu.

Doreen lui adressa un sourire.

— Et c'est une bonne chose. Si vous aviez entendu quelque chose, ils auraient été encore plus agressifs.

— Rien vu, marmonna-t-il. C'est la règle. Rien voir, rien dire.

La jeune femme soupira.

— Et pourtant, cette fois-ci, ce n'est pas la bonne solution.

Il la regarda en fronçant les sourcils.

— Ont-ils dit autre chose lorsqu'ils se sont parlé ? Ont-ils évoqué quelqu'un ou quelque chose d'autre ? Même si vous n'avez pas compris. Tout peut être utile, insista-t-elle. Nous devons trouver l'autre homme avant qu'il ne revienne.

M. Woo se mit à trembler.

— Ils ont parlé. Beaucoup. Quelque chose comme *développement des affaires*. Ils ont besoin de quelque chose, Mathew devait leur donner, mais ils ont pas eu. Ensuite, ils ont tué Mathew et ils peuvent plus l'avoir.

Doreen hocha la tête.

— Est-ce que tu as compris ? demanda Mack en examinant Doreen.

— Je pense, mais je ne sais pas exactement ce qu'ils cherchaient. Si je cherchais des documents commerciaux, je remonterais probablement à la source, et ça... Oh non. Reggie !

Elle fronça les sourcils et sortit son téléphone.

— Je dois m'assurer qu'il va bien, ajouta-t-elle.

— Attends, intervint Mack. Laisse-nous lui parler.

La jeune femme le fusilla du regard.

— Reggie est quelqu'un de bien.

— Peut-être, peut-être pas. Peu importe, mais assurons-nous qu'il n'y ait plus d'assaillant aux trousses de M. Woo.

Elle acquiesça.

— Non, je ne veux pas que ça arrive non plus.

Mack se détendit un peu, puis demanda à M. Woo :

— Ont-ils dit ce qu'ils cherchaient quand ils vous ont frappé ?

Le restaurateur secoua la tête.

— Non, ils ont répété que je dois rien dire, et j'ai dit que j'ai rien vu et je sais rien.

— Pourtant, ils ne vous ont pas cru.

— Non, et ils attendaient, ajouta M. Woo. Ils atten-daient quelque chose.

— Ce coup de téléphone probablement, devina Doreen.

— Oui, je pense, et puis ils sont partis, précisa M. Woo.

— Et je me demande quel était l'objet de ce coup de fil ? s'enquit Doreen en se tournant vers Mack.

— Une personne qui a peut-être trouvé quelque chose ? Qui leur a demandé s'ils ont retrouvé les documents com-merciaux ? Mais qui a passé ce coup de fil ? renchérit Mack.

— Peut-être que quelqu'un d'autre cherchait les docu-ments commerciaux ? proposa Doreen.

— Je sais pas, bougonna M. Woo. J'ai mal à la tête maintenant.

Il gémit et se glissa sous les couvertures du lit.

— Vous partez. Maintenant. Vous trouvez méchants hommes, pour que je rentre chez moi.

— Oui, bonne idée, approuva Doreen avec un sourire. Vous restez ici, en sécurité.

— J'ai des affaires à gérer.

— C'est une bonne affaire. Croyez-moi, tout le monde souhaite que vous vous remettiez sur pied.

Le restaurateur sourit.

— Bien, bien. Je prépare de la cuisine chinoise, beaucoup pour tout le monde quand je reviendrai.

— Tout le monde en sera ravi, s'esclaffa Doreen.

Dès qu'ils furent de nouveau à l'extérieur, la jeune femme fut soulagée de voir un policier monter la garde. Elle se tourna vers Mack.

— Tu as une idée de ce qu'il se passe ? demanda-t-elle.

— Non, mais apparemment, ils avaient prévu de rencontrer Mathew, qui était censé leur donner quelque chose, ou bien ils pensaient qu'il avait quelque chose qu'ils voulaient, supposa le policier en haussant les épaules. Et soit Mathew les a doublés, soit il avait prévu de les trahir de toute façon, et peut-être qu'ils ont pensé qu'ils pourraient obtenir ce qu'ils voulaient ailleurs.

— Certes, mais il y a beaucoup de *quelque chose* et de *peut-être* là-dedans.

Il lui lança un regard noir.

— Je sais. Dans quel domaine Mathew travaillait-il ?

— Art, bijoux, développement des affaires, développement des propriétés, toutes sortes de choses, répondit Doreen. Il possédait un bien, qu'il voulait leur donner pour se sortir des ennuis ou quelque chose comme ça… peut-être ?

Elle haussa les épaules, sachant que ses spéculations avaient autant de failles que celles de Mack.

— Peut-être un transfert de titre ? Qui sait ? murmura-t-elle. Surtout avec ces gars-là.

— Tout à fait, approuva Mack, surtout avec ces gars-là, il y a toujours quelque chose qui cloche.

— Mais ce n'est pas ma faute.

— C'est vrai, s'esclaffa-t-il. *Cette* fois, ce n'est pas ta faute.

Doreen leva les yeux au ciel.

— *Cette fois ?* Pitié. La plupart du temps, ce n'est pas ma faute.

— Je ne discuterai pas sur ce point, mais ce serait bien si on pouvait obtenir un peu plus d'informations à ce sujet.

— Si une personne en a doublé une autre, commença-t-elle, je n'ai aucun problème à supposer que Mathew était impliqué. C'est le genre de marché qu'il aurait conclu. S'il avait une dette envers quelqu'un et qu'il lui donnait un bien, peut-être à la place d'une somme d'argent, je l'imagine parfaitement le céder – ou dire qu'il va le céder –, mais en réalité le céder à quelqu'un d'autre… Comme un concurrent. En fait, je ne serais pas étonnée que Mathew ait vendu un bien à deux personnes différentes, sans lien entre elles, et qu'il s'en tire en douce.

Mack afficha une mine perplexe.

— S'il a fonctionné comme ça pendant des années, il n'est pas étonnant qu'il soit mort. Qui est au courant de ça ?

— Son avocat, Roger. Tu devrais lui parler.

— On lui a parlé, mais cet avocat ne s'occupait que de ses affaires personnelles, comme votre divorce, il n'avait rien à voir avec les affaires de Mathew. Apparemment, Mathew avait un autre avocat pour les affaires, mais celui-ci ne veut pas nous parler.

— Évidemment.

— Il ne nous parlera pas, tant que nous n'aurons pas obtenu des informations qui nous permettront d'ouvrir un peu plus la porte. Savoir que Mathew est impliqué dans des affaires louches annule la clause de confidentialité de leur contrat.

— C'est normal, je suppose, murmura Doreen. Les loups ne se mangent pas entre eux.

— Tu crois vraiment que les loups ne se mangent pas entre eux ?

— Non, surtout si Mathew avait vraiment de gros problèmes financiers. Pourtant, je ne comprends pas pourquoi il voulait me parler. Il serait *logique* que tous les documents soient prêts s'il était déjà en train de vendre quelque chose, ou de transférer un bien. Mais pourquoi vouloir me voir ? Ce n'est pas comme si j'avais des biens qu'il pouvait me prendre. En fait, avec le divorce, comme me l'a dit Nick, Mathew aurait dû me transférer des biens, et non pas me *les prendre*. Néanmoins, pendant notre mariage, je signais toujours les documents que Mathew me présentait, ce qui n'arriverait plus maintenant. Donc, le jour où il était ici, si je décidais de ne pas signer, de ne pas être sympathique, alors peut-être qu'il aurait décidé de s'en débarrasser et de le vendre à quelqu'un d'autre.

— Peut-être, concéda Mack, mais on suppose que Mathew a dû passer une *sorte* de marché, quelle que soit la monnaie d'échange, qu'il s'agisse de drogue ou même simplement d'argent.

— Tu as raison, mais il n'avait pas d'ordinateur portable, pas sur la scène de crime. Pourtant, d'après Tony, le gamin du parking, Mathew avait une mallette quand Tony l'a vu.

— Quand l'a-t-il vu ?

— Tony a conduit la Jaguar à l'aéroport et l'a remise là-bas.

— Quoi ? s'étonna Mack, se tournant vers elle.

— Tu n'étais pas au courant ?

— Non, je n'étais pas au courant, confirma le policier. Je pensais que la remise des clés avait eu lieu sur le parking.

— Non, Tony a emmené la Jaguar à l'aéroport et a remis les clés là-bas.

— Comment est-il revenu ? interrogea Mack.

Doreen réfléchit.

— Je ne sais pas. Il doit avoir une combine. Ce n'est pas étonnant que les clients ne viennent pas directement au parking, fit-elle remarquer. Il a peut-être appelé un taxi ou un de ses amis. Je n'en sais rien.

Elle fronça ensuite les sourcils, son regard tourné vers Mack.

— Quelle est la probabilité que Tony soit plus impliqué qu'il ne le laisse entendre ? interrogea-t-elle.

— Je ne sais pas, mais les enjeux sont bien plus importants que Tony ne le pense. Donc, s'il est mêlé à tout ça, il n'a probablement aucune idée de l'ampleur que prendront les choses avant que tout ne soit terminé, marmonna Mack. Il y a de fortes chances que la vie de ce gamin soit en danger.

— On doit découvrir comment il est rentré de l'aéroport.

— En effet.

Mack avait déjà sorti son téléphone et parlait à quelqu'un. Alors, il se tourna vers Doreen.

— Le bureau m'a dit que le gamin a été relâché, et ils supposent qu'il est rentré chez lui.

Le caporal observa son téléphone, passa en revue quelques SMS et annonça :

— J'ai une adresse. Je vais aller voir.

Il avisa Doreen et fronça les sourcils.

— Non, tu ne peux pas venir, précisa-t-il.

— *D'accord*, dit-elle avec dédain, les sourcils froncés elle aussi. Pas besoin de t'en réjouir.

Mack lui adressa un large sourire.

— Hé, je te protège, c'est tout.

— Je ne suis pas en danger.

— Vraiment ? Tu penses vraiment que, de toute cette affaire, tu n'es pas la personne sur laquelle tout le monde veut mettre la main pour obtenir des réponses ?

— Mais je n'ai pas de réponses, se défendit Doreen.

— Je ne pense pas que ces personnes en ont quelque chose à faire. Les agresseurs cherchent quelque chose, et s'ils se rendent compte que Mathew t'a vue ou a essayé de te voir, tu es la prochaine vers qui ils se tourneront.

Elle le fixa du regard un long moment, puis acquiesça.

— C'est logique, et on ne sait toujours pas qui est le deuxième homme qui a agressé M. Woo.

— Merci, répondit-il en levant les yeux au ciel de frustration.

Doreen chassa son sarcasme d'un revers de la main.

— Tout ça finira par avoir un sens à terme. Je pense que c'est le détective privé de Vancouver qui a frappé à ma porte. Mais je n'ai pas eu un bon visuel. Je n'ai vu que son profil et sa corpulence. Je ne pourrais pas comparer à l'homme retrouvé dans le coffre de la Jaguar, sauf s'il se tenait debout. De plus, c'était difficile de voir son visage dans le coffre — et je ne l'ai pas touché, bien sûr. Je suppose donc qu'il s'agit du détective de Mathew. Tu pourras sûrement faire correspondre ma vidéo avec son profil à la morgue.

Elle regarda Mack pour confirmer, et il hocha la tête.

— Oui, on a procédé à une reconnaissance faciale, et la

correspondance était suffisamment bonne pour confirmer que le détective privé de Mathew était l'homme en colère qui s'est présenté à ta porte.

Doreen soupira et poursuivit.

— Merci. Je comprends. Tu es cette personne qui a une vue d'ensemble et qui comprend beaucoup plus de choses que moi, mais c'est moi qui ai besoin que les choses rentrent dans leur petite boîte dans ma tête.

Mack soupira à son tour et passa son bras autour de ses épaules, tandis qu'ils traversaient le parking de l'hôpital. Il l'attira contre lui et déposa un doux baiser sur son front.

— Je suis vraiment inquiet parce que les choses en sont au point où elles pourraient potentiellement exploser. Il est donc très important que tu restes en sécurité.

— J'y compte bien, dit-elle.

Le policier la dévisagea et elle haussa les épaules.

— Je sais, ce que je prévois ne marche pas toujours, mais j'essaie.

— En effet, et on ne veut pas que la situation s'aggrave. On a deux morts et une victime d'agression, on a donc besoin de réponses.

— Oui, j'ai compris. Les réponses sont la clé. Même si je déteste demander ça, avez-vous essayé d'utiliser mon téléphone pour les piéger ou pour me piéger ?

— On en discute, mais personne au bureau n'a envie de s'y résoudre, reconnut-il.

Doreen sourit.

— C'est bon à savoir. Mais ce n'est sûrement pas très malin.

Il haussa les épaules.

— Ton téléphone est dans mon véhicule, mais je ne suis pas encore prêt à le donner.

Elle le dévisagea, puis porta son regard sur le pick-up du caporal.

— Ce qui veut dire que quelqu'un pourrait te suivre, répliqua-t-elle.

— Peut-être. Pourquoi ?

— Ce mouchard dans mon téléphone te met dans une position dangereuse, s'ils découvrent que c'est *toi* qui as mon téléphone, et non moi.

Mack la fixa d'un regard sombre.

— Dans ce cas, je ne veux pas que tu sois près de moi pour te laisser entraîner là-dedans.

— Et pourtant, c'est à ce moment-là que tu *pourrais* veiller sur moi, fit-elle remarquer avec un petit rire.

Même s'il était difficile de faire place à l'humour, cela faisait partie de leur relation, et elle était prête à tout pour maintenir le statu quo, au moins pour le moment.

Il secoua la tête.

— On doit assurer ta sécurité. C'est primordial.

— *Hmm*, je n'en suis pas si sûre, riposta-t-elle. Pour moi, il est primordial de découvrir qui tue ces gens.

— Pas au risque de te blesser, conclut-il en lui donnant une petite tape sur le nez.

Doreen sourit, mais au même moment, un cri retentit de l'autre côté du parking. Elle fit volte-face et avisa le jeune homme du parking.

Chapitre 21

D OREEN MARCHA EN direction du jeune homme, Mack sur ses talons.

— Tony, qu'est-ce que vous faites ici ? demanda-t-elle.

— Je vous cherchais. Les flics m'ont dit que je pouvais vous trouver ici. Je… eh bien… je me suis dit que je ferais mieux de vous en dire plus.

— Oui, vous feriez mieux, affirma Mack, son ton se durcissant à nouveau.

Le gamin passa son regard nerveux du policier à Doreen.

— Est-ce qu'il va me faire du mal ?

— Non, bien sûr que non, le rassura-t-elle, mais *je* pourrais si vous ne parlez pas.

Tony la dévisagea, puis revint à Mack, qui se contenta de soupirer.

— Ne vous inquiétez pas, mon petit. Elle plaisante.

La jeune femme se tourna vers le caporal et s'enquit :

— Tu crois ?

— Oui, insista-t-il en lui adressant un regard noir.

Elle haussa les épaules.

— D'accord, d'accord. Je plaisante, marmonna-t-elle, mais on a besoin de réponses et, jusqu'à présent, tout le monde tourne autour du pot. Alors, comment êtes-vous retourné en ville après avoir déposé la Jaguar ?

— Ils m'ont raccompagné, répondit-il en la regardant.

Doreen se figea, le regard fixe.

— Vous avez livré la Jaguar à l'aéroport, puis ils vous ont ramené au parking ?

— Oui. Comment aurais-je pu rentrer autrement ? Je m'apprêtais à appeler un taxi, mais ils n'ont pas voulu, alors ils m'ont déposé.

— Oh.

Elle se demanda comment tout cela s'inscrivait dans ce désordre. Elle se tourna vers Mack.

— À toi de jouer.

Il secoua la tête, pivotant vers le gamin.

— Je préférerais entendre ce que vous aviez à dire de si important que vous nous avez cherchés partout.

Tony grimaça visiblement.

— J'ai entendu quelque chose quand j'étais dans la voiture avec eux. Ils discutaient entre eux, j'avais mis mes écouteurs pour écouter de la musique, comme je le fais toujours. À mon avis, ils ont oublié ma présence, ou que je pouvais encore les entendre.

— En effet, mais ça pourrait expliquer en partie pourquoi le conducteur a été tué.

Tony la regarda avec stupeur.

— Vous pensez ? s'enquit-il.

— Je ne sais pas ce que je pense pour l'instant, maugréa-t-elle. Continuez.

Tony haussa les épaules.

— Je ne suis sûr de rien, mais ils élaboraient des plans. Le type à l'arrière a dit quelque chose comme quoi, *après vous avoir parlé, si ça ne marchait pas, il pourrait faire marche arrière, mais si ça marchait, ce serait quand même mieux à long terme.*

— A-t-il dit de quoi il parlait ?

Tony haussa les épaules, secoua la tête et ajouta :

— Quelque chose à propos d'une propriété.

Le regard du jeune homme se fit penaud.

— Je pensais que vous étiez au courant parce qu'il avait l'air de penser que ça vous concernait.

— Comme quoi ? demanda-t-elle.

Tony prit une grande inspiration.

— Il se peut que quelqu'un veuille quelque chose à votre nom et qu'il essaie de vous faire signer ou d'annuler le divorce, ou de vous mettre la main dessus et de vous forcer à signer.

Doreen, choquée, eut un mouvement de recul.

— Comment ? s'offusqua-t-elle.

— *Enfin,* quelque chose commence à avoir du sens, déclara Mack, la voix sombre, mais légèrement empreinte de satisfaction.

Elle se tourna vers lui, les sourcils froncés.

— Je suis contente que ça ait du sens pour toi, parce que ça n'en a pas pour moi.

— Y a-t-il des biens à ton nom ? lui demanda-t-il.

— Pas que je sache, répondit Doreen en haussant les épaules.

— Comme tu n'en savais rien, tu n'as sûrement pas demandé à Nick de faire des recherches pour le divorce à l'époque non plus.

— Non, pourquoi aurais-je fait ça ? Si j'avais su que je possédais quoi que ce soit, pourquoi serais-je venue habiter ici et me serais-je débrouillée comme j'ai pu, avec l'argent que Nan avait caché secrètement dans ma cuisine ?

— Qui sait pourquoi Mathew a mis des biens à ton nom ou même quand ça s'est produit. Mais lorsque les procédures du divorce ont commencé, Mathew a dû se rendre compte qu'il risquait d'avoir des ennuis, une fois l'affaire révélée, et que tu n'allais probablement pas lui céder le bien comme ça. Par ailleurs, il est tout à fait possible qu'il ait eu besoin de vendre ce bien pour se débarrasser d'une dette. Peut-être que quelqu'un voulait l'acheter à Mathew, qui n'était pas prêt à lui vendre, ou qui voulait l'échanger contre de l'argent que Mathew lui devait, et les choses se sont envenimées. Alors, il est sûrement venu ici pour avoir ta signature, et, si tu ne signais pas, il allait avoir des ennuis.

— Sauf qu'au final, il arrivait toujours à s'en sortir, que j'aie signé ou non.

— Comment ? Pourquoi ?

— Parce qu'il imitait ma signature.

Mack fronça les sourcils.

— Tu plaisantes ? Il aurait fait ça, même sur un document juridique ?

— *Surtout* sur un document juridique. Il l'a déjà fait auparavant, affirma-t-elle. Je n'y prêtais pas attention à l'époque, mais honnêtement, les choses étaient très différentes à ce moment-là. J'étais très différente. Mais maintenant ? Tout ça me fait réfléchir.

— C'est intéressant. La signature n'était peut-être pas suffisante pour passer devant un tribunal, surtout quand on sait qu'il y a un divorce en cours, mais peut-être assez pour se débarrasser de ces gens.

— Mais si ces gens ont fini par le découvrir, ne seraient-ils pas revenus chercher Mathew ?

— Peut-être, mais peut-être que d'ici là, il aurait trouvé assez d'argent pour se sortir du gouffre financier dans lequel il se trouvait.

Elle acquiesça lentement.

— Je me souviens d'une affaire dans laquelle il était impliqué et qui ne se passait pas bien, mais c'était il y a longtemps, juste avant qu'on se sépare.

— J'imagine, et il aurait pu tenir les investisseurs à l'écart pendant un bon moment. Cependant, avec le divorce, si un investisseur a vent de l'affaire, tous les investisseurs deviennent nerveux, suggéra Mack.

— Il est tout à fait possible que ce soit ce qui a fait de cette affaire un problème majeur.

Doreen dévisagea Mack en hochant la tête.

— D'une certaine manière, c'est logique, mais d'une autre, ça ne l'est pas, ajouta-t-elle.

— Dis-moi ce qui te gêne.

Elle haussa les épaules et répondit :

— S'il avait déjà imité ma signature une fois… peut-être que ça ne marcherait pas une deuxième fois.

La jeune femme pensa à la main de Mathew la dernière fois qu'elle l'avait vu.

— La dernière fois que j'ai vu Mathew, sa main était bandée.

— Il s'était blessé ?

— Peut-être ? Je ne sais pas, mais Reggie a aussi dit que Mathew s'était blessé à la main.

— Dans ce cas, la fausse signature n'était pas suffisante pour passer la procédure légale, du moins elle ne correspondait pas à l'ancienne fausse signature. Peut-être que son propre avocat n'a même pas voulu s'en occuper et qu'il voulait une meilleure signature.

— Il avait juste besoin d'un avocat encore plus véreux.

— Certes, mais Robin est morte.

Doreen grimaça à l'évocation de l'amante de son mari et de sa propre avocate anciennement en charge du divorce. Elle soupira, puis se tourna vers le gamin.

— Si seulement vous nous l'aviez dit hier.

Tony haussa les épaules.

— Je n'avais même pas l'intention de vous le dire aujourd'hui, reconnut-il, mais j'ai paniqué quand j'ai pensé au type dans le coffre. Je me suis rendu compte que j'avais peur d'avoir des ennuis pour les voitures, mais ça n'aura plus d'importance si celui qui l'a tué pense que je sais quelque chose.

Le jeune homme esquissa un sourire triste.

— Exactement, confirma Doreen. Vous avez bien fait.

Tony observa Mack, puis Doreen, et demanda :

— Alors, je suis tiré d'affaire ?

— Tiré d'affaire pour quoi ? s'enquit Mack en le regardant fixement.

— Pour les locations.

— Non, pas du tout, et même si vous l'étiez, pensez-vous vraiment que ces propriétaires de voitures ne vous tomberont pas dessus ?

Tony grimaça.

— J'espérais que vous pourriez leur dire que ça n'arrivera plus, tenta le jeune homme.

— Certes, mais il reste le problème d'une Jaguar abîmée dont le coffre a besoin d'être nettoyé de fond en comble. À mon avis, la compagnie d'assurance du propriétaire ne laissera pas passer ça.

Chapitre 22

DOREEN FRANCHIT LA porte d'entrée de sa maison et ses animaux l'accueillirent comme si elle était partie depuis des jours. Elle se pencha en riant.

— Salut, les gars. Je suis désolée. C'était une visite matinale à l'hôpital, pas vrai ?

Mugs aboya et courut en cercle autour de sa maîtresse, ce qui la fit sourire. Elle se dirigea vers la cuisine et prit conscience qu'elle n'avait pas encore bu de café. Elle prépara rapidement une cafetière et ouvrit la porte arrière, invitant tout le monde à sortir.

Dès que Mugs fut libre, il se précipita vers le buisson le plus proche et vida sa vessie.

— Désolée, mon grand, soupira-t-elle. J'aurais dû te laisser dehors plus longtemps avant de partir.

Elle vérifia en vitesse qu'il n'y avait pas d'accident dans la maison et n'en trouva aucun, ce qui était déjà une bonne chose. Elle ne leur en voudrait pas s'ils avaient eu un problème, puisque c'était de sa faute si elle était partie si vite.

Une tasse de café à la main, elle sortit, s'assit avec son carnet et commença à rédiger des notes sur ce qu'il venait de se passer. Elle était persuadée que Robin était impliquée d'une manière ou d'une autre dans toute cette histoire, mais comme elle n'était plus de ce monde et qu'elle se trouvait sûrement au même endroit que son ex, il était difficile d'imaginer que Doreen puisse obtenir des réponses à ce sujet.

La jeune femme retourna donc à son bureau dans la cuisine et passa en revue tous les documents relatifs au divorce que Robin lui avait laissés, espérant y trouver quelque chose de bien ficelé qui clarifierait les choses, mais cela ne fut pas le cas.

Les choses n'étaient jamais aussi simples. On aurait dit que Mathew et Robin avaient laissé ce chaos afin de voir si Doreen pouvait le résoudre d'une manière ou d'une autre, comme si elle avait toutes les réponses, alors qu'ils riaient dans leurs tombes. Doreen ne savait même pas quoi dire à ce sujet, toutefois elle retourna dans le jardin avec son carnet de notes pour mettre à jour ses informations, y compris les commentaires de ce gamin, Tony. Elle se demandait encore s'il était plus impliqué qu'il ne le laissait entendre ou s'il était vraiment assez naïf pour penser qu'avouer quelques détails le tirerait d'affaire.

Même si la compagnie d'assurance de la Jaguar le laissait tranquille, elle avait du mal à imaginer que tous ces riches propriétaires ne le poursuivent pas pour avoir utilisé leurs véhicules coûteux à des fins personnelles. Au moins, ils voudraient leur part du gâteau. Selon elle, certains s'en moqueraient, surtout s'ils avaient déjà été payés, car c'était juste une autre façon de gagner de l'argent.

Néanmoins, elle supposait qu'une bonne partie d'entre eux seraient horrifiés par ce qu'il s'était passé. C'était assurément un aspect à prendre en compte, si un jour elle en venait à avoir besoin d'entreposer son véhicule. Ce ne serait certainement pas dans un tel endroit. Même si elle n'avait pas l'intention d'aller où que ce soit de sitôt. D'ailleurs, personne ne voudrait louer sa vieille voiture.

Une fois sa première tasse de café avalée et les animaux en train de se rouler dans l'herbe, qui profitaient de la journée tranquille et de l'extérieur, Doreen se leva et se servit une deuxième tasse. Elle espérait que Mack la rappellerait, mais, le connaissant, il attendrait la dernière minute avant de la contacter, surtout s'il devait la tenir informée.

Nick avait peut-être la réponse à la question qu'elle se posait. Elle fronça les sourcils, se demandant si elle devait le déranger pour ça. Comment pouvait-elle continuer à lui demander de faire ceci et cela alors qu'elle n'aurait peut-être jamais assez d'argent pour le payer ? Elle ne voulait pas profiter de lui. Même si les antiquités de Nan lui rapporteraient de l'argent à un moment ou à un autre, elle connaissait la rengaine : *le chèque a été posté.*

Elle décida de demander à Nick et, s'il refusait, ce ne serait pas un problème. Elle prit son téléphone et l'appela.

— Salut, qu'est-ce que tu manigances ? interrogea Nick. J'ai essayé de joindre mon frère, mais je me suis dit qu'il s'était passé quelque chose puisqu'il ne répond pas.

— Il n'a sûrement pas le temps de te répondre, devina-t-elle, avant de le mettre au courant des événements de la matinée.

— Wouah. C'est un bon progrès. On dirait que les choses s'accélèrent vraiment.

— En effet, mais à tout moment ça peut dégénérer. On doit juste continuer à faire circuler l'information.

— OK, et il y avait une raison précise à ton appel ? s'enquit Nick.

— Oui. L'une des théories que nous avons est qu'il pourrait y avoir des biens de Mathew à mon nom dont je n'étais pas au courant.

— Comment pourrais-tu ne pas être au courant ?

Elle hésita, puis, embarrassée, chuchota :

— Parce que je signais des papiers aveuglément. Il n'aimait pas qu'on lui pose des questions, et j'ai fini par me rendre compte que ma vie était plus simple si je faisais ce qu'il me demandait. Et, pire encore, Mathew n'hésitait pas à imiter ma signature.

Un long moment de silence s'installa à l'autre bout du fil, puis Nick poussa un profond soupir.

— Tu m'as dit que tu n'avais aucun bien à ton nom.

— À l'exception de cette maison que Nan m'a léguée, c'est bien ça.

— D'accord. Je vais voir ce que je peux trouver.

Nick raccrocha.

Il n'avait pas demandé de paiement, mais elle était encore plus déterminée à lui offrir quelque chose lorsque tout serait terminé, à condition qu'elle ait quelque chose à offrir. Elle devait se rappeler de ne pas être trop gourmande à ce moment-là, car c'est alors que les gens s'énervaient. Sur ce, elle pensa à Reggie. Elle lui téléphona et lorsqu'il répondit, il avait l'air fatigué, épuisé.

— Bonjour, Reggie. Je suis vraiment désolée de vous déranger. Et vous avez l'air d'avoir passé deux jours difficiles.

— Oh mon Dieu, épuisants vous voulez dire. Entre la police – qui s'est présentée et a pratiquement mis la maison à sac –, suivie d'une flopée d'avocats, d'associés et de promoteurs, puis tous les autres qui m'ont appelé, à la recherche d'informations et d'argent, ça a été assez dur.

— Aïe. Je suis désolée. Ça doit être terrible. Avez-vous parlé à Roger, l'avocat de Mathew ?

— Un peu, et il m'a dit que j'étais inclus dans le testament, mais, jusqu'à la lecture de celui-ci, il ne me dira pas combien je toucherai.

— Je vois, et bien entendu, nous ne faisons pas confiance à Mathew à ce stade.

— En effet, convint joyeusement Reggie. Il fut aussi un temps où je mettais des biens à mon nom pour lui éviter de payer des impôts, puis je les lui transférais plus tard. Ensuite, il vendait le bien et l'argent disparaissait curieusement. Avec le recul, je me dis que j'ai fait beaucoup de choses de ce genre, ou bien je l'ai supporté. Aujourd'hui, je regrette de l'avoir fait.

— Je vous comprends.

— Quoi qu'il en soit, j'espère que Mathew se souviendra de tout ce que j'ai fait pour lui et qu'il ne m'arnaquera pas, comme il l'a fait pour tant d'autres. Bien sûr, vous êtes la mieux placée pour le savoir, s'esclaffa Reggie, puisque vous avez fait la même chose.

Après un moment de silence, il demanda :

— N'est-ce pas ?

Son ton était étrange et Doreen en avait la chair de poule.

— J'ai signé beaucoup de choses parce qu'il le voulait, et je ne signais pas les documents parce qu'il trouvait cela insultant. Franchement, ça ne valait pas la peine d'en subir les conséquences potentielles. Mais je n'étais clairement pas consciente à l'époque que je signais des biens dans le but de les mettre à mon nom ou de les transférer à quelqu'un, murmura-t-elle.

Il y eut un autre court silence à l'autre bout du fil.

— Wouah, je me demande si c'est la cause de tout ce remue-ménage, lança Reggie.

— De quoi parlez-vous ?

— Certains promoteurs recherchent des documents liés à plusieurs propriétés, mais je ne m'occupe pas des affaires commerciales de Mathew et je continue à les renvoyer vers l'avocat qui s'en occupe. Mais même lui m'a dit de ne plus transférer d'appels, alors je ne sais pas ce que je suis censé faire maintenant.

— Ne répondez plus au téléphone, ou bien annulez votre abonnement téléphonique ? suggéra-t-elle. Je ne sais pas. Je suis curieuse. Est-ce que l'avocat de Mathew s'occupait aussi de vos impôts ?

— Oui, évidemment, gémit Reggie. Oh, mon Dieu. Il s'occupait de mes impôts et il payait les taxes sur tous les transferts de propriété, mais il magouillait sûrement pour obtenir plusieurs crédits d'impôt.

— Oh là là, et je suis certaine maintenant que cette adorable Robin aidait Mathew à faire toutes sortes de choses que nous n'aurions jamais soupçonnées.

— Oui, exactement, jusqu'à sa mort.

— C'est ça. S'il y a quoi que ce soit que vous puissiez faire pour aider la police, plus vite nous tirerons tout cela au clair, plus vite nous pourrons nous assurer qu'aucun de nous n'a d'arriérés d'impôts ou n'ira en prison pour une fraude fiscale dont il n'était même pas au courant, déclara Doreen, la voix montant dans les aigus. Bon sang, est-ce que ça va finir un jour ?

— Et nous n'avons pas besoin de tout ça, affirma Reggie. J'ai toujours fait tout mon possible pour lui, et je suis bien trop vieux pour finir en prison.

— J'entends bien, et ne nous aventurons pas dans cet engrenage tant que nous n'avons pas une meilleure idée de la situation. Néanmoins, étant donné que quelqu'un en avait après lui de manière assez sérieuse, cela me rend très suspicieuse.

Reggie éclata d'un rire hystérique.

— Je me sentirai mieux si j'apprends qu'il m'a laissé un million de dollars pour ma retraite à venir. Dans le contraire, je serai peut-être mieux en prison. Au moins, je ne serais pas à la rue.

— J'espère aussi. Maintenant, essayez de ne pas vous inquiéter. Nous ferons toute la lumière sur cette affaire. Mais s'il vous plaît, rendez-vous service en partageant avec la police tout ce à quoi vous pensez ou ce que vous découvrez. Je sais que vous éprouvez encore une certaine loyauté envers Mathew, mais vous devez penser à vous à ce stade.

Doreen ne put s'empêcher de soupirer lourdement.

— J'ai mes propres problèmes, car il n'a cessé de riposter à chaque étape du divorce…

— En partie parce qu'il pensait que ce n'était pas fini entre vous deux.

— Pourtant, à cause des machinations de Robin, je n'avais qu'une chose à faire : m'en aller.

— Sérieusement ? s'écria-t-il. Vous étiez avec lui depuis le début.

— Je sais, et apparemment c'est pour ça que mon avocat se bat maintenant afin que j'obtienne quelque chose, mais Mathew n'était pas disposé à l'accepter et s'est battu bec et ongles jusqu'au bout.

— Oh, oh, oh, marmonna Reggie, la voix tremblante. Ça n'annonce rien de bon.

— Espérons qu'il a été un meilleur ami pour vous qu'il ne l'a été en tant que mari pour moi. Je ne sais pas comment nous obtiendrons des réponses, jusqu'à la lecture du testament.

— Elle devrait avoir lieu dans quelques jours.

— Ah oui ? Je ne suis pas au courant.

— Vous êtes dans le testament ?

— Je n'en suis pas sûre, répondit Doreen.

Elle haussa machinalement les épaules, même si Reggie ne la voyait pas.

— Je crois que la police a dit que je l'étais, mais je ne sais rien de plus, ajouta-t-elle.

— Je pense que l'avocat vous contactera rapidement. Je ne sais pas si vous pouvez assister à la lecture à distance ou si vous devez être présente.

— Je ne sais pas non plus, mais j'espère que ce sera possible à distance. Dans ces conditions, je serais ravie de ne pas avoir à venir.

— Je serais quand même content de vous voir, souligna Reggie.

La jeune femme sourit.

— Pour résumer, vous êtes le seul élément positif de cette période de ma vie, déclara-t-elle, et vous avez raison. Ce serait formidable de vous voir. De toute façon, je ne veux pas appeler l'avocat moi-même. Je ne veux pas me mêler de tout ça. Cependant, vous devez surveiller vos arrières parce que je ne sais pas exactement ce que Mathew a pu faire pour se tirer d'affaire, et nous sommes tous potentiellement en grand danger.

— Je suis d'accord, affirma Reggie. Mathew avait de sérieux problèmes. Il ne dormait plus et était très inquiet. Il avait découvert quelque chose récemment qui l'a mis dans tous ses états. Je pense que ça a peut-être un rapport avec Robin, mais je n'en sais rien du tout.

Doreen secoua la tête.

— Je n'aime pas dire qu'il l'a mérité, mais avec Robin, il a conclu beaucoup d'affaires malhonnêtes. Apparemment, elle a renversé la situation et a été malhonnête avec lui.

— En effet, confirma Reggie, d'une voix douce. Vers la fin, Mathew n'était pas très clair sur la direction qu'il prenait et sur ce qu'il cherchait. Il a dit qu'il avait fait une grosse erreur avec vous.

— Il ne pouvait rien changer à cette erreur. Je suis une personne très différente aujourd'hui.

— Dieu sait que vous êtes beaucoup mieux sans lui, renchérit Reggie, son ton se faisant plus ferme. En tout cas, je vais boire un verre de whisky et essayer de ne pas penser à tout ça pendant un certain temps. Une fois que tout sera terminé, je devrai peut-être engager un avocat ou qui sais-je pour vérifier mes impôts et tout le reste, afin de m'assurer que je suis libre de tout soupçon. Je ne veux surtout pas aller en prison pour évasion fiscale, fraude ou toute autre chose ridicule.

— Non, moi non plus, dit Doreen en fronçant les sourcils. Je vous rappelle bientôt.

Sur ce, elle raccrocha et s'empressa de rappeler Nick.

— Je n'ai pas encore de réponse à te donner, répondit-il calmement.

— Je sais, et je viens de reparler à Reggie.

Elle lui expliqua rapidement ce qu'il venait de lui dire.

— La vache ! s'exclama Nick.

— C'est grave, non ? devina-t-elle avec une grimace.

— Eh bien, Seigneur, je ne sais même pas quoi dire, mais il est évident qu'on devrait mener une enquête beaucoup plus approfondie.

— Je ne sais vraiment pas quoi dire non plus, marmonna-t-elle. Ce serait une mauvaise nouvelle si Reggie était pris dans cette affaire, sans parler de moi. Mais je ne veux vraiment pas aller en prison pour évasion fiscale à cause des manigances de Mathew.

— Tu n'iras pas en prison, lui confirma Nick d'un ton rassurant.

— Tu dis ça, mais crois-moi quand je dis que Mathew ne pensait qu'à jouer. En plus, il avait Robin qui magouillait en arrière-plan.

— Je comprends, mais je commence à avoir une meilleure idée du problème, à savoir pourquoi il traînait tant des pieds pour le divorce et pourquoi il voulait toujours te parler, sans passer par moi.

— Certes, toutefois Mathew ne m'a rien dit à propos de cette dernière tournure des événements, bien qu'il ait dit à Reggie à plusieurs reprises que je devais signer quelque chose pour lui.

— Je pense qu'il s'est peut-être fait avoir par sa charmante petite amie, l'avocate, ajouta Nick. J'ai vraiment envie d'en rire, mais ça n'arrivera pas tant que je ne serai pas sûr qu'il y a de quoi rire. En même temps, il aurait très bien pu te rouler dans la farine. D'après la loi, vous êtes toujours mariés. Je te rappellerai dès que j'aurai quelque chose.

Nick raccrocha.

Doreen fixa son téléphone du regard, l'estomac noué par le choc et l'inquiétude. Elle leva la tête, jeta un coup d'œil autour d'elle et avisa Mugs.

— Comment je fais pour me retrouver dans de telles situations ? s'écria-t-elle. Quand Mathew arrêtera-t-il de me rouler dans la farine ?

C'est alors qu'une réponse lui parvint de l'autre côté de la clôture.

— Pas avant d'avoir divorcé et attendu au moins une année après ça.

Richard était clairement de mauvaise humeur, et cela

s'entendait à sa voix.

— Comment le savez-vous ?

— Je parle en connaissance de cause, bien sûr, cingla-t-il.

Sa tête apparut par-dessus la clôture.

— Et votre mari ? Dès que je l'ai vu, j'ai su qu'il mijotait quelque chose.

— Je n'en savais rien, déclara Doreen.

— C'était son intention. Ils sont comme ça. Ils sont manipulateurs.

La jeune femme acquiesça lentement.

— Je suppose qu'ils peuvent l'être. Il ne s'est pas avéré être celui que je pensais.

Richard rit.

— Il était ce qu'il voulait être, et il vous a permis de voir ce qu'il voulait que vous voyiez. Pour le reste, il s'amusait comme un fou.

— Vous vous y connaissez en droit fiscal ? Est-ce que j'aurai des ennuis s'il a mis un bien à mon nom et qu'il est ensuite revenu sur sa décision, etc. ?

— Ça dépend de la manière dont il s'y est pris, mais il y a de fortes chances qu'il ne vous arrive rien. Tant que les impôts ont été payés en votre nom et dans les délais, tout devrait bien se passer.

— Je n'étais pas au courant et j'ignore donc si les impôts ont été payés ou non, mais j'ai un avocat qui s'en occupe en ce moment même.

— Bien, nota Richard. J'espère pour vous que tout est réglé.

— Oui, moi aussi, bougonna-t-elle. À part ça, je ne sais pas quoi faire de plus.

— Comment se déroule l'enquête pour meurtre ?

— Nous cherchons la mallette de Mathew, en vain.

— Ceux qui l'ont tué l'ont sûrement prise. Ensuite, s'ils n'ont pas trouvé ce qu'ils cherchaient, ils chercheront la prochaine source d'information.

— Soit Reggie, l'*homme d'affaires* de mon ex. Il s'occupait de la maison et de tout le reste. Il était au service de Mathew depuis très longtemps.

Richard la dévisagea.

— Il était si riche qu'il avait besoin d'un *homme d'affaires* ? Je n'ai jamais entendu parler de ça.

— Oui, mais je ne sais même pas si c'est le bon terme. Il n'était ni son avocat ni son banquier, mais c'est lui qui s'occupait de Mathew.

— Alors, il sait probablement tout.

— Il dit que non.

Son voisin haussa les sourcils.

— Vous lui faites confiance ?

— Oui, bien sûr. Pourquoi ?

Doreen se figea et le fixa du regard.

— Pourquoi lui faire confiance ? Pourquoi feriez-vous confiance à quelqu'un qui a eu quelque chose à voir avec cette période de votre vie ?

— Il est très inquiet. Il a apparemment été impliqué à son insu dans certains transferts de biens immobiliers et autres. Maintenant, il craint de ne même pas être pris en compte dans le testament, pour sa retraite, ce qui a toujours fait partie de leur accord.

Richard ricana.

— Vous pensez qu'il serait innocenté et exonéré de toute accusation s'il avait autorisé tous ces transferts de propriété afin d'économiser des impôts à son employeur ? Malheureusement, ça s'appelle de l'évasion fiscale. Donc, s'il y a pris part, il est coupable d'avoir aidé votre mari au minimum.

La jeune femme ne sut quoi répondre à cela.

— Eh bien, c'est très effrayant, maugréa-t-elle.

Il pouffa.

— Oui, j'espère que vous avez rempli votre déclaration de revenus pour cette année. C'est le cas ?

Elle acquiesça lentement.

— Oui, mais je n'avais pas de revenus, donc c'était assez facile à remplir.

— Avez-vous eu un retour de leur part ?

— Oui, il n'y avait rien à signaler.

— C'est un bon signe, convint Richard, mais ça ne vous innocente toujours pas, pas s'ils trouvent des actes répréhensibles au cours des sept dernières années – ou plus, si des entreprises sont impliquées. Je ne dormirais pas sur mes deux oreilles si j'étais vous.

— Je ne dors pratiquement pas en ce moment, reconnut-elle. Je suis allée voir M. Woo ce matin.

Richard pivota et posa son regard sur Doreen. Il s'apprêtait à retourner derrière sa clôture, mais sa tête ressurgit.

— Comment va-t-il ?

— Il est réveillé et alerte. Apparemment, deux hommes l'ont attaqué.

Richard écarquilla les yeux.

— Il a de la chance d'être en vie, observa-t-il.

— Ils ont choisi sa boutique pour m'attendre ou peut-être attendre Mathew, expliqua-t-elle. Cependant, ils ne se sont pas rendu compte que le commerce de M. Woo était ouvert. Alors, quand ils l'ont compris, ils sont entrés pour découvrir ce dont il aurait pu être témoin.

— C'est assez risqué. Ils auraient dû le tuer sur le moment.

— Je crois que l'un d'entre eux a reçu un appel qui les a poussés à quitter précipitamment les lieux, après avoir menacé une nouvelle fois M. Woo et lui avoir promis qu'ils reviendraient.

— Ils auraient dû le descendre tout de suite.

— Oh, je suis d'accord, mais je suis très reconnaissante qu'ils ne l'aient pas fait. L'un d'entre eux aurait pris la fuite. Je me demande si l'autre était censé terminer le travail, sans passer à l'acte finalement.

— C'est logique aussi, répondit Richard en hochant la tête. Ce n'est pas parce qu'il était censé terminer le travail qu'il en avait envie ou qu'il était prêt à le faire.

— Oh, je n'y avais pas pensé, fit remarquer Doreen. Il est peut-être parti en pensant qu'il pourrait revenir plus tard ou que l'autre gars pourrait revenir et liquider M. Woo.

Richard opina.

— Ça dépend. M. Woo est peut-être toujours en danger.

Doreen grimaça.

— Il est toujours à l'hôpital, mais la police le surveille.

— Bien sûr, mais si vous ne résolvez pas ce problème rapidement, il sera libre de quitter l'hôpital et devra sans cesse surveiller ses arrières.

— *Génial,* souffla-t-elle en fustigeant son voisin du regard. Maintenant, je dois aussi m'inquiéter pour lui.

— Vous n'avez pas à vous inquiéter pour tout le monde, mais vous devez faire attention à qui sont vos amis, souligna-t-il. Et tout le monde doit faire attention en se liant d'amitié avec vous.

Sur ces mots, il se laissa tomber de l'autre côté de la clôture.

Doreen resta plantée là, le regard fixé sur la clôture. Elle détestait la vérité qui se cachait derrière ses mots. Pourtant,

Richard avait raison, et cela s'avérait être une mauvaise affaire pour tous ceux qui étaient liés à elle. Cependant, jusqu'à présent, les assaillants n'avaient pas tenté de s'en prendre à elle. Toutefois, ils l'avaient suivie à la trace, alors peut-être espéraient-ils que son ex s'occuperait d'elle. Ou au moins qu'il la ferait rentrer dans le rang. Ce serait une tout autre histoire maintenant.

Elle devait découvrir ce qu'il se passait dans son dos.

Chapitre 23

LORSQUE DOREEN REÇUT un appel de sa grand-mère quelques heures plus tard, elle se montra d'emblée vive et professionnelle.

— Des nouvelles ?

— Pas grand-chose, marmonna Doreen.

Puis elle se rappela qu'elle avait quelque chose à lui dire et lui parla de Reggie.

— J'ai parlé avec lui une ou deux fois au fil des ans, observa Nan, mais Richard a raison. Tu ne devrais pas lui faire confiance.

— J'ai envie de lui faire confiance, insista Doreen.

— Pourquoi ? Il a été présent tout au long de ton mariage. Il savait ce que Mathew manigançait. Il savait que cet homme te frappait.

— Il m'a raconté qu'il avait essayé de me défendre et que Mathew l'avait menacé de le renvoyer s'il intervenait.

Nan resta silencieuse quelques secondes.

— Et c'est tout à fait possible. Mais il se peut aussi que ce soit juste une bonne histoire, répliqua la vieille dame.

— C'est aussi un homme âgé, lui rappela Doreen. Il aura du mal à trouver un emploi maintenant.

— Non, pas du tout, et c'est peut-être pour ça qu'il s'est jeté dans le bain avec Mathew, qui lui promettait des jours meilleurs.

Ce que disait Nan ne plaisait pas à sa petite-fille. Pourtant, tout le monde cherchait des options et des théories.

— J'aime bien l'idée que Robin ait pu rouler Mathew dans la farine, ajouta Nan avec un petit rire.

— Oh, moi aussi, murmura Doreen, sauf que c'est moi qui en paierai le prix.

— Mais non. Mathew en a payé le prix.

— Certes, mais ce n'est pas encore terminé.

Nan hoqueta

— C'est vrai. As-tu rédigé un testament ?

— Non, une chose de plus à faire sur ma liste.

— Tu devrais écrire ton testament à la main, le signer et en envoyer une copie à Nick de ce pas.

— On en a parlé l'autre jour, et Nick et moi étions censés nous retrouver pour en rédiger un, précisa Doreen.

— Il faut que ce soit réglé. Le fait est que tu as maintenant beaucoup d'argent en attente et que, quelle que soit la date à laquelle cet argent sera versé, il te reviendra. On ne voudrait pas que quelqu'un décide avec avidité qu'il ou elle peut te soutirer de l'argent en rédigeant un faux testament et en te tuant par la suite.

— *Génial*, marmonna la jeune femme.

Les mains tremblantes, elle s'assit, tout en continuant à parler à Nan, et rédigea un simple testament à la main, qu'elle signa. Les deux femmes évoquèrent la possibilité que Doreen vienne boire une tasse de thé avec Nan. Ensuite, Doreen le scanna et l'envoya par email à Nick.

— Je serai là dans une vingtaine de minutes, précisa Doreen.

— Bien. As-tu pris ton petit déjeuner ?

Doreen afficha une mine perplexe.

— Je crois que je n'ai pas mangé de la journée.

— Dans ce cas, viens ici dès que tu peux. Je vais nous chercher à manger.

Nan avait déjà raccroché.

Peu de temps après, Doreen n'avait même pas remis ses chaussures que Nick l'appelait.

— J'ai reçu ton projet de testament, mais on devra en rédiger un véritable, nota-t-il noté d'une voix neutre.

— Nan me l'a ordonné, dit Doreen en levant sa main libre. Je ne sais pas ce que je suis censée faire, mais apparemment je suis la prochaine sur la liste des victimes.

Nick en eut le souffle coupé.

— Ça craint. Je n'aime vraiment pas penser à ça.

— Et pourtant, selon Nan, je vaux un tas d'argent, même si rien n'est forcément conclu.

— C'est vrai, reconnut Nick. Comme ça, tu lègues tout à Nan ?

— Oui, bien sûr. Je veux m'assurer qu'elle a tout ce dont elle a besoin pour le reste de sa vie.

— Très bien. Je rédigerai un testament en bonne et due forme, mais ce ne sera que temporaire.

— Pourquoi ?

— Tu le verras bien assez tôt, même si ça peut prendre un jour, une semaine, voire un mois ou deux.

Il y avait une telle hilarité dans la voix de Nick que Doreen baissa les yeux sur son téléphone.

— Je ne suis pas vraiment d'humeur à plaisanter. La recherche de titre a donné quelque chose ?

— Oui. J'ai appelé Mack à ce sujet.

— Donc, tu ne veux rien me dire ?

— Tu veux vraiment savoir ? interrogea Nick.

Doreen grommela.

— Je ne sais pas, je devrais ?

— Je ne sais pas non plus, mais il faudra bien que tu le saches un jour ou l'autre. Ce que j'ai trouvé, c'est que plusieurs biens ont été mis à ton nom, avec ta signature et celle de Robin. La seule chose que je peux supposer, c'est qu'à un moment donné, alors que tu signais un autre document, Robin a glissé celui-ci, et tu l'as signé, mais elle ne l'a pas consigné tout de suite.

— Pourquoi ne l'aurait-elle pas consigné ?

— Honnêtement, je pense qu'elle les a probablement consignés juste avant de mourir, pour se venger de ton ex.

— Oh mon Dieu. C'était une exception à utiliser au cas où ou quoi ?

— C'est une théorie, et nous n'avons pas besoin de le savoir, mais le fait est que tu l'as signé. C'était prêt, au cas où ils en auraient eu besoin pour des raisons fiscales, afin de tout transférer à ton nom, de réduire leurs impôts, puis de le vendre et de te blâmer pour les impôts. Elle aurait pu le faire avec les mêmes signatures. Je ne sais pas si les formulaires existaient ou non, mais elle aurait pu les transférer à nouveau.

— *Super*, à son nom ?

— C'est ce qu'on doit découvrir, et sa succession nous demande encore beaucoup de travail, entre ses relations et les meurtres à résoudre, tu te souviens ?

— C'est vrai, tous ces biens et toutes ces promesses de grands résultats.

— Je soupçonne qu'ils ont été transférés à ton nom et que Robin s'en servait pour faire chanter Mathew. Cependant, en comprenant ce qu'il se passait dans la vie de

Mathew, Robin a fini par consigner tous ces biens afin qu'ils soient à ton nom. Ce qui expliquerait pourquoi Mathew a commencé à paniquer tout d'un coup parce qu'ils valent des millions et des millions de dollars.

— *Génial*, donc il était sûrement venu me demander de signer ces documents et lui transférer les titres.

— Si tu avais compris ce qui se tramait, qu'aurais-tu fait ?

Elle haussa les épaules.

— Je lui aurais rendu les documents, bien sûr.

Nick soupira.

— Et c'est pour ça qu'il essayait de te parler et qu'il t'a apporté des papiers à signer.

— Alors, pourquoi quelqu'un a-t-il empêché que ça se produise ? Pourquoi tuer Mathew dans le but que ça n'ait pas lieu ?

— Qui en profiterait ?

— Moi, apparemment.

— Exactement, ce qui pourrait faire de toi la suspecte principale rien que pour son meurtre, répliqua Nick.

— Mais je n'étais même pas au courant, se défendit la jeune femme.

— C'est vrai. Mais, d'un autre côté, si tous ces biens étaient à ton nom, et que Mathew était censé régler un divorce ou payer des investisseurs mécontents ou quoi que ce soit d'autre, alors il cherchait sûrement à te faire céder ces biens.

— Mais ça n'a aucun sens. Ils sont déjà à mon nom. Quelle menace aurait-il pu utiliser pour m'obliger à les signer ?

— Mais tu n'avais pas besoin d'une menace, n'est-ce pas ?

— Non, mais d'autres personnes pensent apparemment le contraire, fit-elle remarquer. Réfléchis, tout le monde pense que je refuserais de signer. Il se montrait déjà assez pénible au sujet du divorce, et ces biens sont déjà à mon nom, alors pourquoi les transférer au nom de quelqu'un d'autre ? C'est ce que la plupart des gens pensent. Toutefois, je me fiche de savoir combien ils valent.

— Tout à fait, alors quel moyen de pression pourraient-ils utiliser contre toi ?

— En faisant du mal à mes animaux, Nan… et Mack.

— En effet, et n'oublie pas que tu as *encore* tous ces biens à ton nom. Il y a donc de fortes chances que celui qui a le dessus dans ce cauchemar ait des documents prêts à être signés de ta main.

— *Sinon ?*

— Sinon, ils s'en prendront aux gens que tu aimes.

— C'est-à-dire Nan et Mack.

— Exactement. Fais aussi attention à tes animaux parce que ces criminels pourraient essayer d'utiliser l'un d'entre eux pour faire passer un message.

Sur ce, et après l'avoir avertie de ne pas s'attirer d'ennuis, Nick raccrocha.

Doreen rassembla tous les animaux contre elle et chuchota :

— Oh mon Dieu, oh mon Dieu.

Chapitre 24

Doreen resta assise là, à caresser les animaux pendant un long moment, tout en essayant de réfléchir à ce qu'elle allait faire, mais elle n'en eut même pas l'occasion, car Nan l'appela aussitôt.

— Alors, tu viens ? demanda Nan d'un ton vif.

— Les choses ont un peu changé depuis qu'on s'est parlé, Nan, murmura Doreen.

— Très bien, je vais avoir besoin d'explications.

Doreen gémit et répéta sa conversation avec Nick.

— Oh, ma parole. Comme c'est déroutant ! Cette Robin était une sacrée friponne. Mathew a certainement eu ce qu'il méritait avec elle. Compte tenu de ce qu'elle a peut-être fait, je l'apprécie un peu plus chaque jour. C'était une femme méchante, sans aucun doute, et elle t'a assurément roulée dans la farine, mais on dirait qu'elle a essayé de faire amende honorable avec toi à la fin.

— Supposons que c'était réellement son intention, et, d'après Nick, ces biens sont à mon nom à l'instant où on parle. C'est très probablement la raison pour laquelle Mathew est venu ici, pour essayer de me convaincre de les transférer à son nom, afin qu'il puisse les vendre et se tirer d'affaire. Ces biens étaient sûrement destinés à l'immobilier, et maintenant, les gens qu'il a fait marcher ont compris qu'il les avait pigeonnés.

— C'est exactement ça, approuva Nan avec jubilation.

— Tu sais que je n'aurais jamais voulu ça, grommela Doreen.

— *Toi*, non, mais beaucoup de gens s'en seraient donné à cœur joie. Mais la mauvaise nouvelle, c'est qu'il y a maintenant un paquet d'argent qui t'attend – de l'argent pour lequel beaucoup feraient n'importe quoi afin de mettre la main dessus. Tu ne peux faire confiance à personne tant que tout n'est pas réglé, et tu dois rédiger ton testament, afin de décider à qui et à quoi tu légueras de l'argent, insista Nan.

— Nick y travaille, souffla Doreen, et maintenant j'ai la migraine.

— Évidemment. Ne t'inquiète pas pour le café, la bouilloire est déjà en marche.

— Nick m'a également avertie que les meurtres étaient un coup monté, pour que j'aie l'air coupable. De plus, les agresseurs essaieront sûrement de me faire céder ces biens en menaçant ceux que j'aime.

— Oh, ma chérie. C'est terrible.

— Au fait, je me suis assurée que, quoi qu'il m'arrive, je veux qu'on prenne soin de toi et des animaux.

— Bien sûr, répondit Nan d'une voix douce.

— Mais maintenant, je suis inquiète, car je ne sais pas qui ils vont cibler. Je ne veux pas que tu souffres jusqu'à la fin de ta vie.

— Ne t'inquiète pas pour moi, ma chérie. Protège-toi. Si quelqu'un t'éliminait, cet argent ne serait d'aucune aide pour la douleur que j'éprouverais.

Doreen sentit les larmes lui monter aux yeux.

— Idem, souffla-t-elle. Bon… laisse-moi mettre mes chaussures et j'arrive.

— Sois prudente en chemin et amène les animaux.

— Oh, tout le monde vient, c'est certain. Nick a même suggéré que les assaillants pourraient se servir d'un des animaux pour m'envoyer un message. Tu imagines ? Je serai là d'ici quelques minutes.

Elle mit fin à l'appel, attrapa ses chaussures et, pendant qu'elle les enfilait, Nick téléphona à nouveau.

— Alors, j'ai préparé un testament simple. Je te l'apporterai plus tard. Mais quand tout sera terminé, on se posera et on rédigera un testament en bonne et due forme. On fera également en sorte que les personnes que tu veux mettre à l'abri reçoivent un bel héritage. Il y a une tonne d'argent qui t'attend, et ce n'est que le résultat de ton divorce.

— Mon divorce ? Il est mort. Est-ce que je peux divorcer ?

— Non, parce que les documents n'ont pas été légalement signés, donc ça n'a pas abouti. Tu seras considérée comme une veuve, pas comme une femme divorcée.

— *Génial*, et ça veut dire que j'ai droit à quelque chose ?

— La lecture n'a pas encore été faite, mais, d'après ce que je comprends, tu recevras probablement 99 % des actifs de Mathew, ainsi que tous les biens que tu possédais déjà apparemment.

— Tu penses vraiment que c'est équitable ?

— Vu que Mathew est mort et que légalement tu es toujours sa femme, c'est tout à fait équitable que tu reçoives tout. Il a fait les choix qui ont engrangé tout ça.

— Est-il juste qu'il soit mort en essayant de récupérer ces biens après que Robin l'a roulé dans la farine ?

— Probablement pas, mais compte tenu de toutes les personnes qu'il a sans doute pigeonnées au fil des ans, je pense que c'est tout à fait juste.

Doreen gémit.

— Y a-t-il quelque chose qui peut revenir nous enquiquiner ?

Nick rit.

— Oui, probablement, dans une certaine mesure. Mais tu auras un certain capital pour redresser la barre, donc beaucoup de bonnes choses sont à venir. Sinon, qu'est-ce que tu es en train de faire ?

— Nous allons chez Nan boire une tasse de thé. Comme elle me l'a rappelé, je n'ai pas mangé et je suis assez stressée.

— Tu crois ? Moi aussi. Je vais appeler mon frère pour le mettre au courant. Fais attention à toi. Veille à ce que tout soit bien fermé, active l'alarme et garde les animaux avec toi.

S'entendre répéter le même avertissement pour la deuxième fois la rendit encore plus nerveuse et Doreen manqua de courir jusque chez sa grand-mère.

Lorsqu'elle arriva sur la petite terrasse de cette dernière, Nan leva les yeux, sourit, se leva d'un bond et serra sa petite-fille dans ses bras.

— Tu n'as pas l'air en forme.

— Je vois des croque-mitaines partout en ce moment, marmonna Doreen en posant ses fesses sur une chaise. C'est une période effrayante.

— C'est vrai, mais j'ai de quoi nourrir un régiment, notamment des croissants et des mini-quiches. On va passer l'heure qui vient à parler de tout *sauf* de ces problèmes.

Doreen sourit et, pendant l'heure et demie qui suivit, les deux femmes rirent des animaux, leur donnèrent des petits morceaux et les chérirent d'être ce qu'ils étaient. Richie passa, ainsi que plusieurs autres résidents.

Nan consulta sa montre et annonça :

— Oh, il est presque 16 h. C'est l'heure du bowling sur gazon.

Doreen la dévisagea en secouant la tête.

— Je crois que tu n'as jamais été aussi occupée de toute ta vie, déclara-t-elle.

— C'est bien vrai, s'esclaffa Nan. Ça me convient, et quand je n'arrive pas à grand-chose ou que j'ai envie de ne rien faire, je suis parfaitement capable de leur dire que je reste en retrait. Je me repose dans ma chambre, ou, comme dans ce cas-ci, je profite d'un moment avec ma petite-fille.

Doreen chassa cette dernière remarque d'un revers de la main.

— Tu n'as pas besoin de jouer les baby-sitters, Nan. Je vais rentrer à la maison et voir si je peux imaginer quelque chose de compliqué à cuisiner pour me distraire. Et par compliqué, je veux dire, peut-être des pâtes avec... ce que j'ai.

— Des pâtes achetées au supermarché, je suppose, devina Nan.

La jeune femme leva les yeux au ciel.

— Bien sûr, je n'ai pas encore le courage de les faire moi-même.

— Ça viendra, la rassura sa grand-mère, mais tu devrais penser à préparer une nouvelle fournée de biscuits.

— Pourquoi ?

— Parce qu'ils étaient délicieux, affirma Nan avec un clin d'œil. Allez, rentre chez toi, trouve un bon livre et pose-toi. Fais quelque chose d'amusant et de relaxant.

— Je pourrais essayer.

Doreen se prépara à partir, puis elle se figea, regarda Nan

et lui demanda :

— La nouvelle inspectrice est-elle passée te voir ?

Nan acquiesça.

— Oui, elle a l'air d'être une femme charmante.

Doreen la dévisagea.

— *Charmante ?* Tu te moques de moi ? Elle a été méchante avec moi, elle m'a dit qu'elle pensait que j'avais assassiné Mathew, et je ne l'aime pas du tout.

Une lueur mystérieuse traversa le regard de Nan tandis qu'elle opinait du chef.

— Ah, c'est une tout autre histoire.

Doreen fustigea sa grand-mère du regard.

— Qu'est-ce que tu entends par là ?

— Oh non, tu vas devoir le découvrir par toi-même, s'esclaffa la vieille dame.

Doreen secoua la tête.

— Toi aussi ? Mack m'a déjà fait une suggestion si ridicule que je me suis mise en colère contre lui.

Nan arqua les sourcils.

— Quelle était sa suggestion ?

— Peut-être que je ne l'aime pas parce qu'elle fait le travail que je voudrais faire.

Nan esquissa une moue.

— C'était très malin. Je ne dois pas oublier cet aspect de sa personnalité.

— Il *est* parfois très malin, reconnut Doreen, mais je me sentirais très mal s'il s'avère qu'il a raison.

Les lèvres de Nan tressaillirent.

— À ta place, je ne m'inquiéterais pas pour ça, mais tu dois te poser et essayer de comprendre ce que tu ressens et pourquoi.

— Ce n'est pas si difficile à comprendre, rétorqua Doreen. Elle pense que je suis une meurtrière. Elle ne fait pas son travail. Elle prend le premier suspect qui vient et s'en contente. Donc, je ne l'aime pas. Elle m'agace.

— Mais la question est de savoir *pourquoi* elle t'agace, souligna Nan, avant de tapoter la main de sa petite-fille. Rentre chez toi, nous allons résoudre ce mystère.

— Tu es sûre de ne pas vouloir me donner ta supposition ?

— Absolument pas. Crois-moi, tu me remercieras plus tard, affirma Nan en l'observant, le regard pétillant. C'est un problème que tu dois résoudre toi-même.

Doreen jeta un dernier regard noir en direction de sa grand-mère, puis elle marcha vers la rivière. Elle détestait quand les gens semblaient savoir quelque chose qu'elle ignorait. Non seulement cela attisait sa curiosité, mais cela lui donnait l'impression d'être idiote, comme si elle ne savait pas quelque chose de vraiment important, alors que tout le monde autour d'elle le savait.

C'était comme les enfants qui se moquaient de vous à l'école. De plus, son mari l'avait toujours traitée de cette façon. Elle savait bien que Nan n'avait pas l'intention d'en arriver là, mais ça la blessait quand même.

Alors qu'elle rentrait lentement chez elle, elle s'arrêta à la rivière et joua avec Mugs dans l'eau. Elle ne voulait pas rentrer dans la maison, elle ne voulait aller nulle part en fait. Elle pataugea dans l'eau avec ses chaussures, trouvant l'eau un peu fraîche, mais pas trop mal compte tenu de la chaleur hors du commun pour cette saison. Ses chaussures allaient être gorgées d'eau et probablement abîmées, toutefois, elle s'en moquait. Elle se sentait mieux, et c'était tout ce qui comptait.

Après avoir joué avec Mugs, sous le regard ennuyé de

Goliath, elle sourit.

— Et toi, Thaddeus ? Tu veux jouer dans l'eau ?

Le perroquet était assis sur un rocher, se prélassant au soleil. Il leva les yeux vers elle et s'écria :

— Thaddeus est là. Thaddeus est là.

— Ravie de l'entendre, mon grand. Je me demandais où tu étais.

— Thaddeus réfléchit, déclara-t-il.

La jeune femme eut un mouvement de recul, elle était interloquée.

— Comment ?

— Thaddeus réfléchit, répéta-t-il.

Elle le dévisagea.

— Wouah. C'est nouveau. Où as-tu appris cette phrase-là ?

— Je réfléchis, recommença-t-il. Je réfléchis. Je réfléchis. Je réfléchis.

Elle ne savait pas trop où il avait entendu cela, même si Mack le disait souvent, tout comme elle, néanmoins, c'était une toute nouvelle phrase qu'elle ne s'attendait pas à entendre sortir du bec de Thaddeus. Elle secoua la tête.

— Je suis contente que tu réfléchisses, bonhomme. Quand tu auras trouvé la solution, tu me le diras, d'accord ?

— D'accord. D'accord.

Elle se figea, son regard verrouillé sur l'oiseau.

— Est-ce que tu comprends vraiment ce que tu dis ?

Il lui lança un regard mauvais.

— Je réfléchis.

La jeune femme acquiesça en fermant les yeux.

— Oui, bien sûr, tu réfléchis.

C'était elle qui devenait folle, et ces animaux n'arrangeaient rien. Elle les aimait à la folie, mais ils étaient parfois difficiles à supporter. Thaddeus avait été si silencieux toute la journée. Depuis qu'ils avaient retrouvé la Jaguar avec le deuxième cadavre à l'intérieur, elle s'inquiétait pour son perroquet. Et à juste titre. Tout le monde souffrait de cette situation. Cependant, aujourd'hui, après avoir rendu visite à Nan et alors qu'ils rentraient, Thaddeus s'était montré très calme et était apparemment occupé à réfléchir. Elle pouffa, puis s'empressa d'envoyer un SMS à Mack pour lui annoncer les nouveaux mots de Thaddeus.

Il lui téléphona peu de temps après.

— C'est ce que tu fais, apparemment.

— Je n'en sais rien, répondit-elle. J'ai parlé à Reggie et Nick quelques fois, puis à Nan bien sûr. Je ne sais pas trop quoi penser pour l'instant.

— Au moins, on a une meilleure idée de ce qu'il se passe probablement.

— Certes, mais il nous manque toujours une personne, celle qui est derrière tout ça.

— C'est exact, et c'est difficile quand on ne sait pas exactement ce que l'on cherche. Il nous manque aussi une description précise.

— C'est-à-dire ?

— On avait la description du gamin, mais elle correspondait au type dans le coffre, donc on a pensé que le chauffeur était le détective privé de Vancouver. Maintenant, Tony tergiverse, il ne sait pas si le type qui était avec Mathew lorsqu'ils ont récupéré la voiture était le même que celui trouvé dans le coffre ou peut-être quelqu'un d'autre.

Doreen grommela et le caporal rit.

— Le gamin a affirmé que l'homme avait une cicatrice, comme s'il s'était récemment coupé en se rasant, et c'est tout ce qu'il a pu nous dire. Cependant, s'il a raison, c'est sûrement cicatrisé à présent. Le type dans le coffre n'avait aucune marque de ce genre.

— En d'autres termes, on ne sait pas vraiment ce qu'il faut croire de la description de Tony.

— Il était grand, maigre et n'avait pas beaucoup de cheveux.

— Je vois, marmonna Doreen, avant de soupirer : alors, qui sait ? Je vais rester ici, pendant que vous vous débrouillez.

— Oh, wouah, comme c'est gentil, la taquina Mack.

— Oh non, je ne prendrai pas la mouche aujourd'hui, riposta-t-elle. Je suis suffisamment stressée et fatiguée, et j'ai juste envie de faire une pause.

— C'est très bien, approuva Mack d'une voix douce. Repose-toi, mais de manière intelligente, s'il te plaît.

— Oui, je vais rester à la maison. Tu passes plus tard ?

— Je l'espère, mais c'est difficile à dire pour l'instant. Les choses commencent vraiment à se débloquer, et c'est ce dont nous avons besoin.

— Bien. Et qu'en est-il du testament de Mathew ?

— Ils vont procéder à une lecture apparemment. Oh, j'étais censé te le dire.

— Me dire quoi ?

— Que tu es censée être présente.

— Peut-on faire ça à distance ? Reggie m'a dit que lui et moi étions cités, mais on m'a dit d'attendre que l'avocat me contacte.

— Oui, je lui ai dit que je te tiendrais au courant.

— Ça semble peu professionnel de sa part. Est-ce que je dois le contacter ?

— Oui, pourquoi pas, profites-en pour lui demander si tu peux assister à la lecture à distance. Dis-lui que tu es trop fatiguée et épuisée par tout ça pour voyager.

L'excuse plut à Doreen, même si elle n'était pas tout à fait vraie. Elle s'empressa d'appeler Roger. Lorsqu'elle se présenta, il s'égaya.

— Oh, bien, merci d'avoir appelé. J'aurais dû vous appeler directement. Je suis désolé, mais je n'étais pas certain. Lorsque l'inspecteur a dit qu'il vous tiendrait au courant, j'ignorais si c'était approprié ou non.

— Ce n'est pas grave. Il me l'a dit, mais je voulais l'entendre de votre bouche.

— Bien, bien, répondit l'avocat avec soulagement. C'est judicieux. Oui, vous êtes citée dans le testament et nous avons besoin de vous pour la lecture.

— C'est en partie pour cette raison que j'appelle. Puis-je assister à distance à la lecture ?

— Oui, absolument. Et les autres sont…

— Non merci, l'interrompit-elle. Je n'ai pas besoin de savoir qui d'autre figure sur le testament.

— Les testaments sont de toute façon des documents publics, donc, après cette première lecture, vous pourrez voir tout ce qui s'y rapporte et vous en recevrez une copie.

— D'accord. Je n'ai pas besoin d'en savoir plus pour l'instant.

— Entendu. Attendez, je vais vous donner les détails nécessaires.

Ils convinrent d'un rendez-vous pour le lendemain matin, et Doreen raccrocha. Cela l'aidait de savoir que c'était en marche, pourtant, ce n'était pas suffisant. Elle devrait attendre la lecture pour savoir le montant qu'elle recevrait et si Mathew avait assuré un avenir financier à Reggie ou non. Elle était vraiment inquiète à ce sujet. Mais qu'était-elle censée faire ? Encore un des petits jeux de Mathew. Cela ne lui plaisait pas et elle voulait s'en éloigner le plus possible.

Enfin, la température s'étant légèrement rafraîchie avec l'arrivée des nuages, elle rentra et prépara un simple plat de pâtes. La jeune femme s'assit, le sourire aux lèvres.

— Ce n'est pas ultra sophistiqué, mais j'ai cuisiné toute seule, murmura-t-elle.

Alors qu'elle était assise, elle remarqua qu'elle avait reçu un appel. Elle avait éteint son téléphone lorsqu'elle était au bord de la rivière, car elle ne voulait pas être dérangée. Elle vérifia l'identité de l'expéditeur et constata qu'il s'agissait d'un numéro privé. Elle fronça les sourcils et tenta de le rappeler, mais l'appel n'aboutit pas.

Son téléphone sonna de nouveau, juste au moment où elle consultait sa boîte vocale, et c'était encore un numéro privé. Doreen décrocha, néanmoins, personne ne parla à l'autre bout du fil. La jeune femme afficha une mine perplexe.

— C'est la deuxième fois, maugréa-t-elle. Arrêtez de m'appeler.

Il n'y eut aucune réponse, rien qu'un *clic* au moment où l'interlocuteur raccrochait.

C'était assez déconcertant, et elle s'empressa d'envoyer un SMS à Mack pour lui indiquer qu'un numéro privé l'avait appelée deux fois. Elle ne savait pas si elle devait l'ennuyer avec ça, sachant que c'était un de ces jours, mais au moins il était au courant, et il pouvait décider si cela justifiait un suivi.

Heureuse d'avoir pris une mesure décisive qui mettait la balle dans le camp de quelqu'un d'autre, elle termina ses pâtes et décida de se coucher tôt. Elle prit le livre qu'elle n'avait pas réussi à lire de la journée, monta prendre une douche, enfila un pyjama douillet et se pelotonna dans son lit. Il n'était que 19 h, mais cela lui permettait de lire pendant quelques heures. Être dans son lit et pouvoir se détendre était un vrai cadeau.

Les animaux eurent l'air de s'en contenter. Lorsque Mugs voulut sortir pour se soulager vers 21 h 30, elle se rendit compte que c'était l'inconvénient de se coucher tôt. Elle devait s'extirper de son lit chaud et douillet pour sortir les animaux.

Avec un gémissement, elle se leva et, tandis que Goliath protestait, elle descendit les escaliers, désactiva l'alarme et ouvrit la porte afin que Mugs puisse sortir. Alors qu'elle sortait sur la terrasse, une main agrippa la jeune femme par-derrière et Mugs reçut un coup sur le côté de la tête qui l'assomma. Elle se débattit en prenant conscience que les animaux étaient attaqués sous ses yeux, avant de recevoir un autre coup venu de nulle part qui l'atteignit également sur le côté de la tête.

La dernière chose dont elle se souvint, c'est d'avoir vu des étoiles.

Chapitre 25

DOREEN OUVRIT LES yeux et gémit. Sa tête lui faisait un mal de chien. Ses mains et ses pieds étaient liés.

— Enfin, on se réveille, lança un homme dont la voix lui était légèrement familière.

Toutefois, elle avait du mal à mettre un visage dessus.

Les yeux fermés, elle murmura :

— Qu'est-ce que vous voulez ?

— Je veux un très grand nombre de biens, des propriétés qui étaient censées nous rapporter beaucoup d'argent, répondit l'homme.

— Qu'avez-vous fait à mes animaux ?

— Ils sont tous là. J'ai pensé qu'ils vous aideraient au moins à rester calme. Apparemment, vous êtes devenue une sacrée folle des animaux.

Cette déclaration lui fit rouvrir les yeux, mais l'obscurité régnait tout autour d'elle.

— Alors, commença Doreen, si je comprends bien, je suis censée signer des papiers pour vous transférer tous les biens, afin que vous puissiez gagner beaucoup d'argent, et ensuite vous ne me ferez pas de mal, c'est ça ?

— Wouah, vous avez tout compris.

— Sauf que si vous me relâchez, il y a des chances que je le dise aux flics et que vous ayez des ennuis. Donc, pas question de me libérer, alors pourquoi je vous aiderais ?

Après un moment d'affreux silence, une ombre s'avança dans la lumière.

— Vous me voyez ? interrogea-t-il.

— Non. Il fait sombre ici.

— En plus, vous avez un bandeau sur les yeux, marmonna-t-il.

— Dans ce cas, comment pourrais-je vous voir ? s'emporta Doreen. Mon Dieu, vous êtes vraiment le cerveau de tout ça ?

Un autre silence pesant s'ensuivit, puis l'homme s'approcha et répondit :

— Vous en avez assez fait, et j'ai supporté suffisamment longtemps cette attitude.

La jeune femme ouvrit les yeux et tenta d'écarter le bandeau, mais celui-ci lui fut soudain arraché et elle se retrouva à fixer l'homme qui l'avait frappée.

— Reggie ? s'étonna-t-elle, incrédule.

— C'est moi.

— Vous avez tué Mathew ?

— Évidemment, une fois que j'ai compris ce qui se passait et que Robin l'avait dépouillé de tout. Il était furieux et, si mon argent n'avait pas été en jeu, j'aurais été absolument ravi de ce qu'elle lui a fait. Mais j'ai ensuite appris qu'elle vous avait fait signer tous ces documents de transfert et qu'elle les avait ensuite classés, ce qui est une tout autre histoire que d'avoir les papiers en main. Mathew ne l'a découvert que lorsqu'il s'est occupé des titres de propriété et qu'il s'est rendu compte que Robin avait légalement changé les titres de tous ces biens.

Doreen grommela.

Reggie poursuivit.

— Tout est à vous. *Tout.* Chacun de ces biens qui n'avaient rien à voir avec vous, que vous n'auriez *jamais* possédés, est maintenant à votre nom, cingla-t-il au bord de l'hystérie. Tout mon argent, toute ma retraite, tout ce pour quoi j'ai travaillé pendant tout ce temps est parti en fumée à cause de cette avocate, de cette imbécile de femme.

— Bien sûr, cette avocate idiote que Mathew a également pigeonnée, riposta Doreen.

— Ce qui n'a rien à voir avec moi.

— Ou moi, insista-t-elle en le regardant fixement. Demain, il y a une lecture du testament. Pourquoi n'attendez-vous pas le rendez-vous ?

— Attendre quoi ? s'emporta-t-il. Attendre de découvrir que Mathew ne m'a rien légué de plus qu'un peu d'argent ? Vous croyez que je n'ai pas lu ce testament maintes et maintes fois, en me demandant ce que j'allais faire ?

Elle dévisagea Reggie.

— Qu'est-ce qu'il y a dans le testament ?

— Tout vous revient, précisa-t-il. *Tout.* Je reçois une somme d'environ vingt mille dollars. Vous savez ce que je vais faire avec vingt mille dollars ? Rien, je ne vais rien faire.

Étant donné qu'elle se débrouillait plutôt bien avec cinq mille dollars, Doreen avait envie de répliquer, néanmoins, elle se doutait qu'il ne le prendrait pas bien.

— J'ai appris à vivre avec presque rien, protesta-t-elle.

— Tant mieux pour vous, rétorqua Reggie. Je n'ai pas envie d'apprendre à vivre avec presque rien. Il me doit bien ça.

Elle ne pouvait qu'acquiescer.

— Je suis tout à fait d'accord avec vous. Il n'aurait pas

dû faire ça, mais c'est de Mathew qu'on parle. Alors, vous auriez dû vous douter que quelqu'un qui roulait les autres dans la farine ferait probablement la même chose avec vous.

Il la fixa un instant du regard.

— Comment se fait-il que vous arriviez encore à être si gentille ?

— Comment ça ?

— Vous auriez signé ces papiers s'il vous l'avait demandé, n'est-ce pas ?

— Bien sûr, confirma-t-elle en haussant les épaules. Ces biens ne m'appartenaient pas.

— Dans ce cas, vous pouvez me les transférer.

Ainsi, il posa une pile de papiers devant elle.

Doreen afficha une mine perplexe face au monticule.

— Combien de biens voulait-il que je cède ?

— Beaucoup, et non seulement ils n'étaient pas à vous, mais beaucoup de ces biens n'étaient pas à lui non plus. Il en était le dépositaire. Nous lui faisions tous confiance parce que nous avions déjà fait des affaires avec lui. Mais cette fois-ci, son avocate l'a dupé. Une fois que tout le monde a eu vent de cela, sa vie s'est rapidement compliquée.

— Oh mon Dieu, souffla-t-elle. Tout le monde s'est fait avoir dans l'affaire ?

— Tout le monde.

— Et combien de fois avez-vous fait de telles choses, où vous avez pigeonné d'autres personnes ?

Reggie haussa les épaules.

— C'était le but du jeu.

— C'est le but du jeu, tant que ce n'est pas vous qui vous faites dépouiller de vos économies, c'est ça ?

— Absolument, acquiesça-t-il.

— Vous ne venez pas de dire que vous vous êtes fait

beaucoup d'argent avec toutes ces affaires ?

— Si, mais nous allions recevoir encore plus d'argent.

— Et c'est pour ça que vous êtes en colère. Pas parce que Mathew vous a arnaqué, mais parce qu'il a été assez bête pour se faire arnaquer lui-même.

— Oui, nous lui avons fait confiance. Nous pensions qu'il avait les coudées franches et qu'elle ne le tenait pas à la gorge, mais, en fait, nous nous sommes trompés.

Doreen se contenta de le fixer. Il y avait quelque chose de surréaliste, de farfelu et de comique, qui en était presque satisfaisant, dans toute cette situation.

— Combien de personnes se sont fait avoir ?

— Six investisseurs. Deux d'entre eux sont furieux et réclament des indemnisations parce qu'ils étaient dans une position où ils avaient suffisamment d'argent pour pouvoir le faire. D'autres n'ont aucune idée de ce qu'ils doivent faire et ne sont pas sûrs d'avoir un quelconque recours. Mais moi ? Je ne vais pas rester là à attendre. Je veux ces biens.

— Mais vous ne voulez pas seulement ce qui vous est dû, fit-elle remarquer calmement. Vous les voulez tous.

Il lui adressa un sourire mauvais.

— Vous voyez ? Mathew pensait que vous étiez trop stupide pour comprendre le business, mais il ne vous comprenait pas du tout, pas vrai ?

— En effet, confirma-t-elle en observant Reggie avec attention. Il a supposé que j'étais stupide parce que je gardais le silence, mais ce n'est pas vrai.

Reggie opina.

— Je comprends, et je lui ai dit qu'il faisait une erreur en se débarrassant de vous parce que vous reviendriez le hanter.

— Je n'avais pas l'intention de revenir le hanter, contrairement à Robin.

Le visage de Reggie se tordit de dégoût.

— Oh, cette sorcière, s'emporta-t-il. Elle me traitait comme un moins que rien. Vous ne me voyiez peut-être pas la moitié du temps, mais elle s'assurait non seulement de me voir, mais aussi de m'écraser. Mathew s'est contenté d'en rire, il m'a dit que j'étais beaucoup trop sensible et qu'il fallait que je m'en remette.

Doreen ne savait pas exactement quoi répondre à cela, pourtant, elle tenta sa chance.

— Je suis désolée. Robin était apparemment habituée à un certain style de vie. Cependant, elle n'était pas issue de ce milieu, alors elle pensait que tout le monde lui était redevable.

— Vous croyez ? s'enquit Reggie en secouant la tête. Pourquoi exactement ?

— À cause de choses qui rendent la vie très difficile à tout le monde, tout simplement, répondit la jeune femme. Voyons ce qu'il y a dans le testament.

— Vous ne m'avez pas entendu ? Je sais exactement ce qu'il y a dans le testament, tout est à vous, sauf vingt mille pour moi.

— Le problème, c'est que ces biens ne figuraient même pas dans le testament, si ?

Il secoua la tête.

— Non, parce qu'ils étaient tous inclus dans des sociétés, des trusts et des comptes fictifs, et maintenant qu'ils ont tous été transférés, vous les avez blanchis.

— Je n'ai rien fait, se défendit Doreen.

Reggie rit.

— En effet, et si quelqu'un venait à les posséder à partir de maintenant, ce serait de l'argent facile.

— Comment Mathew a-t-il pu me mêler à tout ça ?

— Ce n'était pas de son fait. C'est Robin, cette avocate. Comme son escroquerie, qui consistait à déplacer les propriétés dans le cadre d'une évasion fiscale, était constante, cela l'obligeait à avoir des documents signés à portée de main en permanence, mais cette fois-ci, il s'est pris les pieds dans le tapis. Il ne s'est même pas rendu compte de ce que Robin a fait. Il pensait avoir tous ces documents, mais l'une des dernières choses qu'elle a faites a été de les classer. Vous auriez dû l'entendre quand il l'a découvert, s'esclaffa Reggie. J'étais dans la maison à ce moment-là, et il a presque tout détruit.

Doreen hocha la tête.

— J'imagine bien souffla-t-elle.

— C'était assez moche, et vous pouvez être certaine que j'étais délibérément absent lorsqu'il a commencé à m'appeler.

— Je n'en doute pas.

Il verrouilla son regard sur elle, se passa une main sur la tête et demanda :

— Mon crâne chauve vous plaît ?

— La dernière fois que je vous ai vu, vous aviez une chevelure bien fournie.

— C'est vrai, voilà les conséquences de ma vie aux côtés de Mathew ces derniers mois. Le stress a été si terrible que je me suis dégarni très vite, mais peu importe. Je m'en moque, néanmoins, je suis sur le point de tout perdre et ça, je ne m'en moque pas.

Doreen le toisa d'un air narquois.

— Non, vous n'êtes pas sur le point de tout perdre. Ce qui vous déplaît, c'est de perdre tout ce que vous avez investi, ce que vous voulez, c'est pigeonner tous les autres et récolter tous les gains.

Il lui adressa un large sourire et acquiesça.

— Exactement, et c'est vous qui ferez en sorte que ça arrive. *Vous* allez le faire.

— Et si je ne le fais pas ?

Il sourit à la jeune femme, puis à ses animaux.

— J'ai tué Mathew et son détective privé. J'aurais dû achever le Chinois, mais je m'en occuperai plus tard. Ça ne me pose aucun problème de tuer des gens. Vous pensez que tuer un animal en sera un ?

Doreen lui lança un regard noir.

— Ces animaux innocents qui ne vous ont absolument rien fait… c'est à eux que vous allez faire du mal ?

— Bien sûr, pourquoi pas ?

Au même moment, Mugs s'approcha et, comme il connaissait Reggie depuis des années, il se frotta contre lui et le renifla. Reggie sourit, se pencha et le gratta.

— Mais je vais peut-être garder celui-là. Lui et moi, on avait un lien à l'époque.

La jeune femme porta son regard sur Mugs, le désespoir l'envahissait.

— Ce serait bien que vous le gardiez, dit-elle d'une voix douce. Ce serait horrible de savoir que vous l'avez tué seulement parce que c'est mon chien.

— Entendu, si vous signez les papiers. On peut toujours s'arranger.

— Mais, même si je les signe, qui sera chargé de classer tous ces documents ?

— C'est mon problème, ne vous inquiétez pas. Je trouverai un avocat qui s'occupera de ça en un clin d'œil.

Elle réfléchit, puis opina du chef.

— Vous avez sûrement un avocat dans le consortium, vous devrez donc partager les bénéfices avec lui.

— Je ne partagerai les bénéfices avec personne ! vociféra

Reggie. L'époque où je partageais et me faisais avoir est révolue.

— Alors, comment empêcher le nouvel avocat de vous rouler dans la farine ?

Reggie hésita, puis haussa les épaules.

— Je vais payer quelqu'un, voilà tout. Je vais faire appel à une personne qui ne me connaît pas, qui ne sait rien de cette histoire. Nous allons instruire le dossier, tout sera à moi, puis je disparaitrai sur une belle île du Pacifique.

— Je ne sais pas si les îles du Pacifique sont aussi belles qu'on le dit, observa-t-elle prudemment. Réfléchissez-y. Il y a des ouragans et des intempéries, et avec la pandémie, il y a toutes sortes de problèmes d'approvisionnement et de soucis connexes.

— Arrêtez de parler et signez, conclut Reggie en lui lançant un stylo.

Doreen baissa les yeux sur ses mains attachées.

— Je ne peux pas signer alors que mes mains sont entravées, ça ne ressemblera pas à ma signature, déclara-t-elle. Je suis surprise que Mathew n'ait pas essayé d'imiter ma signature et de tout manipuler de cette façon.

— Il a essayé, mais comme il fallait tout vérifier et revérifier, ça n'a pas marché, car il s'était blessé à la main.

— Certes, mais il aurait pu engager quelqu'un. Il connaissait sûrement quelqu'un de compétent en matière de falsification.

— Il s'est dit qu'il vous demanderait d'abord, précisa Reggie en haussant les épaules. Je lui ai dit que ça ne marcherait pas, mais il avait l'air de penser le contraire.

— Je les aurais signés, affirma la jeune femme. Je n'ai jamais voulu m'accaparer ce qui ne m'appartenait pas. Tout ce que j'ai toujours voulu, c'est avoir de quoi vivre.

— Tant mieux pour moi, j'imagine, dit Reggie en se frottant les mains. Dans ce cas, vous n'aurez aucun mal à me transférer ces biens.

— Oh, mais les choses ont changé. C'est à moi maintenant. Et puisque Mathew est mort, et que ça ne sauvera pas sa peau, pourquoi je vous aiderais, alors que c'est vous qui l'avez tué ?

— Comment savez-vous que je l'ai tué ?

— Qui d'autre ? contra Doreen. Et vous venez de l'admettre.

Reggie s'immobilisa et la fustigea du regard, les mains sur les hanches.

— Et si j'étais coupable ? répondit-il enfin.

— Ah, on avance. Et le détective privé ? Vous avez dû le tuer, lui aussi ?

Il haussa les épaules.

— Oui, il en savait trop, et il aurait fini par comprendre.

— Vous pensez vraiment que les autres membres du consortium ne s'en apercevront pas lorsqu'ils effectueront une recherche de titres de propriété ? Il y a sûrement quelqu'un dans ce groupe qui aura l'intelligence de comprendre que vous avez volé tous ces biens et que vous vous êtes enfui ?

— Il n'y a qu'un seul type sur mon dos. Il s'impatiente et m'appelle tout le temps. Mais avant qu'il ne me retrouve et que les autres ne comprennent, j'aurai pris la poudre d'escampette depuis longtemps. Ils sont tellement déconcertés qu'ils ne seront bons qu'à se faire des nœuds au cerveau pendant un certain temps. En attendant, je quitterai le pays.

Doreen verrouilla son regard sur lui.

— Reggie, vous savez que c'est faux, que ce n'est pas comme ça que ça va se dérouler.

— Bien sûr que si, affirma-t-il d'un air presque désespéré. Sinon, je n'aurai pas assez d'argent pour prendre ma retraite. Vous le comprenez ?

— Oui, je comprends. Ce que je ne comprends pas, c'est comment vous pouvez penser que ça va tourner en votre faveur. Ces hommes s'en prendront à vous, et vous ne les verrez même pas venir. Qui sait ? Peut-être qu'ils vous feront ce que vous essayez de me faire, ils vous forceront à signer.

Il secoua la tête.

— Non, je ne signerai pas.

— Vous ne comprenez pas ? Ils trouveront quelque chose qui vous tient à cœur, et ils vous forceront.

— Je n'ai personne ! Mon travail pour Mathew a veillé à ce que je n'aie personne.

— Aucune famille ?

— Non, et merci de me poser la question quinze ans après notre rencontre.

Doreen grimaça.

— Vous avez tout à fait raison. Surtout à la fin de notre mariage, je ne savais rien faire d'autre que d'errer dans les couloirs comme un fantôme.

— C'était le surnom qu'il vous avait donné, vous le saviez ? Il m'a dit que c'était effrayant de vous voir vivoter.

— Mais oui, et à chaque fois que je disais ce que je pensais, il me frappait.

— C'était vraiment un sujet de désaccord entre nous. Il m'a dit que c'était bon pour vous, mais quand il a continué à faire toutes ces remarques, à dire que vous étiez un fantôme, j'ai compris l'effet que ça avait sur vous.

— Si j'avais pu le frapper moi-même, je l'aurais fait. J'en ai même eu envie quand j'ai trouvé son cadavre, parce qu'une partie de moi voulait le tuer. Je n'arrive pas à croire que vous l'ayez descendu à côté du restaurant chinois.

— Quel idiot d'avoir cru qu'il pouvait vous attendre. Mathew se trouvait si intelligent de savoir où vous alliez, ce que vous faisiez. Pourquoi ne pas aller directement chez vous ?

— Parce que mes voisins étaient toujours à l'affût de Mathew, il avait fait tant de raffut la dernière fois. Les flics ont créé des alertes afin de pouvoir le surveiller durant ses venues en ville, et ils lui ont aussi dit de ne pas venir me déranger chez moi.

Reggie fronça les sourcils.

— Je n'étais au courant de rien.

— Oh, il ne vous l'a pas dit ? Mon ami lui est tombé dessus après avoir semé la zizanie et essayé de m'agresser.

— Je l'ignorais, mais ça explique beaucoup de choses.

— Peut-être pour vous, mais pas pour moi.

— Mais si, insista Reggie avec un sourire.

C'est alors qu'elle comprit pourquoi il était si suffisant.

— Où est Goliath ? interrogea Doreen.

— Le chat ? Quelque part. Il n'a pas apprécié que je le prenne dans mes bras, répondit Reggie, le regard noir. Ce satané chat m'a griffé la main.

Il releva sa manche pour lui montrer son bras griffé.

— C'est le principe d'un chat, répliqua la jeune femme.

— C'est pourquoi il recevra une balle, déclara Reggie en la fusillant du regard.

— Thaddeus ? demanda-t-elle avec méfiance.

Il pointa du doigt le perroquet sur le côté qui observait les débats.

— Thaddeus, souffla-t-elle. Doreen aime Thaddeus.

Ce dernier inclina la tête sur le côté et murmura :

— Thaddeus aime Doreen.

Reggie passa son regard entre le volatile et sa maîtresse.

— Oh, comme c'est mignon, piailla Reggie avec sarcasme. Au moins, je sais qui je vais tuer en premier.

Doreen retourna la tête brusquement vers lui.

— Alors, vous pensez que tuer mon perroquet mettra un terme à tout ça ?

Elle se sentit fière d'elle en entendant le cynisme dans sa propre voix.

Reggie darda sur elle un regard noir.

— Si vous voulez que l'oiseau vive. Ils ont une longue espérance de vie, vous savez.

— Je sais, affirma-t-elle, si on leur laisse cette opportunité, bien sûr.

— *En effet*, acquiesça Reggie.

La jeune femme scruta la pièce, ses yeux s'adaptaient lentement à la lumière.

— Où sommes-nous ?

Il haussa les épaules.

— On s'en moque, cingla Reggie.

— Pas du tout. C'est important pour moi de savoir.

— Non, rétorqua-t-il. Vous êtes là où personne ne vous trouvera.

— Je dirais, un entrepôt ? C'est presque trop cliché.

Il la foudroya du regard. Doreen examina le mur latéral où il y avait un peu de lambris et fronça les sourcils.

La pièce lui semblait familière, mais la lumière était trop faible pour qu'elle puisse bien voir ce qui l'entourait.

— C'est ma cave ! s'écria-t-elle.

— Oui, c'est aussi un bon sous-sol, nota-t-il. J'ai failli le rater. Qui aurait cru qu'il y aurait des portes du garage reliées à ce sous-sol ?

— Je sais que le plan de cette maison est très étrange,

mais c'est ma maison, se réjouit-elle. Je me plais vraiment ici.

— Eh bien, c'était pratique.

— Bien entendu, dit-elle en souriant.

— Personne ne risque de venir vous chercher ici, du moins pas avant quelques jours.

La jeune femme opina du chef.

— Ou pas. Mugs devra aller se soulager, riposta-t-elle.

Elle regarda autour d'elle, et son chien était déjà en train de pleurnicher à la porte. Il courut vers sa maîtresse, puis retourna à la porte, et ainsi de suite.

Reggie fulminait.

— Si vous ouvrez la porte latérale du garage, il pourra sortir dans le jardin.

Il réfléchit un instant et acquiesça.

— Vous ne pouvez pas vous enfuir, alors je vous laisse réfléchir au sort des deux autres animaux.

Ainsi, Reggie suivit les instructions de Doreen et Mugs monta les escaliers en courant jusqu'à la double porte du haut. Reggie les ouvrit, fit sortir Mugs par la porte latérale du garage, puis redescendit les marches.

— J'imagine qu'il reviendra lorsqu'il aura terminé, devina-t-il.

Chapitre 26

— BIEN SÛR qu'il va revenir, répliqua Doreen.

Néanmoins, mentalement, elle exhortait Mugs d'aller chercher Mack. Au même moment, alors que la porte était encore grande ouverte, Thaddeus s'envola par-dessus la tête de Reggie, en criant.

— Trouve Mack, Thaddeus ! Trouve Mack ! l'enjoignit la jeune femme.

Reggie tenta de sauter pour l'attraper, mais Thaddeus le contourna. Doreen remarqua que Goliath se faufilait à toute allure à l'étage. Reggie courut à leur suite afin de fermer la porte, toutefois, les animaux étaient déjà sortis.

Elle sourit, tandis qu'un grand sentiment de soulagement l'envahissait.

Reggie redescendit, le regard noir, en jurant ses grands dieux.

— Quel langage affreux, déclara Doreen.

Il fit volte-face et fonça sur elle, la main levée par la fureur.

— Vous êtes exactement comme Mathew, ajouta-t-elle.

Reggie se figea aussitôt et abaissa sa main.

— Il aimait vraiment vous frapper, n'est-ce pas ?

— Jusqu'à ce que j'arrête de broncher. Ça ne lui plaisait pas, donc il a trouvé un autre exutoire.

— Il a choisi la boxe, murmura Reggie d'un air distrait. À vrai dire, c'est moi qui lui ai suggéré. Je lui ai dit qu'un jour ou l'autre, il ne pourrait plus cacher les bleus, et il a arrêté de vous frapper. Alors, rien que pour ça, vous devriez quand même signer les papiers.

— Peut-être, mais je ne peux toujours pas signer quoi que ce soit avec les mains liées.

Reggie la dévisagea, puis affirma :

— Je ne vous fais pas confiance.

— Ça, je n'y peux rien. Vous attendez de moi que je signe alors que je ne peux pas tenir un stylo correctement. Les signatures ne passeront pas l'inspection, surtout si on les compare à mes signatures précédentes. Vous ne pensez pas qu'elles seront vérifiées sur des documents juridiques ?

Reggie opina du chef.

— Je me demandais comment le processus fonctionnait.

— De plus, j'avais désigné Robin comme mon avocate principale, donc elle pouvait prendre toutes ces décisions et agir en mon nom, expliqua la jeune femme, mais je ne sais pas ce qu'il va se passer dans votre cas. Je suppose que Mathew a prévu quelque chose, mais c'était mon mari, donc c'est une autre histoire. Dans votre cas, je n'en sais rien.

Le visage de Reggie se tordit de fureur, alors qu'il prenait conscience que ce ne serait peut-être pas aussi facile qu'il l'avait espéré.

— Je suis sûre que si vous prenez un avocat véreux, il trouvera un moyen d'imiter ma signature sur un document, faisant de lui mon représentant légal, mais vous devez savoir que ça va vous coûter un petit billet.

— Tout a un prix dans ce monde ! s'emporta-t-il.

— C'est tout à fait vrai. Tout a un prix.

Doreen entendit Mugs aboyer à l'extérieur.

— C'est quoi son problème ? s'enquit Reggie.

— Mugs veut rentrer.

Reggie hésita, puis leva les yeux vers la porte, alors que les aboiements se faisaient de plus en plus forts, de plus en plus insistants.

Finalement, il se tourna vers Doreen et lui demanda :

— Qu'est-ce qu'il a ?

— Peut-être qu'il veut me voir. Vous y avez pensé ?

— Je m'en moque. Je vais devoir le tuer s'il ne se tait pas. Quelqu'un va finir par se présenter pour voir si vous allez bien.

— En effet, convint-elle.

Elle entendit alors un chat hurler, ce qui la fit sourire.

— C'est Goliath.

Soudain, une voix rauque et forte éclata :

— Police, police ! On a besoin police, police !

Reggie regarda Doreen avec horreur.

Elle haussa les épaules.

— Thaddeus est intelligent et il sait parler. Tous mes animaux sont intelligents. Et ce sont eux qui sont en train de faire du grabuge dehors.

Reggie pâlit, son regard verrouillé sur la jeune femme.

— Bon Dieu, qu'est-ce que vous dirigez ici, un zoo ?

— En quelque sorte, concéda-t-elle en hochant la tête. Ils m'aiment et savent quand j'ai des problèmes.

— C'est faux, rétorqua-t-il. C'est complètement absurde. Je ne suis pas aussi crédule.

— Non, mais Mathew disait que vous n'étiez pas la chips la plus croustillante du paquet.

Le visage déformé de colère, Reggie avança d'un pas vers

Doreen.

— Il ne vous aimait pas vraiment et j'en suis désolée. Vous méritiez mieux.

— C'est certain ! Et j'ai fait beaucoup d'affaires avec lui.

— Je sais, mais ça ne veut pas dire qu'il vous a bien traité dans ces affaires.

Il y réfléchit, puis haussa les épaules.

— Je ne peux pas le tuer une deuxième fois, murmura-t-il, alors ça n'a pas vraiment d'importance.

— Je comprends, et de cette façon, vous n'obtenez toujours pas vraiment justice, ce qui est aussi difficile. Je suis sûre que Mathew vous a plumé sur d'autres sujets, et vous ne l'avez sûrement même pas vu venir.

— Il m'a dit que l'un d'eux était un accident.

— Ou pas. Il n'y avait jamais d'accident avec Mathew.

Reggie se raidit en y réfléchissant.

— Peut-être, alors raison de plus pour que je reçoive cette compensation maintenant et que je me tire d'ici.

Cependant, à l'extérieur, le vacarme continuait et les gens commençaient à crier :

— Qu'est-ce qu'il se passe ? Qu'est-ce qu'il se passe ?

— Reggie, vous avez une chance de quitter les lieux avant que les flics n'arrivent, l'avertit-elle.

— Les flics ne nous entendront pas. Ils vont faire venir un refuge pour animaux.

Doreen lui adressa un sourire condescendant.

— Vous ignorez qui sont ces animaux.

— Vous êtes quoi, une célébrité ?

— Quelque chose comme ça, répondit-elle en opinant.

Dehors, Thaddeus poussait des cris comme elle n'en avait jamais entendu. Même Goliath hurlait à pleins poumons. Ce serait un miracle que personne ne les entende. Si

Richard était chez lui, il appellerait la police, tout comme les voisins de l'autre côté, même si elle n'avait jamais vraiment eu affaire à eux. Avec un peu de chance, tout le monde était en train d'appeler la police. Du moins, elle l'espérait, et cet espoir suffisait à lui faire tenir le coup.

— Je ne peux pas partir sans ces papiers. Dépêchez-vous de les signer.

Reggie les jeta près de Doreen.

Elle brandit ses mains liées.

— Non, pas tant que vous n'aurez pas détaché mes mains, répéta-t-elle, exaspérée. C'est simple. Vous voulez que je signe ? Détachez-moi.

Il lui lança un regard noir, puis sortit un canif et s'empressa de couper les liens autour de ses mains.

Elle se frotta lentement les poignets.

— Regardez ça. Ils m'ont entaillé la peau.

— Et alors ? répliqua Reggie sur un ton peu amène. Ce n'est rien comparé à ce que je vous ferai si vous ne signez pas ces fichus documents.

Doreen le foudroya du regard.

— Pas besoin d'être aussi méchant.

— Pas besoin d'être aussi stupide ! s'époumona-t-il, avant de désigner le stylo et de beugler : Signez ! Tout de suite !

Il tenait le canif de telle manière qu'elle savait qu'il était sur le point de perdre les pédales, et que le vacarme à l'extérieur le terrifiait aussi.

— Vous devriez fuir, insista-t-elle calmement en rassemblant les papiers. Vous ne vous en tirerez pas.

Doreen observa les papiers et, même dans l'obscurité du sous-sol, elle parvint à déchiffrer les lettres. La jeune femme se fendit d'un sourire.

— Wouah, je vais signer ces papiers, sans aucun problème.

Elle entama de signer chacun des documents.

— Dieu merci, souffla-t-il.

Il lui arracha ensuite des mains.

— Vous ne les avez pas lus, n'est-ce pas, Reggie ?

— Pourquoi dites-vous ça ? s'étonna-t-il.

Il posa son regard sur les documents, puis ses sourcils se froncèrent.

— Ils ont été rédigés dans le but de transférer les biens à Mathew, mais d'après vous, qui va hériter de tout ?

Reggie la regarda avec stupeur et s'empressa de feuilleter les papiers.

— Non, non, non, j'ai scanné les bons.

— Ou pas. Vous avez scanné les documents que Mathew a conservés et qui sont remplis à son nom, précisa Doreen. Ils ne pourront jamais être validés parce qu'il est décédé.

Reggie se mit alors à hurler au scandale. Elle ne pouvait pas faire grand-chose, car ses pieds étaient toujours attachés, néanmoins, après avoir compris qu'il avait attaché chacune de ses jambes à un pied de la chaise, elle se débattit pour les soulever. Elle allait devoir libérer une jambe et faire de même avec l'autre.

Pendant ce temps, Reggie scrutait toujours les papiers avec horreur.

— Bien essayé, observa-t-elle en s'élançant vers la porte.

Il la prit en chasse et, à mi-chemin dans l'escalier, il l'attrapa par la taille et la tira en arrière. Doreen dégringola les marches et poussa un cri de douleur en atterrissant en bas.

— Pas question, pas question.

— Vous ne pouvez plus rien y faire, conclut Doreen, alors vous feriez mieux de vous enfuir avant que les flics n'arrivent.

Il la fixa, paniqué, puis regarda autour de lui, avant de décider qu'un repli précipité était la meilleure solution, du moins pour le moment. Il grimpa les escaliers, ouvrit les doubles portes et se précipita dans le garage, où il se heurta à une armoire à glace très solide.

Une armoire à glace nommée Mack.

Chapitre 27

DOREEN ÉTAIT RECROQUEVILLÉE dans sa cuisine, une couverture enroulée autour de ses épaules, à attendre que le café coule.

Mack était assis à côté d'elle, un bras la tenant contre lui.

— Tu es sûre que tu n'as pas besoin de te faire examiner ?

— C'est bon. Je suis juste tombée dans les escaliers.

Le caporal lui lança un regard désabusé.

— Tu es *juste tombée dans les escaliers* ? Des gens meurent tous les jours de cette façon.

— Je sais, mais pas moi.

Thaddeus s'était lové sur son épaule et, de temps en temps, il frottait son bec contre elle en chuchotant :

— Thaddeus aime Doreen.

— Je t'aime aussi, mon grand gaillard, souffla-t-elle.

— Grand gaillard, grand gaillard, s'écria le perroquet.

Elle grimaça.

— Oui, je sais. Tu aimerais retourner voir Grand gaillard, n'est-ce pas ?

— Thaddeus aime Doreen. Thaddeus aime Doreen, répéta-t-il.

Après avoir lâché ce qui ressemblait à un hoquet, puis un sanglot, il se blottit contre le cou de la jeune femme et fredonna doucement.

— Ils sont très spéciaux, soupira-t-elle.

— En effet, acquiesça Mack en observant Thaddeus, et ils sont manifestement aussi bouleversés que toi.

— Je n'arrive pas à croire que tu étais déjà en chemin.

— Si, mais Richard m'a tout de suite appelé pour me dire que quelque chose n'allait pas du tout, que tous les animaux étaient dehors, en train de faire du grabuge. J'ai traversé la maison, puis j'ai compris que tu ne pouvais qu'être dans le garage ou au sous-sol.

— Timing parfait, marmonna-t-elle. Et maintenant, Reggie sait ce que c'est que de heurter une armoire à glace.

Un rire gronda dans la poitrine de Mack, et Doreen se recroquevilla plus près de lui.

— C'est fini maintenant ?

— Oui, je pense que c'est fini, affirma-t-il.

— Bien, on doit l'annoncer à M. Woo.

Doreen bâilla, ferma les yeux et se blottit contre Mack.

Celui-ci se cala et la serra contre lui, son menton reposant sur la tête de la jeune femme.

La police était là, y compris la nouvelle inspectrice à qui Doreen ne voulait vraiment pas avoir affaire. Finalement, en entendant quelqu'un se racler la gorge, Doreen ouvrit les yeux et découvrit l'enquêtrice en face d'elle.

— Maintenant ? Sérieusement ? s'enquit Doreen, les sourcils froncés.

— Oui, maintenant, confirma Insley avec fermeté.

Doreen soupira, regarda Mack et dit :

— D'accord. Qu'est-ce que vous voulez savoir ?

— Tout, gronda Insley.

— Tout ? Eh bien, bonne chance, grommela Doreen, avant de bâiller à nouveau.

D'une voix monocorde, elle se mit à expliquer tout ce qu'il s'était passé.

— Tu as signé les papiers ? interrogea Mack.

— Oui. Je gagnais du temps, j'espérais que de l'aide arriverait, mais ils ne sont pas légaux de toute façon. Ils sont tous remplis au nom de Mathew. Reggie les a volés sur son ordinateur portable, en pensant que je pouvais signer. Mais il ne les a pas lus attentivement. Ils étaient déjà remplis pour que les biens soient transférés à Mathew. Il pensait pouvoir les remplir après coup.

— Bien sûr, soupira Mack.

— Mathew a toujours dit que Reggie n'était pas le plus malin.

— Certes, mais ça ne veut pas dire qu'il est stupide.

— Non, mais c'est tant mieux. Pour que ce soit clair, est-ce qu'on doit raturer ces documents ? Pour être sûrs qu'il n'y a aucun risque de confusion ou de nouveau coup d'éclat ?

— Bonne idée, approuva Mack.

— On a les documents, non ?

Elle se tourna vers l'inspectrice qui les lui tendit. Doreen les prit et demanda :

— Ça te dérange si je les déchire ?

— Pas du tout, répondit le caporal.

— Attendez. Laissez-moi d'abord prendre des photos, intervint Insley.

— Je peux faire mieux que ça. Je vais vous les scanner.

Doreen se leva lentement, puis, la couverture toujours sur ses épaules, elle se dirigea vers son imprimante, passa rapidement en revue ses signatures, avant de scanner chaque page et de se les envoyer par email. De son téléphone, elle transféra une copie à Mack.

— Maintenant, tout le monde a une copie, annonça-t-elle. Ce n'étaient même pas les documents de Mathew, du moins pas complètement.

— Comment ça ? questionna Mack.

— Il dirigeait une société-écran avec des promoteurs immobiliers. Apparemment, il était le patron de l'équipe ; ils avaient acheté des propriétés à bas prix et prévoyaient de les revendre à prix d'or, puis de construire des lotissements. Le genre d'engouement typique de ces gens-là. Bref, Robin a instruit les documents et mis toutes ces propriétés à mon nom pour se venger de Mathew. Elle a eu des remords juste avant de mourir, et s'est servie des mêmes documents qu'ils m'avaient fait signer auparavant – au cas où Mathew en aurait eu besoin temporairement pour des raisons fiscales. *À des fins d'évasion fiscale.* Reggie m'a indiqué que Mathew glissait des formulaires supplémentaires dans des dossiers légitimes, je signais donc des formulaires dont j'ignorais le motif, seulement pour qu'il les ait sous la main quand il en avait besoin. On pourrait penser que c'était stupide de ma part, mais honnêtement, refuser de signer, c'était tendre le bâton pour se faire battre, et, à la fin, je me contentais de faire ce qu'il me demandait.

Doreen se reprit et continua.

— Apparemment, Mathew ne savait pas que Robin avait fait enregistrer ses modifications, jusqu'à ce qu'il fasse une recherche de titres récemment à cause du divorce en cours. Il voulait s'assurer de l'adresse de chaque bien, voir s'il pouvait remanier quoi que ce soit, afin que ça ne soit pas inclus dans la division des actifs. C'est alors qu'il s'est rendu compte que toutes ces propriétés étaient à mon nom.

Mack la dévisageait.

Elle haussa les épaules.

— Que veux-tu ? C'est du Mathew tout craché.

— Pourtant, vous vous en êtes très bien sortie, soupira Insley avec dégoût.

— Parfois, les gens s'en sortent très bien, convint Doreen, et d'autres fois, ils n'ont que ce qu'ils méritent.

— Alors, vous dites que vous méritez toutes ces propriétés ? s'enquit Insley d'un ton moqueur.

— Non, mais si vous aviez été mariée avec cet homme, vous comprendriez peut-être ce que je ressens.

Insley fronça les sourcils.

Doreen alla s'asseoir à côté de Mack.

— Je n'ai vraiment plus envie de parler, chuchota-t-elle.

Mack enroula doucement son bras autour de ses épaules et rapprocha sa chaise de la sienne.

— Je vais lui dire.

Elle acquiesça et bâilla à nouveau.

— Tu vas mettre M. Woo au courant ?

— Oui. Maintenant, il faut que tu te couches et que tu te reposes.

— Bonne idée… même si je ne suis pas sûre de trouver le sommeil.

— Avec les gardiens que tu as ici, tu devrais t'en sortir.

Elle regarda ses animaux. Mugs s'était roulé en boule sur ses pieds et Goliath était sous sa chaise, observant tout le monde avec le regard lancinant d'un chat qui n'aime pas ce qu'il se passe.

— Tu as raison, dit-elle en réussissant à esquisser un demi-sourire. Tout ira bien.

— Demain, c'est la lecture du testament, n'est-ce pas ? demanda Insley.

— Oui, je dois appeler pour participer à la réunion, répondit Doreen.

L'enquêtrice hésita, les sourcils froncés.

— Quoi ? Vous avez aussi besoin d'être présente à ce rendez-vous ? interrogea Doreen.

— Non, pas forcément, mais nous aurons besoin d'une copie du testament.

— Vous en aurez une après la lecture. Apparemment, c'est du domaine public, une fois la lecture terminée.

— D'accord.

Insley se tourna alors vers Mack.

— On doit y aller.

— Oui.

Mack se leva, se pencha vers Doreen et l'embrassa avec douceur.

— Ça va aller pour cette nuit ?

— Oui, ça va aller. Va faire ton travail de policier.

Il s'esclaffa.

— Ça va sûrement être de la paperasse maintenant. Toutes ces choses ennuyeuses qui suivent le côté excitant de l'enquête.

— C'est vrai, les choses que tu n'as jamais aimé faire. Bon, je vais me coucher.

La jeune femme se leva et, dès qu'ils furent sortis, elle activa l'alarme, tituba à l'étage et s'écroula sur son lit.

Chapitre 28

Mardi matin...

DOREEN FUT RÉVEILLÉE par son téléphone le lendemain matin. Elle grommela un salut fatigué. C'était Nan.

— Les journaux n'arrêtent pas d'en parler. Pourquoi ne m'as-tu rien dit ? s'écria sa grand-mère.

— Te dire quoi ?

— Que tu as résolu l'affaire, répondit Nan, qui pleurait presque de joie.

— Tu vas gagner de l'argent grâce à ça ? l'interrogea Doreen, fixant le plafond pendant le long silence qui s'ensuivit. Ça fait si longtemps que tu n'as pas parlé de pari que j'ai pensé que tu avais peut-être décidé de ne plus t'y adonner.

— Quoi ? Bien sûr que non.

Puis la vieille dame ajouta d'un air méfiant :

— J'ai fini par comprendre que le sujet te contrariait, alors je n'en ai pas parlé cette fois-ci.

— Alors, qui a gagné de l'argent grâce à moi hier soir ?

— Richie, déclara Nan avec dégoût. Richie a tout raflé sur ce coup-là.

— Combien a-t-il gagné ? soupira Doreen.

— Sept cent vingt cents, annonça Nan.

La jeune femme s'esclaffa.

— C'est un sacré butin. Bonne chance pour que la banque accepte son dépôt.

— Désolée de t'avoir réveillée, ma chérie, s'excusa Nan. Quand tu te sentiras mieux, appelle-moi.

Et elle raccrocha.

Allongée dans son lit, Doreen pensa aux 720 cents et à l'irritation de Nan face à la victoire de Richie, avant d'éclater de rire.

Ce genre de pari ne la gênait pas. C'était juste pour s'amuser. Elle regrettait de ne pas avoir appelé sa grand-mère la veille au soir, mais elle était exténuée, et mettre Nan au courant lui avait échappé. Doreen sortit de son lit avec précaution ; elle ignorait les effets suite au coup qu'elle avait reçu sur la tête et sa chute dans les escaliers. Mais un peu plus tard, après s'être douchée, habillée et avoir bu un café, elle se rendit compte que, pour l'essentiel, à part quelques égratignures et ecchymoses, elle allait vraiment bien. Plus important encore, elle savait que c'était fini. Vraiment fini.

Elle sortit et appela Mugs :

— Viens, mon grand. Allons à la rivière.

Richard la héla de l'autre côté de la clôture, puis son visage apparut par-dessus.

— Bonjour. Vous allez bien ?

— Bonjour, Richard. Ça va aller, et je veux vous remercier d'avoir appelé la police.

— Vous avez entendu les animaux ? répliqua-t-il, les yeux écarquillés. Quel vacarme ! Dans tous les cas, la police aurait fini par rappliquer, même si je n'avais pas appelé.

Doreen s'esclaffa.

— Alors, vous êtes au courant que j'étais retenue prisonnière au sous-sol ?

Il secoua la tête, la mâchoire béante.

— Oh, Seigneur. Vous voulez bien arrêter tout ça ? J'aimerais dormir, et tous ces problèmes m'en empêchent, car je redoute sans cesse ce qui va se produire.

— Si ça peut vous rassurer, je ne dors pas très bien non plus, marmonna-t-elle. Alors, j'aimerais aussi qu'il n'y ait plus de problèmes.

— Entendu, mais vous allez bien, n'est-ce pas ?

— Je vais bien. Merci de demander.

Étant donné que j'ai été frappée à la tête, attachée à une chaise au sous-sol, puis plaquée avant de tomber dans les escaliers en essayant de m'échapper, se dit-elle avec un sourire.

Richard afficha une mine rayonnante et se retira derrière la clôture.

Lentement, une tasse de café à la main et les animaux à ses côtés, Doreen marcha prudemment vers la rivière, où elle s'assit et se détendit. Pour elle, c'était une nouvelle journée et un tout nouveau monde. Il lui faudrait tout de même un certain temps pour assimiler la mort de Mathew et ce qui en découlerait. Elle n'était plus obligée de divorcer à présent. Cependant, tout le temps et les efforts que Nick avait consacrés à ce dossier n'avaient manifestement servi à rien, mais c'était peut-être une bonne chose que toute cette histoire ne soit pas allée plus loin. Et aujourd'hui, c'était la lecture du testament.

En fait, il était déjà 9 heures. Elle consulta sa montre et constata qu'il ne lui restait plus qu'un quart d'heure avant de se préparer pour le rendez-vous.

Son café terminé, Doreen rentra chez elle avec les animaux. Elle ouvrit la porte de la cuisine afin qu'ils puissent aller et venir pendant qu'elle était en ligne pour la lecture du testament, puis elle ouvrit son ordinateur portable.

Juste avant qu'il ne démarre, elle entendit un pick-up s'engager dans son allée. La jeune femme se releva, marcha jusqu'à la porte d'entrée et vit Mack sortir du véhicule.

— La police a décidé d'assister au rendez-vous après tout ?

Il secoua la tête.

— Non. J'ai décidé que je devais être présent… pour te soutenir.

Un lent sourire se dessina sur le visage de la jeune femme.

— Merci, Mack. C'est gentil, charmant même.

Doreen l'embrassa avec douceur. Mack était assurément là pour la soutenir, malgré les nombreuses fois où, au cours de l'enquête, il avait semblé plus enclin à soutenir *Insley*. Le sourire de Doreen s'élargit, son cœur était comblé.

— Allez, ça va bientôt commencer, déclara le caporal.

Doreen retourna à la table de la cuisine et avisa l'avocat sur l'écran de l'ordinateur portable. Elle hocha la tête.

— Bonjour, Roger. Mack est avec moi.

L'avocat opina.

— D'après mes échanges avec la police ce matin, j'ai cru comprendre qu'il y avait eu un sacré remue-ménage chez vous hier soir.

— La description est parfaite. Reggie m'a attaquée et m'a attachée dans mon sous-sol. Il essayait de me faire signer tous ces documents de transfert de propriété, afin de les mettre à son nom.

Roger se contenta de secouer la tête.

— Bon Dieu, je suis heureux d'entendre que c'est fini.

— Oui, moi aussi. Alors, qu'est-ce qu'il y a dans ce testament qui serait à l'origine de tout ce drame ?

Roger sourit.

— En raison des récentes activités de Reggie, son legs sera bloqué pendant un certain temps, le temps qu'il jouisse de son droit à un traitement équitable. Toutefois, s'il est reconnu coupable, il sera exclu du testament. Donc, en fin de compte, tout vous reviendra.

— Mais qu'est-ce que ça veut dire ? Je ne sais même pas ce que Mathew possédait.

L'avocat la dévisagea, et Doreen haussa les épaules.

— Si ça se trouve, il a vendu la maison après mon départ. J'ignore tout de ses biens.

— Votre avocat en charge du divorce a la liste en sa possession. Je ne comprends pas. Nick ne vous l'a pas donnée ?

À ce moment-là, Mack se pencha en avant et intervint :

— Je peux témoigner du fait qu'elle a clairement indiqué à son avocat qu'elle ne voulait pas se reposer sur quoi que ce soit, et qu'elle ne voulait connaître aucun montant pendant la procédure. Elle lui a demandé de négocier quelque chose d'équitable qui lui permettrait de vivre modestement.

La mâchoire de Roger se décrocha.

Mack acquiesça.

— Je sais, mais elle est comme ça, ajouta-t-il avec une certaine fierté.

— Pour résumer, imaginons que nous sommes en pleine partie de poker, expliqua Roger à Doreen, vous venez de rafler la cagnotte.

— Pourriez-vous me dire ce qu'il y a dans cette cagnotte ?

— Les propriétés qui vous ont été transférées, car cela a été fait en toute légalité. Aucune des personnes impliquées n'a de droits. Ce n'est même pas une entité juridique. C'était une société-écran qui blanchissait de l'argent. Donc, quand je dis que vous avez raflé la cagnotte, vous avez tout gagné.

Après avoir résumé ces propriétés, il commença à énumérer les propriétés au nom de Mathew.

Lorsqu'il eut terminé, Doreen l'observait avec stupeur.

— Pourquoi Mathew avait-il autant de maisons ? On ne peut en habiter qu'une à la fois.

Les lèvres de Roger tressaillirent.

— Il avait quatre maisons ici et une en France.

— En France ? répéta-t-elle, choquée. Nous ne sommes jamais allés en France.

— C'est un achat récent, qui intéressait surtout Robin, je crois. Tout le mobilier et les œuvres d'art sont inclus.

Doreen leva les yeux au ciel.

— C'est noté pour la liste des propriétés. Y a-t-il autre chose que je devrais savoir ?

— Oui, il y a le contenu des coffres-forts de la maison. J'ai une liste, qui comprend des bijoux, dont certains pourraient vous appartenir, ce qui a dû être notifié dans l'accord de divorce.

— En effet, confirma Doreen.

— Il y a encore plus de bijoux que cela – certaines pièces sont des investissements, par exemple. Il y a aussi des actions, des obligations et de nombreux comptes bancaires. En résumé, la valeur totale dépasse largement les vingt millions et pourrait atteindre les trente millions, voire plus. Je n'ai pas la valeur exacte de beaucoup de ses tableaux et de ses bijoux.

Doreen se cala dans sa chaise, stupéfaite, puis se tourna vers Mack, incapable d'articuler un seul mot.

Mack, lui, éclata de rire, puis l'embrassa à pleine bouche.

— Merci. Elle en perd ses mots. A-t-elle quelque chose à faire maintenant ?

— En ce qui concerne les successions, c'est à la fois

simple et très compliqué. C'est pourquoi nous devrons faire preuve d'une grande diligence au cours de la procédure d'homologation, afin de nous assurer que tout est fait correctement et que nous sommes en mesure de répondre à toute réclamation contre la succession qui pourrait survenir. Si nous nous attendons à ce qu'il y ait une contestation, nous nous abstiendrons jusqu'à ce qu'elle soit résolue. Ce qui était destiné à Reggie sera conservé jusqu'à ce qu'il soit condamné ou disculpé, ce qui semble peu probable. Ainsi, Doreen pourra certainement avoir accès à certains biens rapidement. D'autres choses prendront plus de temps. Tout lui a été légué, pour ainsi dire.

— Et la prochaine étape ? demanda Mack.

— Je m'en occupe et je lui envoie les documents. Il va y en avoir beaucoup, de quoi l'occuper le temps de trouver comment gérer cela.

L'avocat hocha la tête, puis se concentra sur Doreen.

— Doreen, je vous expliquerai tout en détail dans une lettre qui accompagnera les documents, mais c'est colossal, et cela vous dépassera sans doute. Vous devriez vous entourer de conseillers de confiance et prendre le temps de réfléchir à ce que vous voulez faire de tout cela. À moins que vous n'ayez des questions, nous avons terminé et vous pouvez vous attendre à recevoir bientôt un email contenant des documents en annexe, y compris une copie du testament. Donc, si vous n'avez pas de questions à me poser pour le moment, nous devrions nous revoir bientôt.

Il la regarda, ainsi que Mack, et tous deux acquiescèrent.

— Merci. Je vais raccrocher alors.

L'avocat disparut de l'écran et Mack se tourna vers Doreen en éclatant de rire.

— Si tu voyais ta tête. Il a raison, tu sais ? Pour reprendre son analogie du poker, tu viens de gagner gros.

Elle secoua la tête, toujours muette.

Mack comprit qu'elle devait bouger ; il lui prit les mains, la tira de sa chaise et la fit tournoyer.

— Devine quoi ? Tu peux manger un steak maintenant, si tu veux.

Doreen s'illumina.

— Est-ce que ça veut dire que je peux manger, je ne sais pas, de la soupe ?

— Tu n'as rien de plus sophistiqué qui te vient à l'esprit ? s'enquit-il en riant.

— Tu plaisantes ? Mon cerveau a cessé de fonctionner en plein milieu du rendez-vous, répliqua-t-elle piteusement, alors sois indulgent avec moi.

Le caporal sourit et serra la jeune femme dans ses bras.

— Tu peux manger de la soupe. Tu peux manger du homard. Tu peux avoir tout ce que tu veux parce que tu es une femme très riche.

— Pas encore. Pour l'instant, je n'ai rien. Ce n'est pas réel, soupira-t-elle. Tu sais que je me moquais de tout ça, pas vrai ?

— Je sais. Tu voulais seulement être assurée de pouvoir nourrir tes animaux et avoir assez d'argent pour t'en sortir. Mais tu t'es toujours mieux occupée d'eux que de toi-même. On n'est pas fait pour vivre de pâtes et de café, affirma-t-il avec un regard sombre.

— Maintenant, il y aura assez à manger pour nous tous, s'enthousiasma-t-elle. Et pour toi aussi.

Un sourire transforma peu à peu le visage de Mack, et c'était beau à voir.

Doreen se leva et lui donna un chaste baiser sur le menton.

— Wouah. Je sais qu'il y a encore une tonne de paperasse, et je n'ose même pas imaginer la quantité de choses à gérer… mais wouah.

— C'est vrai, souffla-t-il en secouant la tête. Et tu peux ajouter à ça toutes les antiquités, qui te seront bientôt payées. Tu vas devenir une femme extrêmement riche. Comme Roger l'a dit, tu devrais te trouver de bons conseillers financiers pour te guider, pour te faire des suggestions, souligna Mack. Tu seras au même niveau que Bernard.

Elle secoua la tête.

— Non, il n'y a pas de niveaux dans mon monde, rectifia-t-elle. Je suis moi, et j'ai l'intention de le rester.

Mack la prit dans ses bras, la serra contre lui et murmura :

— J'en suis ravi, parce que je pense que *tu* es parfaite.

Épilogue

Au cours de la semaine suivante…

QUELQUES JOURS PLUS tard, après que Doreen eut eu l'occasion de se détendre, la police avait recueilli la déposition de Reggie et, bien entendu, il allait passer le reste de sa vie derrière les barreaux pour les meurtres. La jeune femme avait reçu des copies du testament de la part de l'avocat et une tonne de paperasse à traiter, ce qui n'était que la partie émergée de l'iceberg.

Heureusement, Nick s'occupait d'une large partie pour elle et elle lui promit que, cette fois-ci, elle le paierait. Il se contenta de rire et nota que, compte tenu de son changement de situation, il accepterait volontiers d'être payé.

— Maintenant, dis-moi que tu vas mettre fin aux souffrances de ce pauvre Mack, supplia son frère.

Doreen se tourna vers lui.

— Tu vas peut-être trouver ça surprenant, mais tout le monde n'arrête pas de me le répéter. Je suis peut-être longue à la détente, n'empêche que je ne comprends pas pourquoi.

Nick s'esclaffa.

— Encore une chose que tu dois découvrir.

— Quoi encore ? se lamenta Doreen, frustrée.

— As-tu compris pourquoi tu n'aimes pas la nouvelle enquêtrice ?

Elle lui lança un regard noir.

— Tu ne vas pas t'y mettre toi aussi ! s'emporta la jeune femme.

Mais Nick éclata de rire et, comme il était sur le départ de toute façon, continua à marcher.

Mack arriva en voiture quelques heures plus tard. Il entra, salua tous les animaux et serra Doreen dans ses bras.

— Comment ça va ?

— C'est de la folie, maugréa-t-elle.

Il haussa les sourcils.

— Comment ça ?

— Toute la paperasse que l'avocat a envoyée. Heureusement, ton frère va s'en occuper pour moi, et cette fois, je le paierai, répondit-elle avec un petit sourire.

— Ça devrait lui plaire, observa Mack avec douceur.

— J'aurais de toute façon trouvé un moyen de le dédommager. Je ne savais pas vraiment comment m'y prendre puisque je n'avais pas d'argent.

— En cookies ?

Doreen éclata de rire.

— Ça ferait beaucoup de cookies, dit-elle.

— Certes, mais qui n'aime pas les cookies ? s'esclaffa Mack avant de lui demander : as-tu réfléchi à pourquoi tu n'aimes pas l'inspectrice ?

Elle lui lança un regard noir.

— Pas toi non plus ! C'est le sujet de conversation du jour, et même avant ça.

— Oui, d'une certaine manière.

— J'en ai parlé à Nan, qui m'a jeté un regard mystérieux et m'a dit que je finirais par comprendre. Elle a sûrement raison, concéda Doreen. Et toi ? Tu veux me parler de tes nouvelles enquêtes ?

— Je n'ai pas besoin de nouveaux dossiers, déclara-t-il en lui lançant un regard noir.

— J'en ai fini avec les enquêtes, répliqua-t-il, le regard sombre. Tu devrais en faire autant.

— Quoi ? Tu prends ta retraite et tu ne me l'as pas dit ? Quelle honte. En plus, pas besoin de travailler pour être mêlé aux affaires. Et, ce n'est pas parce que j'ai de l'argent qui va arriver sur mon compte en banque que je dois arrêter de travailler sur les affaires non résolues. Ooh, et les dossiers de Salomon quand je n'ai rien d'autre à faire.

Le caporal ricana en secouant la tête. Il posa son regard sur la jeune femme, ouvrit la bouche, puis fronça les sourcils et se tut.

— Quoi ? Allez. Dis-moi, insista-t-elle.

— C'est juste que tu es une femme très riche mainte-nant, et tu pourrais trouver beaucoup mieux qu'un flic de campagne comme moi.

L'air réprobateur, Doreen s'approcha de Mack et le re-poussa pour qu'il s'assoie sur une chaise, avant de s'installer sur ses genoux.

— Bien sûr, et qui était là pour moi quand j'étais inca-pable de cuisiner, d'acheter les aliments les plus basiques et que je vivais de sandwichs au beurre de cacahuète et à la confiture ?

Elle enfonça son index dans le torse du policier.

— Qui était là quand je ne savais pas me servir d'un dis-tributeur de billets ou allumer le four ?

Elle soupira de bonheur en avisant les traits forts de son visage et l'expression charmante qui s'y trouvait.

— Ça n'a rien à voir avec l'argent. La vraie richesse, c'est ce qu'il y a à l'intérieur, conclut-elle en tapotant le cœur de Mack. Alors, ne t'inquiète pas pour ça. Je suis parfaitement heureuse avec un *flic de campagne* comme toi.

La jeune femme l'embrassa et ajouta :

— Mais ça ne veut pas dire qu'on n'aura pas d'enquêtes sur lesquelles travailler.

— Pour ma part, j'aimerais beaucoup que cette ville se calme et qu'il ne se passe plus rien pendant un certain temps.

— Va pour *un certain temps.* Que ça reste ainsi pendant des jours et des jours. Hé, même des semaines ou quelques mois, ce serait génial.

Première moitié de novembre

QUELQUES JOURS PLUS tard, Doreen et Mack étaient assis dehors, autour d'un barbecue, lorsque le téléphone du caporal sonna. Il consulta l'écran, puis se tourna vers la jeune femme.

— Une affaire ? s'enquit-elle en lui rendant son regard.

Il se leva, dardant sur Doreen un regard noir, puis s'éloigna de quelques mètres afin de pouvoir prendre l'appel en privé. Finalement, l'appel se termina, et Mack se retourna.

— Apparemment, la pause est terminée.

— Que s'est-il passé ? l'interrogea-t-elle en l'observant avec enthousiasme.

— Un corps vient d'être retrouvé dans un jardin fleuri.

— Où ?

— Derrière l'usine de jus de fruits.

Doreen réfléchit, la mine perplexe.

— Il y a un jardin derrière ?

— Oui, un jardin communautaire, précisa Mack.

— Ils sont très populaires en ville, pas vrai ?

— En effet, même si ce ne sera peut-être plus le cas après ça.

— Pourquoi ? Ce n'est pas une mort naturelle ?

Le policier secoua la tête.

— Non, il a été tasé.

La jeune femme le dévisagea comme si elle ne comprenait pas.

— Mais si, il a été *électrocuté* avec ces *petites télécommandes* qu'utilise la police, décrivit-il.

Il éclata de rire lorsque la jeune femme comprit.

— Oh mon Dieu, tu me rends fou. Maintenant, c'est moi qui invente des descriptions ridicules, bougonna-t-il.

— Mais ça a marché, et je comprends tout à fait. Alors, ce serait la faute d'un flic ?

— Non, je ne crois pas, répondit Mack. Du moins, je l'espère. Apparemment, le gars aurait été trouvé dans une zone avec des fleurs, ces choses épineuses.

— Des choses épineuses ? répéta-t-elle en fronçant les sourcils. Tu veux dire des *cactus ?*

— Non, les fleurs, avec les longues feuilles pointues…

— Des zinnias ? devina Doreen.

Mack leva les deux mains, stupéfait.

— Oui, voilà ! Comment as-tu compris de quoi je parlais ?

Elle haussa les épaules.

— J'ai simplement pensé aux fleurs qui fleurissent encore au Canada à cette époque de l'année. Toutefois, une serre dans le jardin communautaire servirait de bonne protection pour ces fleurs en hiver.

Mack haussa les épaules à son tour.

— Je n'en serai pas certain tant que je n'aurai pas vu la

scène de crime de mes propres yeux. Et n'oublie pas qu'on a bénéficié d'un automne exceptionnellement chaud et qu'on n'a pas eu de gelée meurtrière jusqu'à présent. Certaines variétés de fleurs fleurissent peut-être encore.

Le sourire de Doreen ne cessa alors de s'étirer.

— Quoi ? l'interrogea Mack, le regard confus.

— Voici l'affaire *Zizanie dans les Zinnias*, déclara Doreen en riant.

— Oh non, non, ça ne s'appellera pas comme ça.

— Oh que si, et tu le sais. Tu ne pourras pas m'en empêcher.

Mack la tança du regard.

— Si tu choisis ce nom, je veux d'abord que tu répondes à ma question.

— Je t'écoute ?

— Je veux savoir pourquoi tu n'aimes pas la nouvelle inspectrice.

Doreen rougit, regarda Mack et lui demanda :

— Tu pars tout de suite sur la scène de crime ?

— Oui.

— D'accord, dans ce cas, je vais te répondre.

Il haussa lentement les sourcils, visiblement surpris.

— D'accord, alors dis-moi.

Le caporal glissa son téléphone dans sa poche, attrapa sa veste et chercha ses clés.

— Je ne l'aime pas parce qu'elle est trop proche de toi.

Il la fixa un long moment.

— Sérieusement ?

— Oui, sérieusement, affirma-t-elle. Je ne veux pas que quelque chose se mette entre nous. Surtout pas une flic déterminée, belle et sexy que tu côtoies toute la journée.

Les lèvres de Mack tressaillirent et Doreen le foudroya

du regard. Lorsqu'il éclata de rire, elle tapa du pied et croisa les bras.

— Ce n'est pas drôle, Mack.

Il s'arrêta de rire et esquissa un sourire.

— Non, ce n'est pas drôle, convint-il. C'est absolument merveilleux.

Il la souleva, la serra dans ses bras, l'embrassa sur la bouche et ajouta :

— Tu viens d'illuminer ma journée.

Après lui avoir offert un deuxième énorme baiser, il se dirigea vers la porte d'entrée en sifflant.

— D'accord pour *Zizanie dans les Zinnias* !

— C'était plus facile que je ne le pensais, murmura-t-elle en le suivant jusqu'à la porte.

— Hé, je suis toujours ravi de composer, surtout avec quelqu'un comme toi.

— Comment ça, quelqu'un comme moi ? s'enquit la jeune femme.

Il lui décocha un sourire en coin puis, en sortant, répondit :

— Quelqu'un que j'aime.

Ainsi, Mack partit, laissant Doreen plantée dans l'embrasure de la porte, le regard fixe, bouche bée.

C'est la fin du tome 24 de *Jolis Jardins Maudits : Drôles de bruits dans la millefeuille.*

Découvrez *Zizanie dans les zinnias : Jolis Jardins Maudits, tome 26*

Jolis Jardins Maudits : Zizanie dans les zinnias, tome 26

Une nouvelle saga cosy mystery de l'auteure best-seller de *USA Today*, Dale Mayer. Suivez la jardinière et détective amatrice Doreen Montgomery et ses amusants (et vraiment adorables) chat, chien et perroquet, tandis qu'ils attrapent les meurtriers et résolvent des crimes dans la merveilleuse ville de Kelowna, en Colombie-Britannique.

De la richesse aux haillons… Après le dénouement… arrivent les nouveaux départs… Et le chaos s'installe !

Le meurtre de Mathew élucidé, et son avenir désormais tout tracé, Doreen se consacre à la gestion de ses finances, d'autant plus que ses antiquités ont été vendues. Et elle a envie d'aider les autres. Surtout après avoir rencontré une jeune femme qui veut quitter le monde de la prostitution et rentrer chez elle.

Bien sûr, une telle décision n'est pas sans conséquences, et Doreen et ses animaux se retrouvent bientôt mêlés aux proxénètes et aux maquerelles. Un monde dont elle ne sait rien, mais qu'elle apprend rapidement à connaître. Si l'on ajoute à cela l'enlèvement de Nan, dont la rançon servira à payer la caution de son kidnappeur, le monde de Doreen est comme toujours en proie au chaos.

Le caporal Mack Moreau a un plan, toutefois, sa mise en œuvre nécessite un moment particulier – le bon moment. Et essayer de comprendre quand et à quoi ressemblera ce

moment est un défi. D'autant plus que Doreen est mêlée à
tout ça…

Le tome 26 est disponible !

Pour en savoir plus, visitez le site web de Dale Mayer.

https://geni.us/DMSFRZapped

Note de l'auteure

Merci d'avoir lu *Drôles de bruits dans la millefeuille : Jolis Jardins Maudits, tome 25* ! Si vous avez apprécié le livre, merci de prendre un moment pour laisser votre avis.

Chers lecteurs,

J'aime avoir de vos nouvelles, alors n'hésitez pas à me contacter sur mon site web : www.dalemayer.com ou sur ma page d'auteure Facebook. Pour être informés des nouvelles parutions et des offres spéciales, inscrivez-vous à ma newsletter ou suivez-moi sur BookBub. Si vous souhaitez rejoindre mon groupe de lecteurs, voici la page d'inscription sur Facebook.
http://geni.us/DaleMayerFBGroup

À bientôt,
Dale Mayer

À propos de l'auteure

Dale Mayer est une auteure de best-sellers au classement de *USA Today*, connue pour ses romances militaires sur les forces spéciales, sa série *Psychic Visions* et sa série *Jolis Jardins Maudits*, dans le genre cozy mystery. Ses romances contemporaines sont vibrantes d'émotion et de passion (série *Broken But… Mending, Hathaway House*). Ses thrillers vous laisseront à bout de souffle (séries *By Death* et *Kate Morgan*) et ses comédies romantiques vous feront rire aux éclats (*It's a Dog's Life*, une novella hors-série, et la série *Broken Protocols* avec Charming Marvin, le chat).

Elle laisse libre cours aux séries qui lui viennent… dont certaines sont carrément folles, enfreignant toutes les règles et croisant différents genres !

En plus de ses romans de fiction, elle écrit également des textes documentaires dans de nombreux domaines, dont la rédaction de CV, le jardinage de loisir et le système de crédit immobilier américain. Elle a récemment publié la série professionnelle *Career Essentials*. Tous ses livres sont disponibles aux formats papier et ebook.

Contactez Dale Mayer en ligne

Site web de Dale — www.dalemayer.com
Twitter — @DaleMayer
Facebook Page — geni.us/DaleMayerFBFanPage
Facebook Group — geni.us/DaleMayerFBGroup
BookBub — geni.us/DaleMayerBookbub
Instagram — geni.us/DaleMayerInstagram
Goodreads — geni.us/DaleMayerGoodreads
Newsletter — geni.us/DaleNews

www.ingramcontent.com/pod-product-compliance
Lightning Source LLC
Chambersburg PA
CBHW070433170726
48291CB00002B/479